Tom Zola

W0223925

Stahlzeit Band 4

Abwehrschlacht Normandie

Der andere Weltkrieg – Eine alternative Geschichte

EK-2 Militär

Ihre Zufriedenheit ist unser Ziel!

Liebe Leser, liebe Leserinnen,

zunächst möchten wir uns herzlich bei Ihnen dafür bedanken, dass Sie dieses Buch erworben haben. Wir sind ein kleines Familienunternehmen aus Duisburg und freuen uns riesig über jeden einzelnen Verkauf!

Mit unserem Label *EK-2 Militär* möchten wir militärische und militärgeschichtliche Themen sichtbarer machen und Leserinnen und Leser begeistern.

Vor allem aber möchten wir, dass jedes unserer Bücher **Ihnen ein einzigartiges und erfreuliches Leseerlebnis** bietet. Daher liegt uns Ihre Meinung ganz besonders am Herzen!

Wir freuen uns über Ihr Feedback zu unserem Buch. Haben Sie Anmerkungen? Kritik? Bitte lassen Sie es uns wissen. Ihre Rückmeldung ist wertvoll für uns, damit wir in Zukunft noch bessere Bücher für Sie machen können.

Schreiben Sie uns: info@ek2-publishing.com

Nun wünschen wir Ihnen ein angenehmes Leseerlebnis!

Heiko, Jill & Moni
von
EK-2 Publishing

Lage am 07. Juni 1944 im Stahlzeit-Universum

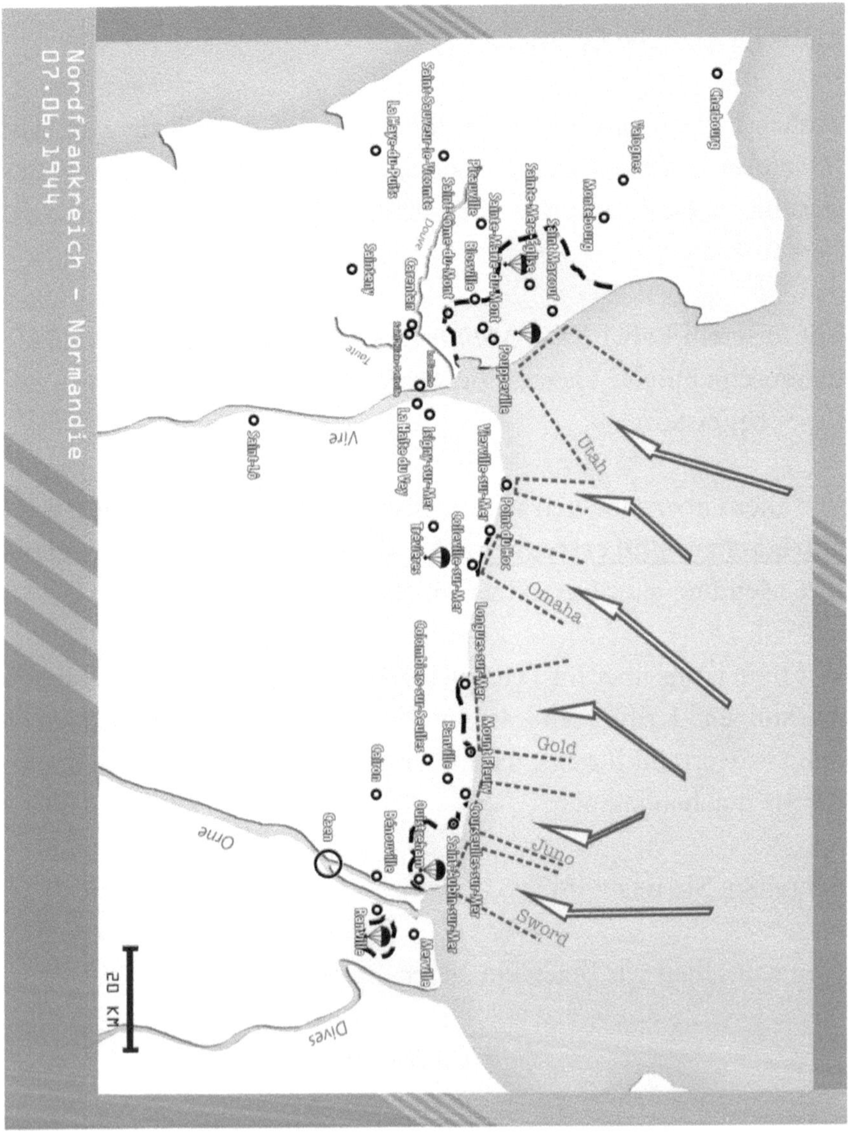

London, Großbritannien, 07.06.1944

General Dwight D. Eisenhower hatte alle Mitarbeiter seines Stabes aus dem großen Besprechungsraum hinausgeworfen, sodass er für einen Moment ganz allein vor der riesigen Karte stand, die an der Wand angebracht war und Nordfrankreich darstellte. Per Magnetplättchen waren alle aktuellen Lageentwicklungen eingetragen: die ausgebildeten Landeköpfe, die fehlgeschlagenen Landungsversuche, die zur Stunde tobenden Gefechte. Die Situation seiner Invasionsstreitmacht war schwierig, aber nicht aussichtslos.

Eisenhower musste beim Betrachten der Karte an die knappe Pressemitteilung denken, die er für den Fall eines Fehlschlags verfasst hatte. In jedem Fall würde er allein die Verantwortung übernehmen. Eisenhower war mit der Operation *Overlord*, der Invasion Frankreichs, ein gewaltiges Wagnis eingegangen, trotz massivsten Aufgebotes an Mensch und Material. Irgendwie aber mussten die Westalliierten einen Fuß auf Zentraleuropa bekommen. Ohne Risiko war das nicht zu machen.

Eisenhower seufzte tief beim Anblick der Lagekarte. Es war vielerorts eingetreten, was von den Kritikern befürchtet worden war: Die alliierten Sturmtruppen waren im deutschen Abwehrfeuer untergegangen, hatten sich nicht an den Stränden festbeißen können und erst recht nicht den Sprung ins Hinterland geschafft. Diese bittere Erkenntnis galt für die meisten Invasionsabschnitte.

Der General und Oberbefehlshaber der alliierten Streitkräfte in Nordwesteuropa zog einen Schwall Luft in seine Lunge und schloss für eine Sekunde die Augen. Die Ruhe, die ihn in diesem Augenblick umgab, war wohltuend für seine Sinne. Einen Moment noch wollte er diese Ruhe genießen, wollte sich ungestört der Situation hingeben und seine Entschlüsse in Gedanken sortieren, die er baldigst Montgomery und den anderen vorzutragen hatte.

Im Osten des Operationsraumes befanden sich die Landezonen »Gold« zwischen Longues-sur-Mer und Mont Fleury, »Juno« zwischen Courseulles-sur-Mer und Saint-Aubin-sur-Mer sowie »Sword«, die von der Ostflanke von Juno bis nach Ouistreham an der Orne reichte. An diesen drei Abschnitten hatten die Briten und Kanadier heftige Prügel bezogen. Die Krauts waren mit starken Panzerverbänden teilweise bis zu den Stränden durchgebrochen und hatten den Invasionskräften enorme Verluste beigebracht. Die russlanderprobte 16. Panzer-Division hatte einen Keil zwischen Gold und Sword getrieben und die Juno-Invasion abgeschlagen. Die Raupen der feindlichen Tanks berührten im Juno-Abschnitt bereits das Wasser. Die Panzer lauerten zwischen den Leichen tausender Briten und Kanadier darauf, den Schlag gegen die Flanken von Gold und Sword zu führen. Noch hielten die alliierten Truppen an beiden Strandabschnitten aus, doch Eisenhower war bewusst, dass die Landeköpfe von Gold und Sword nicht mehr zu halten waren.

Weiter östlich von Caen stand eine britische Luftlandedivision, die 6th, in schweren Abwehrgefechten. Da es nicht gelungen war, die Doppelbrücken über den Caen-Kanal und die Orne bei Bénouville beziehungsweise Ranville zu nehmen, waren die Fallschirmjäger von den Invasionstruppen am Strand abgeschnitten und würden auf sich gestellt nicht lange gegen die Deutschen bestehen können. Immerhin hatten die Briten es geschafft, einige Brücken über die Dives sowie die Geschützbatterien bei Merville zu zerstören.

Im Westen sah es in Teilen noch schlimmer aus: Der Angriff gegen den als »Omaha Beach« betitelten Strandabschnitt zwischen Vierville-sur-Mer und Colleville-sur-Mer war gescheitert. Die Invasionstruppen waren wirkungslos gegen das deutsche Abwehrfeuer und die modernen Tanks der dort stationierten 5. Panzer-Division angerannt und binnen Stunden daran verblutet. Trotz massierten Feuers der Navy gegen die Strandbefestigungen des Feindes war an keiner Stelle ein Durchbruch erzielt worden. Noch immer saßen tausende Amerikaner im Sand von Omaha Beach fest, noch immer lagen sie ungeschützt im Feindfeuer. »Bloody Omaha« kursierte als geflügeltes Wort auf den Schiffen der Invasionsflotte.

Weiter im Westen schossen die deutschen Geschütze von der Pointe du Hoc beidseitig auf die Invasionsarmee. Der Versuch, das Kliff zu erobern, war blutig gescheitert. Die Ranger saßen mit dem Rücken zum Abgrund in der Falle. Eisenhower wollte niemanden zurücklassen. Er war aber ehrlich genug zu sich selbst, um zu wissen, dass diese ehrenwerte Absichtserklärung im Krieg oftmals genau das blieb: eine Absichtserklärung. Alle Hoffnung lag nun auf »Utah Beach«, jenem Strandabschnitt zwischen Pouppeville und Saint-Marcouf am Fuße der Halbinsel Cotentin, der sich vollständig in alliierter Hand befand. Die zur Vorbereitung der Invasion gelandeten beiden US-Fallschirmjägerdivisionen, die 82nd und die 101st Airborne Divisions, waren in der Nacht vom 5. Juni auf den 6. Juni im Hinterland von Utah Beach abgesetzt worden. Eisenhowers Planer hatten sich dazu entschieden, beide Einheiten größtenteils in der ersten Nacht über den Kanal zu bringen, was bedeutete, dass 13.000 Mann in einem außerordentlichen Kraftakt in den Raum zwischen Sainte-Marie-du-Mont im Süden und Montebourg im Norden eingeflogen worden waren. Zur Stunde wurden jene Gleiter auf den Weg gebracht, die die amerikanischen Airborner bei Utah mit weiterem Material ausstatten sollten, denn schon jetzt drückten die Spitzen der deutschen 24. Panzer-

Division von Süden gegen den Landekopf. Und es zeichnete sich bereits ab, dass weitere schnelle Divisionen des Feindes frei werden würden – die 5. Panzer-Division aus dem Raum Omaha Beach sowie die 16. aus Caen.

Im Hinterland der Normandie lag zudem eine leichte Panzer-Division und die berüchtigte Panzer-Lehr-Division – von den deutschen Kräften in Südfrankreich sowie bei Calais gar nicht zu sprechen. Immerhin: Stündlich landeten mehr alliierte Truppen am Strand von Utah und überschwemmten die Halbinsel Cotentin. Längst hatten sich die Fallschirmjäger, die mehrere hundert Gefangene eingebracht hatten, darunter ranghohe Offiziere, mit den Invasionstruppen vereinigt.

Eisenhower rieb sich über das Kinn, spürte die Stoppeln, die aus der Haut drangen. Der General seufzte noch einmal tief und eindringlich.

Die Verluste der Westmächte mussten bereits außerordentlich hoch sein, doch sie hatten den vielbeschworenen Fuß auf französischen Boden gesetzt, und Eisenhower würde alles daransetzen, dass dieser Schritt endgültig war. Es galt nun also, die erfolgreiche Utah-Landung zu unterstützen, gleichzeitig an allen anderen Stellen Schadensbegrenzung zu betreiben. Es musste versucht werden, so viele Männer und so viel Material wie möglich zu evakuieren, das war Eisenhower den armen Hunden schuldig, die todesmutig gegen den Atlantikwall angerannt waren.

Bei Utah aber sollte die überlegene Schlagkraft der Westmächte zum Tragen kommen, die schon Sizilien zu Fall gebracht hatte. Von dort aus würde Eisenhower die Befreiung Europas vorantreiben.

Noch einmal ging der alte General mit dem schütteren, ergrauten Haupthaar und den feinen Gesichtszügen seinen im Geiste längst beschlossenen Operationsplan durch:

Erstens: die Doppelbrücken bei Bénouville und Ranville um jeden Preis nehmen. Dazu gleichzeitiger Angriff durch die 6th Airborne Division aus östlicher Richtung sowie der Sword-Kräfte aus dem Norden. Zum Flankenschutz musste die Fühlung zu den deutschen Panzern, die den Sword-Strand bedrohten, gehalten werden, um durch VB geleitetes Navy-Feuer die deutschen Tanks abzudrängen und im Hinterland festzunageln. Gleichzeitig Verbringen der 6th Airborne Division über die Doppelbrücken mit dem Ziel der Evakuierung durch die Landungsboote. Zusammenkratzen aller Navy-Einheiten zum Schutz von Sword, Konzentration aller Jagdbomber auf Sword. Alle Juno-Kräfte sollen zudem nach Sword ausweichen. Wenn Eisenhower die eigenen Männer wirklich erfolgreich evakuieren wollte, musste das Land zwischen ihnen und den deutschen Verfolgern in einer nie dagewesenen Feuerglocke der Zerstörung untergehen. Der US-General rechnete nicht damit, dass der deutsche Kanzler die alliierten Truppen einfach ziehen lassen würde, wie Hitler es einst in Dünkirchen getan hatte. Dieses Mal würden die Alliierten ihr Glück selbst in die Hand nehmen müssen ...

Zweitens: Der Landeabschnitt Gold war aufzugeben. Dies war eine harte Entscheidung, und sie würde vor allem *Monty* nicht schmecken, doch Eisenhower sah keine andere Möglichkeit, als den unter ständigem Artillerie- und Flachfeuer liegenden Minilandekopf mit annehmbaren Verlusten zu räumen. Da bei Gold ein Ausbruch aus dem Landekopf nicht gelungen war, die Männer stattdessen im Sand der Küste festsaßen, würde jeder Evakuierungsversuch in Reichweite deutscher Waffen stattfinden müssen. Die Gold-Jungs sollten daher die Freigabe erhalten, nach eigener Maßgabe zu handeln. Ausbruchsversuch nach Osten in Richtung Sword oder Kapitulation, das mussten die Männer selbst entscheiden. Sie waren es, die bäuchlings auf dem Sand im Feindfeuer lagen, nur sie konnten die Lage wirklich einschätzen. Eisenhower hingegen hockte in London und glotzte auf Metallplättchen an einer Wand.

Drittens: Aufgeben von Omaha. Sofortige Evakuierung aller Truppen. Noch waren die deutschen Kräfte vor Ort nicht so stark, dass sie die Invasionstruppen ins Meer zurückwerfen konnten. Offenbar legten die Krauts ihren Schwerpunkt auf Caen. Eisenhower wusste, dass seine Entscheidung Verwerfungen mit den Briten auslösen würde, doch er bewertete die Evakuierung Omahas als machbar, während eine Räumung von Gold für ihn einem Himmelfahrtkommando gleichkäme.

Viertens: Evakuierung der Ranger von der Pointe du Hoc. Anschließend stärkstes Bombardement durch Navy und die Army Air Force – Tag und Nacht. Die feindlichen Geschütze auf der Pointe mussten weg! Sie bedrohten nicht nur die Omaha-Evakuierung, sondern ebenso alle alliierten Bemühungen bei Utah.

Fünftens: Den Landekopf bei Utah um jeden Preis ausbauen. Dort, auf der Cotentin-Halbinsel, hatten die Westmächte ihren Fuß auf französischem Boden. Alle zur Verfügung stehenden Kräfte, alles Material, alle übrigen Schiffe und Flugzeuge hatten sich umgehend in Richtung Utah in Marsch zu setzen. Eisenhower würde die kleine Halbinsel mit einer Material- und Soldatenflut überschwemmen, die jeden feindlichen Widerstand einfach erdrücken musste. Er würde die geballte Macht der Westmächte in diese kleine Halbinsel hineinpumpen. Dort würde der Kampf um Europa, ja der Kampf um die Freiheit der Welt stattfinden, bei Sainte-Mère-Église, bei Sainte-Marie-du-Mont, bei Montebourg und Valognes. Von dort aus würden die Alliierten Cherbourg einnehmen sowie gegen Saint-Lô marschieren. Noch waren die angelandeten Truppen im Raum verwundbar und schwach, doch minütlich senkten sich die Rampen weiterer Landungsboote, die die Küste erreichten, minütlich schoben sich Panzer und Laster, marschierten Männer, rollten Geschütze aus den Bäuchen der Transportschiffe heraus. Und mit jeder Minute, die verging, wurde es unwahrscheinlicher, dass die Krauts Frankreich noch würden halten können – dass sie Europa noch würden halten können.

An: Frau Else Engelmann, 7.6.1944

(23) Bremen
Hagenauerstr. 21

Liebste Elly,
mitten in den Stunden der Invasion ereilte mich Dein Brief, über den ich mich sehr gefreut habe. Ich will Dir wenigstens mit einigen kurzen Zeilen antworten und Dir die Angst nehmen, die Dich sicherlich bedrückt: Wir schlagen die Angloamerikaner zurück, wo sie auftreten. Wir werfen sie zurück ins Meer und lassen sie nicht Fuß faßen. Tag und Nacht rollt meine Einheit voran. Ich bin mir sicher, wir werden die Invasion abschlagen. Und dann dürfen wir endlich auf Frieden hoffen! Ein zweites Mal werden es die Alliierten nicht versuchen! Und ohne die muss auch Rußland einlenken. Es wird alles gut kommen. Bitte entschuldige, dass ich nicht ausführlicher schreiben kann. Grüße die Familie, gib Gudrun einen Kuss von ihrem Vater. Auf dass es bald vorbei sein wird!
Dein Sepp

Östlich von Mont Fleury, Frankreich, 07.06.1944

Die ganze Nacht hindurch waren die Männer des PzRgt 2 in Einsatzbereitschaft verblieben, hatten sich kleine Scharmützel mit der Nachhut des Gegners geliefert, der panisch in Richtung Westen zu jenem Strand floh, den die Alliierten »Gold Beach« nannten. Die ganze Nacht hindurch hatten sich die Panzer des Regiments im Angriff befunden. Sie waren über die Dünen vorgestoßen, hatten sich wieder und wieder mit feindlichen Tanks angelegt und diese mühsam niedergekämpft. Britische und kanadische Infanterie lag mit PIAT-Panzerfäusten allerorts in kleinen Mulden und Senken versteckt, von wo aus sie auf deutsche Panzer lauerten.

Leutnant Engelmann, der nun die 9. Kompanie befehligte, hatte in der Nacht zwei weitere Wagen verloren. Anna 4 hatte nach zwei PIAT-Treffern einen Motorschaden erlitten und aufgegeben werden müssen, und vom 2. Zug mit Decknamen Berta war ein Panzer einem eingegrabenen Sherman zum Opfer gefallen. Zwei Besatzungsmitglieder hatten sich schwer verwundet retten können.

So verfügte die 9. Kompanie nach gut 20 Stunden im Kampf nur noch über die Hälfte ihrer ursprünglichen Stärke, und dies, obwohl die Werkstatteinheiten im Hinterland einmal mehr Unmenschliches vollbrachten. Zwei ausgefallene Tanks waren schon wieder nachgeführt worden. Der 1. Zug, den Engelmann parallel zur Kompanie führte, bestand aus drei T-34-Wannen mit deutschen Panzer III-Türmen. Der 2. Zug, Berta, zählte zur Stunde zwei Panzer III sowie einen kanadischen Sherman, der einigen glücklosen Panzermännern als Ersatzfahrzeug diente. Dies war eigentlich gegen die Vorschrift, denn jedes Beutegerät musste erst abgegeben, geprüft und in die Materiallisten eingepflegt werden, ehe es von der Truppe eingesetzt werden durfte, doch wen juckte das schon im Gefecht? Der 3. Zug mit Decknamen Claudia verfügte über zwei Panzer III. Rita 1, die eigentliche Trosseinheit des Chefs, rollte mit noch drei Panzern III.

24 Stunden Kampf und ich kann die Kästen der Kompanie an zwei Händen abzählen, sinnierte Engelmann, der in das mit Dünen durchsetzte Vorgelände blinzelte. Jetzt aber durften sich die deutschen Panzermänner keine Pause gönnen, auch wenn Müdigkeit und Hunger den Leib malträtierten. Der Feind war mit seiner ganzen materiellen und menschlichen Übermacht an den Stränden Nordfrankreichs gelandet. Die Deutschen mussten die sich bildenden Landeköpfe zerschlagen, mussten vorrücken, mussten in die Schlacht werfen, was sie hatten. Es galt, den Gegner ins Meer zurückzuwerfen, ehe er sich etablieren konnte, denn weiter nordwestlich, auf der Halbinsel Cotentin, hatte sich der Feind bereits festgesetzt und bedrohte mittelbar Cherbourg. Die Deutschen mussten zuschlagen, wollten sie nicht durch die schier endlose Macht der Angloamerikaner und deren Verbündeten plattgewalzt werden.

Engelmann und seine Männer hatten jene Macht bereits zu spüren bekommen. Wieder und wieder waren sie in das Feuer der feindlichen Schiffsartillerie geraten. Die Grenadiere, die zusammen mit den Panzern vorrückten, mussten in dem schrecklichen Trommelfeuer ungeheure Verluste erdulden. Derweil beherrschten alliierte Flieger den Himmel. Feindliche Jagdbomber brausten heran, setzten zum Sturzflug an und griffen unentwegt deutsche Infanterie und deutsche Panzer an. Mit jedem Anflug feindlicher Maschinen schmolz die Kampfstärke der deutschen Truppen dahin. Doch es nutzte nichts. In den Dünen gab es keine Deckung gegen Beschuss von oben und ein Rückzug ins Hinterland war ausgeschlossen. Der Feind am Gold-Strand musste vernichtet werden, ehe er evakuiert werden konnte. Ein zweites Dünkirchen durfte es nicht geben. Wäre 1940 die Flucht von über 320.000 alliierten Soldaten über ebenjenes Dünkirchen verhindert worden, wer weiß, ob Großbritannien dieser Tage zu einer Invasion dieses Ausmaßes überhaupt fähig gewesen wäre. Doch es hatte Dünkirchen gegeben, die Deutschen hatten allein 200.000 hervorragend ausgebildete, erfahrene britische Soldaten entkommen lassen – und nun waren diese zurückgekehrt, um zu beenden, wofür sie 1939 französischen Boden betreten hatten. Die britischen Landungen von Caen bis Longues-sur-Mer waren zwar gescheitert – und alles deutete darauf hin, dass der Feind dies erkannt hatte –, doch es befanden sich nach wie vor zehntausende Soldaten des Empires an den Stränden. Noch einmal durften die Deutschen sie nicht davonkommen lassen, sonst würde die Wehrmacht in zwei oder vier Jahren wieder gegen dieselben Männer antreten müssen. Vielleicht nicht in Nordfrankreich, dafür aber im Süden des Landes oder auf dem Balkan oder in Norwegen, denn aufgeben würden die Briten gewiss nicht. Daher galt es, in der Stunde der Invasion nicht nur zu siegen; nein, der Feind musste sich bei seinem Invasionsversuch eine derart blutige Nase holen, dass er für alle Zeiten genug hatte.

Der Weg über den nackten Dünensand allerdings, den die deutschen Kampfwagen und Grenadiere zurückzulegen hatten, glich einem Spießrutenlauf. Sprengköpfe der PIAT-Werfer und Gewehrfeuer zischten den voranstürmenden Deutschen aus jeder Mulde und jeder Senke entgegen. Die feindlichen Kriegsschiffe stülpten zudem eine infernalische Feuerglocke über alle Strandabschnitte, die unter deutscher Kontrolle lagen. Sie ballerten aus tausend Rohren auf alles Deutsche, das es wagte, sich an der Küste zu zeigen. Ganze Kompanien lösten sich binnen Sekunden auf, Panzer wurden zersprengt und in die Luft gewirbelt, als handelte es sich um Spielzeug. Jeder Schritt der Deutschen, jeder Vorstoß, jedes Ausweichen und jeder Halt wurde vom Trommeln der gigantischen Kanonen begleitet. Für jedermann gut sichtbar lagen die alliierten Schlachtschiffe und Fregatten und Kreuzer vor der Küste im Wasser.

Eine gigantische Flotte ruhte auf dem Kanal, unbekümmert durch eine eventuell existierende deutsche Marine. Mit U-Boot-Angriffen hatten kühne deutsche Kapitäne wenige Erfolge erzielt, hatten einige feindliche Kähne zum Grund des Meeres geschickt – ein Tropfen auf dem sprichwörtlich heißen Stein.

Der Kanal war nämlich bis zum Horizont vollgestopft mit feindlichen Schiffen aller Größen. Engelmann kam ins Schwitzen ob der astronomischen Flotte, die die Alliierten für ihre Invasion aufboten. Vor dieser Kulisse wog der Kampf gleich doppelt.

Trafen die Deutschen auf Feindkräfte, mussten sie sofort in diese hineinpreschen, anderenfalls würde der Gegner per Funk ein Höllenfeuer bestellen, das militärische Einheiten verpuffen ließ, als wären es Regentropfen in der prallen Wüstensonne. Die Deutschen mussten den zermürbenden Nahkampf suchen, wieder und wieder, mussten sich in das tödliche Feindfeuer hineinwerfen, während jedes Gefecht von den in stummer Drohung im Wasser liegenden Schlachtschiffen der Alliierten begleitet wurde.

Allein die Notwendigkeit, die Strände von den Invasionstruppen zu säubern, zwang die Einheiten der Deutschen, sich in Küstennähe aufzuhalten. Eine Flucht ins Hinterland wäre allerdings auch aus einem anderen Grund vollkommen überflüssig: Die Geschütze der Feindmarine reichten weit über die Gestade hinaus, konnten noch 20 Kilometer im Hinterland präzise zuschlagen. Und überall schienen die Artilleriebeobachter des Feindes zu lauern; allerorten hockten die B-Trupps in ihren Verstecken, abgeworfen per Fallschirm in der Nacht vor der Invasion, und ließen das tödliche Feuer auf deutsche Truppenkonzentrationen, auf Brücken, auf Kasernen, auf Geschütze herniederregnen. Ganz Nordfrankreich brannte, so schien es.

Seit Anbruch der Dunkelheit flogen zudem feindliche Flieger Angriffe in einer grausamen Intensität, dass die deutschen Kräfte im Raum dahinschmolzen wie Speiseeis in der Mittagssonne. Immer wieder versperrten die feindlichen Jagdbomber den Blick auf den Himmel, stürzten sich auf die deutschen Panzer herab und vernichteten etliche. Flakschützen der Wehrmacht schossen, was das Zeug hielt; sie hatten allerdings kaum eine Chance, die wendigen Tiefflieger zu treffen. Die pfeilförmigen Jäger der Luftwaffe, die am vergangenen Abend Engelmanns Kompanie vor alliierten Doppelschwänzen beschützt hatten, waren hingegen die ersten und letzten deutschen Maschinen gewesen, die dem Leutnant seit Beginn der Invasion vor die Augen gekommen waren. Hinzu kamen die Bomberströme des Gegners. Endlos wirkende Verbände flogen ins Hinterland ein. Die Alliierten schienen dieser Tage mehr Stahl über Nordfrankreich versammelt zu haben, als die Deutschen über ganz Europa verteilt hatten.

Als wäre dies nicht genug, zogen Aufklärer des Feindes hoch oben ihre Bahnen, und in der Regel dauerte es nach Auftauchen eines solchen Flugzeuges nur wenige Augenblicke, bis abermals gut gezielte Artilleriekoffer von den Schiffsgeschützen auf die Deutschen einprasselten.

Auch jetzt drückte sich das beständige Röhren von Propellermotoren in die Geräuschkulisse. Engelmann, der sich mit den Wagen seiner Kompanie Meter für Meter durch die Dünen der Normandieküste kämpfte, kniff die Augen zusammen und blickte zum Himmel hinauf. Vom Kanal her sausten schon wieder drei feindliche Jabos heran. Blitzschnell waren sie über den Panzern der Abteilung. Sie kippten seitlich über die Tragflächen ab, gingen in den Sturzflug über. Wie Adler jagten sie den Tanks entgegen.

»Los, Hans! Fahr, fahr, fahr!«

Engelmann trommelte gegen die Deckel seiner Luke, während Quasimodo knarzend aufheulte. Die Ketten fraßen sich in den weichen Sandboden, quälten sich langsam voran. Dicke Wolken verhängten den Himmel, vereinzelte Regentropfen fanden immer wieder den Weg zur Erde.

»Siggi! Die Züge sollen auffächern. Weit auffächern, Mann!«

Zu spät! Die Panzer von Berta und Rita 1 waren zu nah aufgefahren, standen zwischen den Dünen zusammen wie eine Kolonie Kaiserpinguine. Die Stimme von Oberfeldwebel Kranz, dem ehemaligen SS-Soldaten und jetzigen Zugführer des 2. Zugs, drang aus dem Äther, nahm hektische Züge an. Einen Wimpernschlag später klinkten die Tiefflieger ihre Bomben aus und zogen wieder hoch. Die Sprengkörper gingen zwischen dem Pulk deutscher Kampfwagen hernieder. Ohrenbetäubend krachten die Detonationen, warfen Unmengen an Sand auf.

Engelmann stockte der Atem. Gebannt beugte er sich vor, starrte durch den kleinen Sehschlitz auf die Panzer seiner Kompanie.

»Berta meldet keine Verluste!«, rief Stendal vor Freude. Sekunden vergingen, die Panzer fuhren langsam auseinander.

»Auch Rita 1 keine Verluste«, meldete Stendal schließlich. Für einen Augenblick der Erleichterung entspannte sich Engelmann, atmete befreiend aus.

In dieser Sekunde verirrte sich ein Geschoss, schlug krachend gegen Quasimodos Turm. Der Querschläger sirrte davon.

Funken sprühten über die Stahlhäute der deutschen Panzer, denn von vorne, von der Seite, von überall her schossen die gut versteckten Briten und Kanadier mit allem, was sie hatten. Mühsam musste die III. Abteilung, die im Zusammenwirken mit einem Grenadier-Regiment diesen Küstenabschnitt aufrollte, Widerstandsnest um Widerstandsnest räumen.

Die Panzer der 11. Kompanie – Engelmann beneidete deren Chef um dessen 17 Panzer IV in der mächtigen Ausführung H – stießen südlich der 9. vor. Im weiteren Hinterland der Küste schoben sich derweil die Kästen der 10. sowie die von Stollwerks Einheit voran. Gemeinsam drückten sie den feindlichen Landekopf ein, der bis knapp hinter Longues-sur-Mer reichte. Auch von Westen her drängten die Truppen der Wehrmacht gegen die Landestelle des Gegners.

Wieder sausten die gigantischen Granaten der Schiffsbatterien heran. Die Einschläge lagen bei Stollwerks Panzern, rissen die Erde haushoch aus dem Untergrund. Die Druckwellen zerrten an den Kampfwagen, schoben sie umher, drehten sie und warfen die tonnenschweren Kästen manchmal sogar um, als handelte es sich um Papieraufsteller. Schließlich wurde der Tank von Hauptmann Stollwerk durch einen Treffer schwer beschädigt.

Für einen Moment beherrschte ein unflätiger Fluch Stollwerks den Äther.

Die drei Jabos des Feindes beschrieben am Himmel indes einen weiten Kreis. Engelmann erkannte durch seinen schmalen Sehschlitz, dass die feindlichen Piloten noch einen Angriff fliegen würden. Einmal mehr ließ er über Stendal das Auffächern seiner Kräfte befehlen. Langsam quälten sich die Wagen der 9. Kompanie durch die Dünen, in ihrem Windschatten stieß die Infanterie nach. Als die Jagdbomber erneut zum Sturzflug ansetzten, warfen sich die Grenadiere mit hektischen Bewegungen zu Boden.

Bordkanonen hallten durch das Schlachtgetöse, alle drei Flieger hatten sich auf den deutschen Sherman eingeschossen, offenkundig wütend darüber, dass die Wehrmacht das kanadische Gefährt für ihre Zwecke nutzte. Klirrend sprangen Funken über den Stahl des Kampfpanzers. Fontänen aus Sand und kleinem Buschwerk spritzten rings um den Sherman auf, der mit voller Geschwindigkeit zu flüchten versuchte. Die Besatzung hatte Glück: Kein Geschoss durchdrang den Stahl oder zerschredderte die Ketten. Die feindlichen Jabos drehten ab, der Sherman fuhr weiter. Plötzlich aber offenbarten sich drei Kanadier, die sich bis dato in einem Sandloch versteckt gehalten hatten. Sie waren nur 30 Meter vom Sherman entfernt, befanden sich in seinem Rücken. Einer der Kanadier trug eine PIAT. Er warf sich zu Boden und bohrte das Einbein der Waffe in den Sand. Der rohrförmige Ladungswerfer mit dem stachelförmigen Gefechtskopf war damit einsatzbereit. Im nächsten Augenblick tat es einen Knall. Das glühende Hohlladungsgeschoss prallte gegen den Sherman und löste eine Stichflamme aus. Dicker, schwarzer Rauch entwickelte sich.

Voller Wut schlug Engelmann mit der Faust gegen den Stahl seines Panzers. Flachfeuer der Grenadiere fällte den PIAT-Schützen. Die anderen beiden Kanadier rissen die Hände in die Höhe.

Die Kampfwagen der 9. rollten weiter. Um die beiden kanadischen Gefangenen brauchten sich die Panzermänner gar nicht zu kümmern, denn diese gerieten sofort an die nachrückenden Grenadiere. Vier Landser hielten die Kanadier in Schach. Dann betrat ein junger Leutnant die Szenerie, stapfte auf die Gefangenen zu und zückte seine Pistole. Ehe diese begriffen, drückte der Leutnant dem ersten Kanadier die Pistole gegen die Schläfe und betätigte den Abzug. Der Mann sackte in sich zusammen. Mit dem zweiten Gefangenen verfuhr der Offizier genauso. Als die beiden Hingerichteten den hellen Sand mit ihrem Blut besudelten, zuckte einer von ihnen beständig, sodass der Leutnant noch einmal seine Pistole benutzte. Danach ging es ohne Umschweife weiter. Engelmann bekam von dieser Szene nichts mit, so sehr war er auf das Vorgelände fokussiert.

Die Kräfte der Wehrmacht rückten Stück für Stück vor. Den Briten und Kanadiern blieb nichts anderes übrig, als sich zurückzuziehen. Es hieß, bei Mont Fleury und Longues-sur-Mer seien die Landungsboote bereits damit beschäftigt, die Invasionstruppen zu evakuieren. Das musste so schnell wie möglich unterbunden werden.

Weitere Flieger erschienen im Luftraum, 15 oder 20 Jagdbomber. Sie trugen die blau-weiß-rote Kokarde der Royal Air Force zur Schau. Helle Wölkchen bildeten sich zwischen den wendigen Maschinen, als irgendwo eine deutsche Vierlingsflak zu sprechen begann. Dumpf tuckerten die Abschüsse der Flugabwehrkanone über das Schlachtfeld.

Engelmann wischte sich mit fahrigen Bewegungen den Schweiß von der Stirn. Seine Panzermütze klebte, seine Haare waren nass. Im Äther überschlugen sich die Meldungen. Münster jagte Quasimodo unterdessen eine schmale Erhebung hinauf. Ein PIAT-Geschoss sauste durch die Luft, ohne einen Panzer zu treffen. Die Grenadiere brachten ein MG in Stellung, das lange Feuerstöße nach vorne spuckte. Die Jabos am Himmel aber schienen nicht für die Deutschen in den Dünen bestimmt zu sein. Gemächlich zogen die Flieger über Engelmanns Kompanie hinweg und flogen gen Hinterland. Auch dort tobte der Kampf, die hammerlauten Einschläge der Schiffsartillerie donnerten über die Dünen herüber, sodass sogar Engelmann in seinem Panzer das Detonieren der Granaten wahrnehmen konnte. Er streckte sich hoch, öffnete die Deckel und blickte in Richtung Süden. Irgendwo dort hinter der Dünenkette kämpfte unter anderem Stollwerks Einheit. Pausenlos trommelten die Marinegeschütze des Feindes dorthin. Die Einschläge warfen Erde, Schutt und Körper so hoch in die Luft, dass sie teilweise über die Dünen geworfen wurden. Und nun stürzten sich genau dort auch noch die anfliegenden Jabos auf die Panzerkompanien herab. Engelmann sah, wie sich die Bomben unter dem Rumpf lösten und der Erde entgegen taumelten, ehe sie hinter den Dünen verschwanden. Er beobachtete, wie die Tragflächen der stählernen Vögel Raketen spuckten, bevor die Flieger abdrehten. Als die Bomben und Raketen mit mächtigen Paukenschlägen hochgingen, verstummte die Vierlingsflak – für immer. Die einzige Waffe in diesem Abschnitt, die sich effektiv zur Flugzeugbekämpfung eignete, war Geschichte. Die Jabos setzten bereits zum nächsten Angriff an.

Engelmann biss die Zähne aufeinander. Lange Reihen feindlicher Bomber zeichneten sich am Horizont ab, brummten aus dem Hinterland kommend lauter und lauter, schwebten schließlich über den Strand hinweg und begaben sich auf den Weg zurück nach England. Der gesamte Luftraum war mit ihnen durchsetzt, mit den sogenannten *Fliegenden Festungen* inklusive ausreichend Jagdschutz. Das Firmament war förmlich übersät mit Flugzeugen – mit Flugzeugen des Feindes. Die stählernen Kolosse verdunkelten den Himmel. *Oh, Herr, gib uns die Kraft ...,* wisperte Engelmann. In der Ferne zeichneten sich erste Gebäude ab. Das war Mont Fleury, ein winziger Küstenort. Allen Verlusten, allem Beschuss, allen Widrigkeiten zum Trotz, bewegte sich die III. Abteilung weiter auf dieses winzige Kaff zu, wo die Entscheidung um die Landezone Gold erzwungen werden sollte.

Berner Umland, Schweiz, 07.06.1944

Thomas Taylors Schusswunde in der Schulter hatte anfangs stark geblutet. Er trug ein weißes Hemd, auf dem der durchgesickerte Lebenssaft knallrot schimmerte, dazu eine dunkle Stoffhose mit Hosenträgern. Als er, nachdem Luise Roth ihn angeschossen hatte, splitterfasernackt aus der Wohnung gehastet war, war er in eine schmale Seitenstraße abgetaucht, die durch die angeordnete Verdunklung in absolute Finsternis gehüllt war.

Taylor musste sich durch die Dunkelheit tasten und gelangte schließlich in einen Hinterhof. Dort zog er sich an und stibitzte einen Lappen von einem Wäscheständer, den er seitdem gegen die Eintrittswunde der Kugel presste, um das Gewebe zusammenzudrücken. Mit seinen Fingern konnte er zudem die Austrittsstelle in seinem rechten Schulterblatt ertasten. Obwohl Taylor ohne entsprechendes Verbandsmaterial seine Verletzung kaum versorgen konnte, hatte er am Ende Glück: Die Blutung versiegte beidseitig nach einiger Zeit.

Doch Taylor musste vorsichtig sein, denn unter erhöhter Anstrengung konnte die Wunde leicht wieder aufreißen, und er hatte bereits einiges an Blut verloren. Vorsichtig zu sein aber konnte Taylor sich gar nicht leisten, denn er wurde gejagt – gnadenlos. Die gesamte schweizerische Polizei schien ihm auf den Fersen zu sein.

Dabei hatte es zunächst so ausgesehen, als würde alles noch einmal gut ausgehen: Nachdem Taylor den Wäscheständer erreicht hatte, brach er in einem Moment der Schwäche beinahe zusammen. Der frische Durchschuss brannte, als hätte man ihm die Haut abgezogen und ihn anschließend mit Essig übergossen. Sein Augenlicht wurde schwach und farblos; sein Geruchssinn verschwand. Sein Herz hämmerte ihm bis in den Schädel hinein. Seine Gedanken rasten. Emotionen brachen über ihn herein. Wut und Trauer, Schmerz und Hass, all dies wurde angestachelt durch Unmengen von Adrenalin, das durch seine Venen jagte. Schließlich konnte sich Taylor nicht mehr auf den Beinen halten. Seine Knie wurden zu Grütze; er knickte einfach weg und schlug auf den Asphalt auf. Taylor vermochte nicht zu sagen, wie lange er in dem Hinterhof neben dem Wäscheständer lag – Minuten ... Stunden? Er vermochte es beim besten Willen nicht zu sagen. Irgendwann aber rissen ihn die kreischenden Sirenen aus der Trance. Es waren dumpfe, an- und wieder abschwellende Töne, die ganz Bern erfassten. Fliegeralarm!

Taylor betete zu Gott, dass die Amerikaner in dieser Nacht Bern für Stuttgart halten und es mit einem wahren Bombenteppich überziehen würden, denn in dem dann entstehenden Chaos würde er unbemerkt aus der Stadt entkommen können. Die Warntöne klangen rasch wieder ab und brummende Flugzeugmotoren waren selbst in der Ferne nicht zu vernehmen. Was an Geräuschkulisse erhalten blieb, waren die schrillen Sirenen der Berner Polizei. Luise musste sie gerufen haben.

Taylor musste sich am Wäscheständer hochziehen, um auf seine wackeligen Beine zu kommen. Zuerst wäre er fast wieder umgefallen, klammerte sich an einem Handtuch fest, das er mit seinen blutigen Händen besudelte. Die Sirenen kamen näher, immer näher.

Die Pistole in Taylors Hand fühlte sich schwer an, er vermochte sie kaum zu halten. Seine Finger zitterten, seine Augen zuckten beständig. Er verspürte einen unbändigen Schmerz in seiner Schulter. Doch wenigstens konnte er stehen. Langsam setzte er einen Fuß vor den anderen, Schritt für Schritt. Er torkelte aus dem Hinterhof, taumelte über die finstere Straße. Plötzlich knallte er gegen ein großes Objekt aus Metall; der Aufprall riss ihn fast von den Füßen. Taylor tastete in die Dunkelheit hinein, bekam das Blech eines Automobils zu spüren. Es musste Luises Maximag sein, der gegenüberliegend zur Wohnung geparkt war. Rasch lugte Taylor hinter sich und die Fassade hinauf. Alle Lampen in den Wohnungen waren ordnungsgemäß gelöscht – auch in »seiner« Wohnung, die er noch im Zwielicht der Dämmerung verlassen hatte. Was wohl mit Luise war? Ob sie noch dort war? Weinend, verzweifelt ... Taylor musste sich wie ein Hund schütteln, um plötzlich aufkeimende, ekelhafte Gedanken loszuwerden.

Kurz ging ihm durch den Kopf, Luises Wagen zu stehlen, obwohl er wusste, wie dumm das war. Der Schweiz ging es nicht mehr so dreckig wie vor einigen Jahren noch, dennoch waren viele Rohstoffe, darunter Ölerzeugnisse, weiterhin rationiert. Luise verfügte durch einen Freund ihres Vaters immer über genügend Treibstoff für das Auto, doch sie war mit diesem Privileg weit und breit die Einzige. Ein gelber Sportwagen würde auf den leergefegten Schweizer Straßen, auf denen wieder vermehrt Kutschen und seltsame Erfindungen wie mit Holz betriebene Lastwagen gesichtet wurden, auffallen wie ein bunter Hund.

Taylor drückte sich in eine enge Gasse und machte sich davon. Seltsam dumpf klang die Umgebung um ihn herum, derweil hatte sich ein schrilles Piepen in sein Gehör eingebrannt. In diesem Moment half Taylor sein hervorragendes Gedächtnis ungemein. Noch arbeitete sein Verstand, wie er es sollte. Noch konnte er eine detaillierte Karte von Bern und Umgebung in seinem Geist aufrufen. Er musste sich sputen. Er musste es irgendwie zur Landesgrenze schaffen – egal ob zu jener ins Deutsche Reich oder zur französischen oder italienischen. Sein Weg führte ihn zuallererst aus der Aare-Schleife raus, weg von den hellen Sandsteingebäuden und den Lauben der Altstadt. Danach folgte er für etwa 500 Meter dem Lauf des Flusses, ehe dieser nach Norden abknickte. Taylors Kurs aber blieb Nordwest. In schwarzer Nacht schlich er durch die modernisierte Länggasse mit den großen Reihenhäusern und den Industriequartieren, erreichte schließlich den Großen Bremgartenwald, einen naturbelassenen Park am Rande der Innenstadt, der bis dato vom Wahlen-Plan verschont geblieben war. Laub- und Nadelbäume ragten hier in die Höhe. Taylors Ziel war von dort aus einmal mehr die Aare, die, nachdem sie nördlich von Bern einige Schlenker vollführte, gen Westen abbog und den Großen Bremgartenwald nach Norden hin begrenzte.

Schon im Mai 1943, kurz nach Taylors Ankunft in der Schweiz, hatte er damit begonnen, Vorbereitungen für den Fall der Fälle zu treffen. Er wusste, sollte er einmal schnell entkommen müssen, durfte er sich auf den Hauptstraßen nicht mehr blicken lassen, somit waren auch die Brücken über die Aare tabu. An zwei Punkten am Flussufer hatte er daher Schlauchboote versteckt; etwas weiter außerhalb von Bern hatte er über die Zeit außerdem insgesamt acht Verstecke angelegt, in denen Verpflegung, Kleidung, Ausrüstung sowie 9 Millimeter-Patronen darauf warteten, von Taylor eingesammelt zu werden.

Verletzt, erschöpft, gejagt wie ein Fuchs bei der Fuchsjagd, quälte er sich durch den Bremgartenwald. Irgendwo zwischen den hochgewachsenen Bäumen verließen ihn die Kräfte; er lehnte sich an einen Stamm, setzte sich hin, und ihm fielen sofort die Augen zu. Erst die grellen Rufe, die durch das Unterholz drangen, weckten Taylor. Trillerpfeifen zwitscherten dazwischen. Die Dunkelheit der Nacht wich bereits dem Tag. Die Welt lag für den Augenblick verhüllt hinter einem grauen Schleier. Taylor hörte sie deutlich rufen – die Polizisten, die ihm offenkundig dicht auf den Fersen waren. In langen Ketten durchkämmten sie den Wald, brüllten Befehle und erstatteten lautstark Meldung. Besonders umsichtig gingen die Burschen nicht vor, doch das mussten sie auch nicht. Sie waren in der Überzahl, sie waren ausgeruht; sie mussten davon ausgehen, dass der Deutsche keine Chance hatte.

Ein schwaches Lächeln zitterte sich auf Taylors Lippen. *Arrogante Schweizer!*, kam es ihm in den Sinn. *Diese besseren Verkehrsschutzmänner haben keine Ahnung, mit wem sie es zu tun haben!* Stöhnend richtete er sich auf, drückte sich mithilfe beider Arme auf die klapprigen Füße. Er wog die Pistole in seiner Hand – sieben Patronen hatte er noch.

Reicht für mindestens zehn Schweizer, versuchte er sich selbst Mut zuzusprechen, *so dämlich, wie die vorgehen!*

»Ihr da! Nach links herüber!« Scharfe Rufe drangen durch den Wald – unverkennbar das Schweizerdeutsch. Taylor lugte hinter seinem Baumstamm hervor. Er konnte sie sehen. Schutzmänner in dunkler Uniform durchforsteten den Wald. Das Unterholz knackte und knirschte überall dort, wo sich die langen Ketten von Polizeibeamten durch das Gehölz bewegten. Sie waren 200 Meter von Taylor entfernt, doch sie hatten ihn offenbar noch nicht entdeckt. Weitere Rufe durchschnitten die Luft. Irgendjemand gab lautstark Anweisungen.

Blutige Anfänger! Taylors Gesichtszüge zuckten, ehe er sich umdrehte und einen wackeligen Fuß vor den anderen setzte. Er stöhnte leise, als er sich einen schmalen Hang hinabarbeitete. Die Aare lag vor ihm, das Wasser glänzte zwischen den Bäumen hindurch. Doch das Gebrüll und das Rascheln in seinem Rücken wurden gleichsam lauter.

Taylor presste die Zähne aufeinander, schluckte den harten Schmerz herunter, der durch seine Schulter fuhr. Seitenstechen setzte ein. Sein Herzschlag pochte in seiner Schläfe, doch er zwang sich, weiterzugehen. Die Stimmen und Geräusche hinter ihm trieben ihn an.

Thomas Taylor hatte sich die Zeit, in der Luise gearbeitet hatte, regelmäßig mit intensivem Lauftraining vertrieben. Gleichzeitig hatte er seine Runden stets dazu genutzt, all seine kleinen Verstecke zu überprüfen, denn würde er auf sie angewiesen sein, wäre es fatal, wenn eines seiner Lager geplündert gewesen wäre. Erst letzten Freitag hatte er sich versichert, dass das Schlauchboot an dieser Stelle der Aare noch immer unter dem großen Tarnfächer versteckt lag, den Thomas aus Astwerk und aus in Streifen geschnittenen Leinensäcken angefertigt hatte. Das Boot, bereits aufgepumpt und reisefertig, lag etwas oberhalb des Ufers in einer kleinen Mulde. Von den Wanderwegen aus, die sich überall durch den Bremgartenwald zogen, war es nicht auszumachen. Solange der Fluss kein Hochwasser führte, sollte sein Schlauchboot sicher sein.

Seine Verfolger holten auf. Keuchend rutschte Taylor den Hang hinab, humpelte der Mulde mit dem Boot entgegen. Seine linke Hand führte die Pistole, die schwerer und schwerer wog. Er spürte, wie es um seine verletzte Schulter ganz warm ... richtig heiß wurde. Die Wunden waren ob der Anstrengung aufgegangen, bluteten fürchterlich. Taylor drückte den blutgetränkten Lappen gegen die Stelle. Er stöhnte auf. Schmerzen, als kippte man ihm glühende Kohlen ins Hemd, rasten durch seinen Leib. Ihm quoll zudem der Schweiß aus allen Poren. Er verlor viel zu viel Flüssigkeit. Taylor war bewusst, dass er diese Jagd nicht mehr lange durchhalten würde. Er brauchte eine Pause, er brauchte Verpflegung, anderenfalls konnten ihn die Polizisten bald vom Boden auflesen. Taylor rannte weiter. Das stärker werdende Seitenstechen folterte ihn. Jeder schmerzvolle Stich presste ihm die Luft aus der Lunge. Sein Puls hämmerte – hämmerte laut. Das Hämmern, das unsägliche, ewige *Pokpokpokpokpokpok* legte sich über seine Gedanken, über seine Sinne. Das Pochen und Schlagen bestimmte in diesem Augenblick alles.

»Halt! Stehenbleiben!«, dröhnte es durch den Wald.

Blitzschnell drehte Taylor sich um, hob seine Waffe. Er schoss, ohne ein Ziel zu haben. Der Rückstoß der Parabellum riss ihn von den Beinen. Taylor stürzte, rutschte die letzten Meter des Hangs hinab. Er schrie fürchterlich auf, brachte sich stöhnend wieder auf die Beine. Er befand sich nun auf einem schmalen Waldweg, dahinter ging es weiter den Hang hinab zum Flussufer.

Unruhige Stimmen hallten durch den Wald.

Ich sag' doch: Verkehrspolizisten!, schoss es Taylor durch den Kopf, als er sich ächzend in Bewegung setzte. Lauwarmes Blut quoll unter dem Lappen hervor.

Wenn Taylor Glück hatte, lagen die Polizisten nun für einige Sekunden in Deckung, ehe sie begreifen würden, dass sie außer Gefahr waren. Das bedeutete wertvolle Zeit, die Taylor dringend benötigte, doch er wusste gleichwohl, dass der Weg zurück ins Reich ein langer und harter werden würde. Hatte er das Siedlungsgebiet Berns erst einmal hinter sich gebracht, würden die Dilettanten von der Stadtpolizei sein kleinstes Problem sein; dann nämlich würden die Landjäger die Jagd auf ihn eröffnen. Anders als die Schutzmänner aus der Stadt waren jene Landjäger militärisch organisierte, gut ausgerüstete und hervorragend ausgebildete Männer der Gendarmerie. Sie würden Taylor noch all sein Können abverlangen.

Landjäger hin oder her, versuchte er sich mit lässigen Kommentaren im Geiste von seiner misslichen Lage abzulenken, *sind am Ende auch bloß Schweizer!* Erneut versuchte sich ein hämisches Grinsen an die Oberfläche zu kämpfen, doch dieses Mal gelang es nicht. Zu verkniffen und verzerrt – zu entstellt – war Taylors Antlitz von den Schmerzen und der Erschöpfung.

Vor ihm tat sich jene Stelle auf, wo er das Boot versteckt hatte. Sie war durch den riesigen Tarnfächer perfekt in die natürliche Umgebung integriert. Weiter unten ging der Wald in eine schlammige, mit grünlich schimmernder Entengrütze durchsetzte Wasserkante über. Der fette Stamm einer Silberweide fußte unterhalb der Mulde zur Hälfte im Wasser, die Strömung abwehrend. Er verwandelte dadurch einen kleinen Teil des Ufers in ein stehendes, mit einem weißlichen Film überzogenes Gewässer.

Taylor erreichte die Mulde. Ihm fiel ein ganzer Geröllhaufen Steine vom Herzen, als er das Boot intakt vor sich liegen sah. Rasch blickte er den Hang hinauf. Auf der Kuppe hatte sich noch immer kein einziger Schutzmann blicken lassen, doch sie befanden sich schon wieder in Bewegung. Taylor konnte ihre Rufe, ihre Schritte, ihr unaufhaltsames Vorrücken deutlich heraushören.

Brüllend wie ein Stier, zog Taylor das Boot ins Wasser, kletterte hinein und ergriff das schmale Holzpaddel. Sofort stieß er das Paddelblatt ins Wasser und führte es zähneknirschend zurück, um dem Boot Schub zu geben. Schaukelnd eierte sein Gummikahn auf den Fluss hinaus, wurde von der Strömung erfasst und gen Westen getrieben. So hatte Taylor sich das ausgerechnet.

Sein nächstes Versteck lag einige hundert Meter flussabwärts auf der gegenüberliegenden Seite der Aare. Durch die Gewässerüberquerung würde er ausreichend Zeit gewinnen, um sein Lager zu plündern, da die nächste Brücke ein ganzes Stück weiter im Osten lag. Auch hatte Taylor die Strömung miteinkalkuliert, sodass er relativ genau auf Höhe seines Lagers am anderen Flussufer ankommen müsste, wenn er denn imstande war, seinem geschwächten Körper ausreichend Kraft für das Paddeln abzuschöpfen. Doch es musste einfach gehen! Ein entfernter Schuss platzte zwischen Taylors Gedanken. Sofort duckte er sich ins Boot, als würden ihm die Gummiwände Schutz bieten. Ruhe. Keine weiteren Schüsse folgten. Taylor lauschte konzentriert in das Rauschen der Strömung hinein. Sein Puls schlug Pauken in seinem Kopf. Taylor hielt den Atem an. Er hörte nichts. Keine Rufe, keine weiteren Schüsse. Langsam beugte er sich vor, streckte seinen Kopf über das Gummi des Bootes hinaus. Er konnte keine Polizisten an der Wasserkante ausmachen. Rasch grapschte er das Paddel, stieß es ins Wasser. Er musste zusehen, dass er ans andere Ufer kam! Stöhnend und ächzend kämpfte er gegen den beißenden Schmerz an. Eine allgemeine Ermattung hatte seinen Körper erfasst, drückte ihn hinunter, versuchte mit aller Macht, Herr über Taylors Sinne zu werden. Eine schwere Müdigkeit versuchte ihn zu überreden, sich einfach ins Boot zu legen und einzuschlafen – die aufgehende Sonne genießen, die schon jetzt warme Strahlen auf die Schweiz hinabscheinen ließ. So quälte er sich durch die peitschende Strömung, sprang kurz vor der anderen Uferseite ins Wasser. Das Boot ließ er abtreiben, denn er würde es nicht mehr benötigen. Taylor kämpfte sich die Böschung hinauf. Seine Sicht war ganz farblos geworden, sein Magen brannte, seine Hände zitterten. Wie lange würde er diese Hatz noch durchhalten?

Entschlossen setzte er einen bebenden Fuß vor den anderen. Ein befestigter Weg führte parallel zum Fluss am Ufer entlang. Eine große Freifläche, umschlossen von Wäldern, erstreckte sich über das Gelände diesseits des Flusses. Der schweizerische Wahlen-Plan wirkte sich auch auf das Berner Umland aus: Die Freifläche war übersät mit in langen Reihen angeordneten Karottenpflanzen, deren grüne Büschel aus der Erde ragten. Schmale Trittwege durchzogen die endlosen Karottenreihen.

Zwei Bauernhöfe lagen in wenigen hundert Metern Entfernung links von Taylor. Sie waren sein Ziel.

Einige zehn Meter abseits der Höfe, große Gebäude mit roten Giebeldächern, befand sich auf der Freifläche eine kleine Ansammlung von Buchen, welche durch ihren direkt am Stamm beginnenden, dickbauchigen Bewuchs an grüne Wassertropfen erinnerten, die in den Himmel wiesen.

Taylor hinkte zu den Buchen hinüber, unterdessen erfüllte leises, aber beständiges Sirenengeheul die Luft. Bis zu den Waldrändern, die von seiner Position aus in jeder Richtung viele hundert Meter entfernt waren, würde er es vielleicht nicht mehr schaffen. Taylor spürte, dass sein Körper am Limit kratzte, dass er kurz vor dem Zusammenbruch stand. Lange hielt er diese Tortur nicht mehr durch. Der Gedanke an Nahrungsmittel, Munition und Verbandszeug, die in seinem Versteck auf ihn warteten, spornte ihn noch einmal an, ließ seine Gliedmaßen noch einige wackelige Schritte vollführen. Taylor dachte derweil krampfhaft nach. Er konnte es sich nicht leisten, zwischen den Buchen liegenzubleiben, denn die Polizisten würden früher oder später jeden Millimeter des Geländes absuchen. Taylor musste den nächstgelegenen Wald erreichen.

Scheiß auf die Schmerzen, sagt er sich. Taylor musste sich sputen, musste alles geben. Er hatte nur noch Minuten, bis die Polente eintreffen würde. Die Zuversicht, etwas zwischen die Zähne zu bekommen, beseelte ihn spürbar, ließ ihn die letzten Kraftreserven aktivieren.

Schnaufend bahnte sich Taylor einen Weg durch das dichte Gestrüpp der Buchen. Mittig zwischen den Bäumen hatte er die breite Holzkiste vergraben. Er erreichte die Stelle ... und stockte. Ein Loch im Erdboden prangte dort, wo einst seine Kiste versteckt gewesen war. Taylor wurde schummrig, er musste sich hinhocken, sonst wäre er umgefallen. Nach Luft japsend schloss er die Augen und versuchte, seine Atmung unter Kontrolle zu bekommen.

Sekunden verstrichen. Die Sirenen wurden lauter und deutlicher. Taylors Augen öffneten sich schlagartig. Er erfasste einige Äste einer Buche, zog sich daran hoch. Seine Schulter brannte auf abscheuliche Weise. Taylor hatte den ersten Schock überwunden, und er musste weiter. Er wollte gerade gehen, da ließ ihn eine schweizerische Stimme erstarren: »Runter von meinem Umschwung!«

Taylor blinzelte zwischen dem welligen Blattwerk der Buchen hindurch. Er erkannte die Umrisse eines Mannes mit hellrotem Hemd und verschmutzter Arbeitshose, der zwischen der Ansammlung von Buchen und dem vordersten Hof auf dem Karottenfeld stand. Er hatte die Arme verschränkt und pfiff nun laut zwischen den Zähnen hindurch.

»Hören Sie schlecht? Sie sollen hier verschwinden!«

Abermals wog Taylor die Knarre in seiner Hand. »Dem Schweinepriester werde ich was husten ...«, murmelte er apathisch und kämpfte sich zwischen den Buchen hinaus auf das Feld.

Der Schweizer erstarrte, als sich Taylor offenbarte. Mit geöffnetem Mund und flackernden Augen stierte er den mit Blut besudelten und bewaffneten

Deutschen an. Taylor hob seine Pistole, hielt mit der zitternden Linken auf den Mann an, der wie angewurzelt dastand. Der Schweizer rührte keine Faser seines Körpers.

Doch Taylor drückte nicht ab.

Bloß noch sechs Patronen, rechnete er sich im Kopf seine Chancen und Möglichkeiten aus. Statt zu schießen, drohte er dem Mann mit instabiler Stimme auf Hochdeutsch: »Sieh zu, dass du dich davonmachst, sonst blase ich dir den Schädel weg!«

Taylor senkte die Pistole. Der Mann fuhr blitzartig herum und sprintete panisch dem Hof entgegen. Hektisch riss er die Eingangstür auf, verschwand im Gebäude und schlug das Türblatt donnernd ins Schloss.

Die Sirenen waren laut. Sie waren nah.

Taylor biss die Zähne aufeinander, ehe er weiterhumpelte. Er peilte mit den Augen den Waldrand hinter der Freifläche an. Sein ganzer Leib gierte nach einem Schluck Wasser. Warum zum Teufel hatte er die Aare überquert, ohne sich etwas vom kühlen Nass einzuverleiben?

Mit heftig klopfendem Puls in seinem Hals setzte sich Taylor in Bewegung. Die Sonne am Firmament knallte mittlerweile ordentlich. Höllisch heiße Strahlen brannten auf die Erde hernieder. Taylor schwitzte. Eine wahre Flut aus Salzwasser ergoss sich über sein Gesicht. Er leckte auf, was er mit der Zunge erwischen konnte, doch die salzige Flüssigkeit machte alles nur noch schlimmer. Seine Zunge schwoll an. Sie lag plötzlich wie ein filziger, dicker Pullover in seinem Mund. Taylor versuchte sich in einer Mischung aus Humpeln und Rennen und bemerkte nicht, dass eine Hand klammheimlich ein Fenster des Bauernhauses öffnete und die Lade nach außen aufklappte. Ein Gewehrlauf schob sich über den Fenstersims nach draußen. Er war genau auf den davontorkelnden Taylor gerichtet.

Der Schuss hallte auf. Taylor konnte den heißen Atem der Kugel, die seinen Kopf um Millimeter verfehlte, förmlich spüren. Sofort schmiss er sich zu Boden, schrie aber sogleich schmerzvoll auf. Er hört das Klacken, als der Schütze das Gewehr repetierte. Taylor hob seine Waffe, schoss blindlings in Richtung des Fensters, aus dem er beschossen wurde.

Noch fünf Patronen, rasten seine Gedanken.

Wieder feuerte der Schweizer. Taylor brüllte triumphierend, als das Projektil neben ihm eine Karottenpflanze zerriss.

»Warum, verdammt, hat jeder beschissene Schweizer eine Bleispritze?«, fauchte er, brachte seine Waffe in Anschlag und drückte den Abzug durch. Die Kugel brachte Glas zum Zerspringen, der Schütze duckte sich unter dem Fenstersims weg.

»Wird Zeit, dass dieses Drecksland unter deutsche Verwaltung kommt!« Taylor kämpfte sich mühsam auf die Beine. Das Klicken des Gewehrverschlusses drang vom Hof herüber, doch der Schütze ließ sich nicht mehr blicken. Mit beiden Händen an seiner P08 – seine Schulter zog höllisch dabei – hielt Taylor auf das Fenster an.

»WAS DENN?«, brüllte er in einem weiteren Anfall von Überheblichkeit, die ihn für einen Augenblick seine unvorteilhafte Situation ausblenden ließ. »Hast du plötzlich Schiss?«

Mit vorgehaltener Waffe wankte Taylor auf das Fenster zu. Lärmende Sirenen begleiteten ihn. Er hatte vielleicht noch eine Minute, ehe die Polizei eintreffen würde.

Taylor war in Rage. Als er die halbe Strecke zum Fenster zurückgelegt hatte, schoss er. Die Kugel knallte in den Raum hinter dem Fenster – eine Küche. Scheppernd flogen Blechtöpfe zu Boden.

Die letzten Meter zum Fenster rannte Taylor. Keuchend erreichte er den Sims, dann aber geriet er mit dem linken Fuß in ein kleines Erdloch und knickte um. Er schrie, so furchtbar war der Schmerz. Sofort drückte er sich unter dem Fenster gegen die Wand. Sein umgeknickter Fuß war mit einem Mal ganz heiß und pulsierte heftig.

»Fuck«, stöhnte er. *Noch drei Patronen!*

Behutsam schob sich über ihm, ganz sachte und geräuschlos, der Lauf des Gewehrs über den Fenstersims. Mit verbissener Miene starrte Taylor nach oben. Der Schütze suchte ihn! Die Gewehrmündung wanderte von links nach rechts, dann wieder zurück. Das Holz des Gewehrschafts schabte leise über die Fensterbank. Sekunden vergingen. Taylor vernahm deutlich, wie die Sirenen, die aus dem Osten herüber heulten, das Flussufer wechselten. Er hatte noch 30 Sekunden – maximal. Der Schütze hinter dem Fenster zog sein Gewehr wieder zurück, sodass der Lauf für Taylor nicht mehr sichtbar war.

Taylor drückte sich den warmen Stahl seiner Waffe gegen die Stirn, fieberhaft nachdenkend. Wäre er nicht verletzt, würde er durchs Fenster springen, das Gewehr dieses Kerls schnappen und dem Typen damit das Gesicht zu Brei prügeln. Doch in seinem Zustand würde er im Nahkampf nicht einmal mehr gegen ein kleines Mädchen bestehen können. Taylor blickte schließlich nach rechts, sah die Eingangstür zum Gebäude. Langsam schob er sich, den Körper stets gegen die Gebäudefassade gepresst, auf die Türe zu. Doch es war zu spät. Ein im Sonnenlicht glänzender Polizeiwagen brauste mit ohrenbetäubendem Sirenengeheul über die Straße heran. Unvermittelt hob Taylor seine Pistole, drückte ab. Funken sprühten über den Lack, der Fahrer stieg in die Eisen. Das Auto stellte sich mit kreischenden Reifen quer, gleichzeitig sprangen die Türen auf und vier Schutzmänner hüpften auf der von Taylor abgewandten Seite aus dem Fahrzeug.

»Geben Sie auf!«, zitterte sich eine unsichere Stimme hinter dem Wagen hervor.

»Witzbolde!«, stieß Taylor aus, zog sich am Türrahmen hoch, drückte die Klinke, und fiel mit der Tür ins Haus. Hart knallte er mit der gesunden Schulter auf den Steinboden, schlug noch im Fallen mit den Füßen das Türblatt ins Schloss. Blitzschnell drehte Taylor sich in die Richtung, in der sich der Schütze befinden musste.

Thomas Taylor befand sich in einem schmalen Flur. Ein hölzerner Schemel stand in einer Ecke, ein Kruzifix hing darüber an der Wand. Auf einem kleinen Regal gegenüber dem Eingang waren allerhand umrahmte Fotoaufnahmen aufgestellt. Ein Durchbruch führte in den nächsten Raum, in die Küche. Taylor konnte seine Waffe kaum noch hochhalten. Schwer wie ein Panzer erschien ihm die Parabellum, die in seiner Hand zitterte. Draußen sausten weitere Wagen heran, kamen quietschend zum Stehen. Autotüren wurden geschlagen. Stiefel trampelten über die Straße.

Mit einer eleganten Bewegung drehte sich der Schütze, jener Mann, der Taylor vom Grundstück vertreiben wollte, hinter dem Türrahmen der Küche hervor. Er legte sofort auf den Deutschen an. Doch Taylor war schneller, krümmte den Finger und schoss. Die Kugel durchschlug das Holz des Gewehrs, wurde dadurch in ihrer Flugbahn beeinflusst und sauste nach oben weg. Sie streifte noch den rechten Oberarm des Schweizers, ehe sie sirrend in die Decke der Küche schlug. Der Mann schrie auf. Sein Gewehr fiel auf den Steinboden. Sofort warf sich der Schweizer, der sich mit der Linken die Wunde hielt, hinter den Rahmen des Durchbruchs in Deckung. Sein Gewehr blieb in Taylors Sichtbereich liegen, nur zwei Meter entfernt! Draußen gingen hektische Rufe um. *Eine Patrone übrig,* zählte Taylor mit rasselnder Atmung, indes ließen seine Augen und die Mündung seiner Knarre nicht von dem Durchbruch ab. Er spürte, wie die Kälte des Steinbodens von seinem Körper Besitz ergriff. Seine Schulter pulsierte wie die Hölle, sein Fuß zuckte, war dick angeschwollen. *Ich hasse die Schweiz,* überkam es Taylor.

Pointe du Hoc, Frankreich, 07.06.1944

Die ganze Nacht über hatten sich beide Seiten mit sporadischem Maschinengewehr- und Granatfeuer beackert. Die Amerikaner saßen hilflos in der Falle. Vielleicht noch 100 waren übrig von ihnen, doch so genau wusste das auf der deutschen Seite niemand. Die Amis jedenfalls standen mit dem Rücken zur Wand. Sie hielten die äußersten Schützengräben des Kliffs, hinter ihnen fiel die Felswand 30 Meter steil ab.

Nun hatte das Tageslicht Nordfrankreich erreicht. Von Osten her schienen schwache Sonnenstrahlen auf die Pointe du Hoc herab. Der Himmel war wolkenverhangen.

Keine 100 Meter lagen zwischen den Gräben der Deutschen und denen der Amerikaner. Wegen der geringen Entfernung konnten die US-Truppen ihre Luftüberlegenheit ebenso wenig nutzen wie die Geschütze der Schlachtschiffe, die auf ihren Einsatz warteten. Die Panzer der Deutschen verblieben dennoch aus Respekt vor den feindlichen Kriegsschiffen im Hinterland des Kliffs verborgen.

Berning und seine Männer, dies waren Weiß, Reuben, Hege und einige andere, hockten in einem schmalen Laufgraben und achteten tunlichst darauf, den Kopf nicht über die Deckung zu strecken. Ein Alarmposten, derzeit von Soldaten der 1. Gruppe besetzt, wachte mit einem Scherenfernrohr über die Aktivitäten des Feindes. Ansonsten lautete die Parole »Abwarten und Tee trinken«, denn während der Ami seine wenigen Vorräte verzehrte, erhielten die Kanoniere und die Soldaten von Bernings Einheit zweimal täglich frische Verpflegung, dazu Munition und Verbandszeug, wenn nötig. Die deutschfreundlichen Franzosen, die in den ersten beiden Nächten bei den Bauernhäusern im Hinterland des Kliffs geblieben waren, standen mittlerweile drüben bei der Kompanie von der 352. Infanterie-Division in den Gräben. Fünfzehn Mann waren das, bewaffnet mit Jagdbüchsen. Besser als nichts. Gebannt warteten die Soldaten der Wehrmacht auf die nächste Aktion des Feindes, denn der Amerikaner stand unter Zugzwang in dieser Pattsituation, nicht der Deutsche. Die Führung zumindest vermutete, dass der Feind in der kommenden Nacht eine Evakuierung versuchen würde.

Sollen die sich ruhig verpissen!, moserte Berning in Gedanken. *Besser, als noch mehr Tote durch noch mehr Gefechte.*

Im Hinterland des Kliffs donnerten derweil die deutschen 155-Millimeter-Geschütze, die durch die Präsenz der Amis zwar nicht aus den vorbereiteten Feuerstellungen heraus agieren konnten, deren Granaten die

Invasionstruppen westlich von Colleville-sur-Mer dennoch problemlos erreichten. Beständig dröhnten die Abschüsse. Seit dem Tage der Invasion hatten die Kanoniere ohne Pause auf den Feind geballert. Der Buschfunk munkelte derweil, die Landeoperation der Alliierten gerate zum Debakel.

Ein US-Aufklärungsflugzeug, das dem deutschen Fieseler Storch sehr ähnlich sah, drehte oben am Firmament seine Runden, beobachtete seelenruhig die Situation auf dem Kliff.

»Arroganter Ami!«, spuckte Hege aus und blickte hasserfüllt in den Himmel. Die Amerikaner hatten beim Angriff auf die Pointe du Hoc alle deutschen Flugabwehrstellungen zerstören können, weshalb der Flieger am Himmel vollkommen unbehelligt seine Kreise zog. Deutsche Maschinen waren nicht zu sehen. »Man könnte meinen, das hier wäre ihr Land!« Heges Gesicht war zu einer sturen Grimasse verzerrt. Er zündete sich eine Zigarette an.

»Na ja«, warf Reuben ein, »unser Land ist es eigentlich auch nicht.« Hege blickte den Gefreiten verständnislos an.

»Was hast du gesagt?«

Reuben beugte sich zu Hege, sprach ihm direkt ins Ohr: »Ich sagte, dass das nicht unser Land ist!«

»Was ist unser Land?«

Reuben winkte ab. »Vergiss es, Kumpel«, brüllte er und lächelte.

»Was die Amis drüben wohl machen?«, überlegte Berning und zeichnete mit einem Stock Striche in die Erde. Innerlich musste er an seinen Kameraden Bongartz denken, den er in Olchowatka hatte sterben lassen. Das blau angelaufene Gesicht des erstickten Gefreiten begleitete ihn täglich und schnürte ihm noch immer die Kehle zu. Wut über sich selbst, aber auch Trauer hielten seine Gedanken im Würgegriff. Berning würde sich den Tod von Bongartz niemals verzeihen. So viele Menschen hatte er in diesem Krieg getötet, doch dieser eine Tote, den er nicht einmal selbst umgebracht hatte, setzte ihm mehr zu als alles andere.

»Hungern«, grinste Weiß.

»Ja, ja, hungern werden die«, bekräftigte Reuben nickend. »Habt ihr übrigens schon gehört, dass vom Regiment 453 einige Uffz verschwunden sein sollen?«

»Nee.« Weiß schüttelte den Kopf. »Wie verschwunden? Haben die Brüder sich abgesetzt?«

»Keinen Schimmer. Sind halt einfach weg.«

Eine ganze Zeit verging. Beim Scherenfernrohr lösten sich die Landser ab. Es blieb ruhig. Nicht einmal Störfeuer wurde von drüben herüber geschossen. Wahrscheinlich waren die Amerikaner mit ihrer Munition ganz schön runter.

Irgendwann schlich Pappendorf durch die Laufgräben und erreichte die Stellungen von Bernings Gruppe.

»Unteroffizier Berning, zu mir!«, plärrte der Feldwebel. Berning stöhnte innerlich, doch er raffte sich auf und quetschte sich an Weiß und Reuben vorbei. Sein Verstand projizierte reflexartig die Nacht der Invasion vor sein geistiges Auge, in der Pappendorf ihn in jedes verdammte Feindfeuer hineingeschickt hatte – aus purer Boshaftigkeit, wie Berning meinte.

»Jawohl, Herr Feldwebel?«

»Berning!« Pappendorfs Lippen zuckten diabolisch. »Sie wollen sich doch das EK verdienen!?«

Nein, hätte Berning am liebsten gesagt. *Ich will einfach hierbleiben und überleben. Ich scheiße auf Orden!* Doch er wagte es nicht, seine wahren Gedanken auszusprechen. Stattdessen machte sein Herz einen Sprung, so fühlte es sich zumindest an. Berning schwante Übles.

»Natürlich, Herr Feldwebel«, seufzte er mit müden Augen.

»Wusst' ich's!«, freute sich der Zugführer. »Auf Sie ist Verlass!«

Pappendorf breitete eine Skizze von der Pointe du Hoc auf dem Boden aus. Darauf waren sämtliche Laufgräben und Stellungen eingezeichnet.

»Wenn wir nichts unternehmen, setzt sich der Feind in der Nacht ab«, erklärte Pappendorf. »Darum habe ich mich freiwillig gemeldet, einen Spezialauftrag des Chefs auszuführen, um die Bande zu kassieren.«

Berning versteinerte. Spezialaufträge waren Bernings Fachgebiet, wenn es nach Pappendorf ging.

»Ich musste da gleich an Sie denken.« Pappendorf fletschte die Zähne wie ein Raubtier. Er hatte Berning die Sache mit Rommel offenbar noch nicht verziehen. Der Feldwebel genoss es sichtlich, dem Unteroffizier ein mögliches Himmelfahrtskommando aufs Auge zu drücken.

»Schauen Sie auf die Skizze!«

»Jawohl, Herr Feldwebel.«

Die Gräben der Amerikaner zogen sich einmal an den Rändern der Steilküste entlang. Im unmittelbaren Vorgelände von Bernings Stellungen ging vom Graben der Amerikaner ein anderer Graben querverlaufend ab, hörte aber nach wenigen Metern wieder auf. Das Ende dieses Grabenstücks zeigte direkt auf Bernings Gruppe und war vielleicht 70 Meter von ihr entfernt – 70 Meter über offenes, flaches Gelände.

»Dort will ich ein MG haben!« Pappendorfs Zeigefinger tippte auf jenen querverlaufenden Graben. Bernings Augen wurden groß und größer.

Meint der das ernst? Er war bestürzt, geschockt. Er schaute auf, blickte Pappendorf direkt in dessen kleine Augen, die böse flackerten. Der Feldwebel meinte das ernst!

Das ist kein Himmelfahrtskommando, das ist ein Todesurteil, dachte Berning. Ein dicker Kloß setzte sich in seinem Hals fest. Er musste sich gegen diesen Auftrag wehren, musste Pappendorf die Stirn bieten!

Der allerdings plapperte munter weiter: »Schnappen Sie sich drei Mann, Herr Unteroffizier. Dann zu mir, Maschinenpistolen empfangen, damit Sie die Amis im Nahkampf erledigen können. Auf Leuchtkugel gelb nebeln wir das Vorgelände ein, dann springen Sie rüber. Nisten Sie sich drüben im Graben ein und beißen Sie sich fest. Von dort können Sie in jeden Winkel des Kliffs hineinwirken. Da soll der Ami noch einmal versuchen sich abzusetzen!« Pappendorf nickte Berning mit ernster Miene zu.

Berning war wie gelähmt. Er konnte nicht glauben, was da von ihm verlangt wurde. Er musste JETZT die Zähne auseinanderkriegen, musste etwas sagen!

»Da ... da ... da sind mindestens 100 Amis in den Gräben, Herr Feldwebel«, stammelte er.

»Deshalb die Maschinenpistolen. Weitere Fragen?«

Berning starrte seinen Zugführer an, dessen Antlitz zu einer Statue eiserner Entschlossenheit geworden war.

»Wir zählen auf Sie, Unteroffizier! Sie haben zehn Minuten.« Pappendorf nickte noch einmal, drehte sich um und verschwand. Zurück blieb ein zitternder, ängstlicher Berning. Mit einem Gefühl im Magen, als würde darin eine Damenmannschaft ein Kegelturnier veranstalten, kehrte er zu seinen Männern zurück.

*

Hege hatte sich fürchterlich gegen den Auftrag gewehrt; auch Reuben und Weiß schimpften. Doch am Ende hatten sie alle eingesehen, dass es keinen Weg daran vorbei gab.

Nun lagen Berning, Reuben, Weiß und Hege mit einem MG 42, Maschinenpistolen und massig Handgranaten am Rande des Grabens bereit. Mit angespannten Muskeln, ernsten Mienen und einem miesen Gefühl in den Knochen warteten sie auf das Leuchtsignal Pappendorfs.

»Das werden wir nicht überleben«, wisperte Weiß. Reuben nickte verängstigt.

»Wir machen das, Männer!«, beschwichtigte Berning wenig glaubwürdig. In ihm selbst wütete ein Brand der Verzweiflung, der ihm ungeheure Magenschmerzen bereitete.

Dann stieg über ihren Köpfen die Leuchtkugel auf, und ausgewählte Landser schmissen Nebeltöpfe ins Vorfeld. Leise knallend platzten diese auf. Binnen Sekunden baute sich eine weiße Nebelwand auf.

»Los jetzt!«, brüllte Pappendorf. Berning zögerte einen Augenblick lang. Dann aber gab er doch den Befehl zum Sprung. Die vier Auserwählten kraxelten die Grabenwand hinauf und stürmten in den Nebel hinein. Schlagartig hörten sie die Selbstlader der Amerikaner schießen. Sie vernahmen das Surren der Projektile, die ungezielt durch den Nebel jagten. Berning und seine Landser preschten weiter vor. Bernings Atmung hämmerte. Sein Blick verengte sich. Er sog den beißenden Nebel in seine Lunge ein, dass sich ein ekelhafter Hustenreiz in seinem Hals breitmachte. Hätte er seinen Trupp doch Gasmasken aufziehen lassen!

Berning hörte hinter sich seine Soldaten. Ihre Atmung keuchte, ihre Ausrüstung klapperte. Ihre mit Metall besetzten Stiefel wetzten über den steinigen Untergrund. In langen Sätzen sprinteten sie durch den Nebelschlund. Im nächsten Augenblick schon schlüpften sie unerwartet aus dem weißen Schleier, standen mitten auf offenem Gelände – im Sichtfeld der Amis! Berning erblickte die feindlichen Stellungen – 40 Meter vor sich! Deckungsloses Gelände bis dorthin! Der Nebel hatte sich nicht weit genug ausgebreitet!

Berning stockte. *Oh nein,* ächzte er innerlich, als er sah, wie sich gefühlte hundert feindliche Läufe auf ihn ausrichteten. Mit einem gewaltigen Feuerüberfall brach das amerikanische Feuer über sie herein. Hege griff sich sofort an den Bauch, einen spitzen Schrei ausstoßend. Das MG ging scheppernd zu Boden, seine Hände färbten sich rot.

»Rückzug!«, donnerte Berning. Er vernahm das Singen von Kugeln, die ihn nur knapp verfehlten.

»Zurück in den Nebel!«

Berning und Weiß griffen jeweils einen Arm Heges und schleiften ihn hinter sich her. Zusammen mit Reuben, der das MG gegriffen hatte, jagten sie zurück in die Nebelwand. Hunderte Kugeln nahmen ihre Verfolgung auf. Mit Berning an der Spitze kämpften die Deutschen sich zurück durch den Schleier, der sich zu Teilen schon über den Graben ihres Zugs gelegt hatte. Als mit einem Mal die eigenen Stellungen vor ihnen aus dem dick-weißen Brei auftauchten, wäre Berning fast hineingestürzt. Sofort sprang er hinunter und zog Hege hinter sich her. Der Gefreite gab keinen Laut mehr von sich. Er war weggetreten, seine Augen verdreht. Blut sprudelte aus seinem Unterleib. Reuben und Weiß sprangen hinterher in den Graben, wo sie sofort in Deckung gingen.

»Sanitäter!«, brüllte Berning aus voller Lunge. Er presste beide Hände auf Heges Wunde. Blubbernde Laute drangen aus dessen Rachen. »Los, Sanitäter!«, wies der Unteroffizier einen nahestehenden Obergrenadier an, der seine Augen nicht von dem Blut abwenden konnte. Nun aber nickte er und verschwand. Schon stand Pappendorf neben Berning.

»Unteroffizier Berning!«, sagte der Feldwebel erbost.

»Jawohl!«, brüllte der, ohne die Augen von Hege zu nehmen.

»JAWOHL, HERR FELDWEBEL!« Pappendorf tobte. »Müssen wir schon wieder von vorne anfangen!?«

Das war der Moment, in dem Berning kurz davorstand, aufzuspringen, und Pappendorf das Gesicht zu zertrümmern. Unendliche Wut übermannte ihn. Er hatte endgültig genug von diesem beschissenen Gehabe! Im letzten Moment aber riss er sich zusammen. Immerhin: Er ignorierte Pappendorfs Aussage und auch dessen Frage. Berning sprach auch das geforderte »Herr Feldwebel« nicht aus. Er kümmerte sich stattdessen stumm um Hege, presste beide Hände auf dessen Wunde. Er versuchte die Blutung zu stoppen. Pappendorf bebte. Pappendorf war kurz vor der Explosion. Weitere Augenblicke verstrichen, in denen Berning kein »Herr Feldwebel« über die Lippen brachte, in denen er Pappendorf keine Aufmerksamkeit schenkte.

»Berning! WAS MACHEN SIE HIER?«, brüllte Pappendorf. »Bewegen Sie sich SOFORT raus aus dem Graben UND FÜHREN SIE IHREN GOTTVERDAMMTEN AUFTRAG AUS!«

»Nein«, stöhnte Berning.

Noch immer sprudelte das Blut unter seinen Händen hervor. Er beugte sich über Hege, um mehr Druck auf die Wunde auszuüben. Der Gefreite lag bewusstlos da, zeigte keine Regung mehr.

Weiß hockte an Heges Kopf und quasselte auf ihn ein. »Hege, du willst doch nicht so abtreten«, flehte er. »Komm schon, Kumpel. Du bist doch noch Jungfrau. Das wollten wir doch ändern nach dem Krieg! Wir wollten zusammen nach Hamburg! Bitte, Kumpel!«

Reuben zupfte mit flatternden Fingern einen Verband aus seinem Brotbeutel.

Pappendorf war zu einer Statue der Verständnislosigkeit erstarrt. Seine Augen verengten sich zu schmalen Schlitzen. Seine Hände formten Fäuste. Sein Körper zitterte unter der Anspannung. Berning schenkte dem Feldwebel krampfhaft keine Beachtung.

»Was hast du da gerade gesagt?«, flüsterte Pappendorf mit bedrohlich ruhiger Stimme.

Berning aber schrie auf: »Nein, verdammt!«. Er brüllte so laut er konnte. Er blickte auf, sah Pappendorf direkt an. »Bauer ist getroffen!« Vorwurfsvoll wies er auf Hege. »Ich hab' keinen MG-Schützen mehr!« Berning stockte abrupt, denn langsam – ganz langsam – wanderte Pappendorfs Hand an dessen Pistolenholster.

»Was ist das für eine bolschewistische Scheiße, die du hier veranstaltest!?«, krakeelte der Feldwebel. Pappendorf schaute nach allen Seiten, erspähte einen blutjungen Obergrenadier, der die Szene aus einigem Abstand beobachtete, und pfiff ihn zu sich heran.

»Jawohl, Herr Feldwebel?«, meldete der sich japsend.

»Sie sind jetzt der MG-Schütze vom Unteroffizier.« Berning stierte Pappendorf mit einem verzweifelten Blick an. Der Obergrenadier hingegen bekam ganz große Augen.

»Ich habe keine MG-Ausbildung, Herr Feldwebel«, meldete er kleinlaut. So etwas konnte passieren, wenn die Ausbildung immer weiter verkürzt wurde, um die gebeutelte Wehrmacht mit frischem Personal aufzufüllen.

Pappendorf aber grinste hämisch. Seine Hand ruhte auf dem Pistolenholster. Die Finger umspielten das schwarze Leder. Berning wagte nicht, etwas zu sagen. Er winkte einen anderen Obergrenadier heran, wies ihn an, sich um Hege zu kümmern. Mit zusammengebissenen Zähnen presste der Landser beide Hände auf Heges Bauchwunde.

»Macht nichts!«, verkündete Pappendorf derweil. »Ist wie ein Gewehr, nur schneller! Und jetzt los, Berning! Raus aus dem Graben oder ich vergesse mich!«

Berning blickte sich hilfesuchend nach Weiß und Reuben um. Beide starrten mit aufgerissenen Augen zurück.

»... ich ...«, stammelte er zusammenhangslos. Er suchte krampfhaft nach einem Ausweg.

»JA, WIRD'S BALD!?«, brüllte Pappendorf und schleuderte Berning seine feuchte Aussprache ins Gesicht. Der Unteroffizier blinzelte, aber sprang auf und umklammerte seine MP. Zögernd taten es ihm Reuben und Weiß gleich. Der blutjunge Obergrenadier ergriff zaudernd das MG. Angst lag in seinen Augen. Seine Hände umfassten die Waffe völlig ungelenk. Berning sah dem Mann an, dass er die schwere Infanteriewaffe zum ersten Mal in Händen hielt, aber Pappendorf quälte seinen Zug in der freien Zeit ja lieber mit Taktikunterricht und theoretischen Lehrstücken über Panzeroffensiven.

»Ich zähle jetzt von zehn herunter, Unteroffizier ...«, wisperte Pappendorf, seine Hand nicht vom Holster nehmend.

Berning war hilflos. Ihm blieb nichts anderes übrig, als zurück in diese Hölle zu flitzen. Er blickte über den Rand des Grabens. Von der Nebelwand war nur noch ein feiner, durchsichtiger Dunst übrig.

»Die Nebelwand ist weg«, meldete er zitternd.

»JA, IST DAS MEINE SCHULD, DASS DU OCHSE SO HERUMTRÖDELST?!«, schrie Pappendorf. »Keiner hat dir gesagt, du sollst zurückkommen!«

»... aber ...«

»Glaub ja nicht, ich verschwende noch drei Nebeltöpfe für dich!«

»... was? Wir sollen ...«

»ZEHN.«

»... das können Sie nicht ...«

»NEUN.« Pappendorfs Finger öffneten das Holster.

»... das ... das ...« Berning warf seinen Kopf nach links und rechts. Sein Herz flimmerte. Sein Magen drehte sich um. Weiß und Reuben und der blutjunge Landser blickten drein wie Versuchsratten, die wussten, was die Wissenschaftler gleich mit ihnen anstellen würden.

»SIEBEN!«

Berning fasste seine MP neu. Kurz kam ihn der Gedanke, Pappendorf einfach umzumähen. Doch das würde ihm nur den Tod durch den Strick einbringen. Er warf abermals einen schnellen Blick über den Rand des Grabens. Sofort platzten vor ihm feine Erdfontänen hoch. Der Nebel war weg. Sie würden es nicht einmal lebend aus dem Graben schaffen.

»SECHS!«

»Auf mein Zeichen, Männer ...«, flüsterte Berning mit brüchiger Stimme.

»FÜNF!!!«

Berning, Reuben, Weiß und der junge Landser machten sich bereit, spannten ihre Körper an. Der Obergrenadier hantierte umständlich mit seinem MG herum, sodass es klapperte.

»VIER!!!« Pappendorfs Finger berührten den Griff seiner Pistole.

Berning atmete lautstark aus. *Also dann,* sprach er sich im Geiste Mut zu.

»Angriff sofort abbrechen!«, ertönte plötzlich Balduins Stimme. Der Oberleutnant war wie aus dem Nichts im Graben des Zugs aufgetaucht und stand hinter Pappendorf. In seinen Händen hielt er ein Fernglas.

»Hab' alles von hinten beobachtet«, sagte er mit ernster Stimme. Die Worte zauberten ein Grinsen auf Bernings Lippen.

»Wir haben hier keine Chance auf einen Erfolg. ABER: Hervorragende Leistung, Feldwebel Pappendorf. Auf Sie und Ihre Einheit ist Verlass! Scheuen die größte Gefahr nicht! Dafür gebührt Ihnen der Respekt der gesamten Einheit, Herr Feldwebel.« Bernings Grinsen verschwand.

»Danke, Herr Oberleutnant«, erwiderte Pappendorf auf das Lob.

»Sehen Sie zu, dass Bauer zum Verwundetensammelnest kommt«, mit diesen Worten verschwand Balduin. Hege blubberte leise vor sich hin, hatte die Augen geschlossen.

Pappendorfs Blick aber konzentrierte sich einzig auf Berning.

Berner Umland, Schweiz, 07.06.1944

Taylor fokussierte seine beeinträchtigten Sinne auf das Gewehr, das zwei Meter von ihm entfernt auf dem gekachelten Fliesenboden lag. Draußen herrschte geschäftiges Treiben. Menschen hetzten umher. Rufe ertönten. Mehr und mehr Polizisten strömten von allen Seiten zum Bauernhaus. Taylor saß in der Falle, und um aus dieser Falle herauszukommen, benötigte er Feuerkraft.

Zwei Meter ... zwei Meter nur waren er und das Gewehr voneinander entfernt. Zwei Meter, die für den heftig verletzten Taylor zur beinahe unüberwindbaren Distanz wurden. Wenn er sich recht erinnerte, fasste der Schweizer Karabiner 31, die Standardbewaffnung der hiesigen Wehrpflichtigen, sechs Schuss, also ruhten noch mindestens vier Patronen in der Waffe. Taylor hingegen hatte nur noch eine einzige Kugel in seiner Pistole.

Vorsichtig streckte er seinen Arm aus, biss die Zähne aufeinander, schluckte den Schmerz, der durch seinen Körper raste, hinunter. Sein Fußgelenk war dick angeschwollen, seine Schulter brannte wie die Hölle. Glänzendes, frisches Blut klebte an seinem Hemd.

Auch mit ausgestrecktem Arm fehlte ihm noch ein guter Meter zum Karabiner. Die Schweizer Waffe war unerreichbar. *Und hinter dem Türrahmen hockt noch immer dieser Drecksack.*

Taylors keuchende Atmung und sein hämmernder Puls legten sich wie eine Hintergrundmusik über die Geräuschkulisse. Dennoch vernahm er den Schweizer, der schwer atmend auf der anderen Seite der Wand verharrte. Draußen brausten weitere Fahrzeuge heran. Dutzende Männer brachten sich hörbar in Stellung. Die Polizisten überlegten lautstark, wie sie vorgehen sollten.

Verdammte Scheiße, überkam es Taylor, als ihm für einen kurzen Augenblick die ganze Misere bewusstwurde, in die er geraten war. Die Erschöpfung lähmte seinen Geist, ließ ihn langsam werden. Der hohe Blutverlust machte ihn müde. Seine Sicht hatte an Farbsättigung verloren. Sein Schädel pulsierte, war kochend heiß und puterrot angelaufen. Taylor war zu zusammenhängendem Denken kaum mehr in der Lage. Nur dieses Gewehr bestimmte seinen Geist, nur das Gewehr offenbarte sich ihm als Ausweg aus seiner Situation. All seine Sinne – sein ganzer, verwundeter Leib – konzentrierten sich auf diese eine Waffe, deren Holzschaft von Taylors Projektil angeritzt war. Doch da war noch immer das schwere Atmen des Schweizers, der sich hinter dem Türrahmen verbarg.

Sachte, ganz sachte schob sich Taylor über die kalten Fliesen. Seine Glieder schmerzten. Er streckte den rechten Arm aus, so weit es ging. Er arbeitete sich Zentimeter für Zentimeter an das Gewehr heran. Plötzlich stockte er, fror förmlich in der Bewegung ein. Hinter der Wand war ein kräftiges Stöhnen erklungen.

Wie sehr hatte Taylor diesen Schweizerischen Mistkerl verletzt? Würde der Mann noch kämpfen können? Würde Taylor überhaupt selbst in der Lage sein, einen Kampf durchzustehen? Er starrte seinen Fuß an, der ihm so groß wie ein Fußball zu sein schien. Taylors Blut hatte sich bereits über den gesamten Flur verteilt. Er war kreidebleich, zitterte, schlotterte. Seine Lippen bebten, waren bläulich angelaufen. Er musste wach bleiben! Er musste das durchstehen!

Taylor arbeitete sich weiter an das Gewehr heran. Stück für Stück schob er seine vibrierende Hand vorwärts. Endlich bekam er das blanke Holz zu spüren. Taylor packte zu, zog das Gewehr zu sich heran. Stöhnend umfasste er den K 31 mit beiden Händen und nahm das Gewehr in Augenschein.

Der Verschluss war aus Metall und ähnelte dem des K 98k, offenbar aber musste der Spanngriff gerade nach hinten herausgezogen werden, statt ihn zu drehen. So oder so, Taylor würde schon einen Schuss aus dem Ding herausbekommen ...

Draußen intensivierte sich das hektische Treiben der Polizisten hörbar. Taylor dachte: *Diese besseren Schülerlotsen können jeden Augenblick das Gebäude stürmen.*

»Du neunmalkluger Schluchtenscheißer!«, sprach Taylor in klarem Hochdeutsch den Schweizer hinter der Wand an. Um seine Drohung zu unterstreichen, schlug er mit der Hand gegen den Verschluss, dass dieser metallisch klackte. »Sitzt ganz schön in der Tinte!« Ächzend stemmte Taylor sich hoch, sein Antlitz war von Schmerzen entstellt. Er versuchte sich so gut es ging aufzubauen, doch im Grunde war er nur noch ein Häufchen Elend – immerhin, ein Häufchen Elend mit einer Waffe. Aber was sollte er nun tun? Adrenalin und Angst strömten durch Taylors Körper, steuerten sein Denken und auch seine Handlungen. Es regierten in ihm blanke Instinkte.

Im nächsten Augenblick geschah etwas, womit Taylor nicht gerechnet hatte: Der Schweizer kam langsam hinter der Tür hervor. Mit starren Augen und verbissener Miene präsentierte er sich im Türrahmen. Er stierte Taylor an. Blutige, lange Bahnen zeichneten sich auf dem verwundeten Arm des Schweizers ab.

»Hast keine Chance, hier herauszukommen, Schwabe«, sagte der Mann erhobenen Hauptes.

Taylor wollte soeben etwas erwidern, da ertönte draußen eine blecherne Stimme, offenkundig verstärkt durch ein Sprachrohr: »Hier spricht Martin Durant, stellvertretender Kommandant der Berner Polizei. Das Haus ist umstellt! Wir wissen, wer Sie sind! Ergeben Sie sich und kommen Sie mit erhobenen Händen heraus. Sie haben zwei Minuten, danach kommen wir rein!«

Sollen die kommen!, überkam es Taylor, unfähig, seine missliche Lage völlig zu erfassen. Schließlich öffnete er den Mund, brüllte aus voller Lunge:

»Ich hab' eine Geisel!«

Hatten die Polizisten das gehört? Taylor horchte nach draußen, dabei ließen seine Augen zu keiner Sekunde von dem Schweizer ab, der vor ihm stand. Es kam keine Antwort von diesem Durant.

Na schön!, durchfuhr es Taylor. *Das wird die eine Weile beschäftigen.*

Der Schweizer jedoch bereitete der Fluchtidee, die sich gerade in Taylors Geist formte, ein jähes Ende. »Ich lasse mich nicht als Geisel nehmen«, sprach der Mann.

Der Schweizer ließ Taylor keine Zeit zum Nachdenken, sondern ließ seinen Worten Taten folgen. Bestimmt und äußerlich ohne Angst trat er einen Schritt auf Taylor zu, ließ ihn dabei nicht aus den Augen. Ein selbstbewusstes, aggressives Flackern huschte über das Antlitz des Mannes. Taylor erschrak. Er quälte sich einen Schritt rückwärts, stieß mit dem Hinterkopf gegen die Wand. Seine Arme verkrampften, seine Hände zitterten, als stünden sie unter Strom. Der Karabiner vibrierte fürchterlich in seiner Hand. Langsam, aber bestimmt drückte sich der Schweizer an der Wand entlang in Richtung Tür. Taylor glotzte sein Gegenüber an. Er war zur Untätigkeit verdammt. Vorsichtig zog er seinen Karabiner so weit es ging an sich, denn mit einer Langwaffe benötigte er einen gewissen Abstand zu seinem Gegner, ansonsten könnte dieser ihn blitzschnell überwältigen. Der Schweizer jedoch schien keinen Kampf zu suchen ... er wollte gehen.

»Stehenbleiben!«, stieß Taylor mit brüchiger, heiserer Stimme aus.

Der Schweizer schüttelte den Kopf, drückte sich immer weiter an der Wand entlang. Er hatte die Tür beinahe erreicht.

»STEHENBLEIBEN!« Taylor schrie, doch eigentlich flehte er. Der Schweizer aber schaute ihn nicht einmal mehr an. Siegessicher klappte er das Türblatt auf. Taylor meinte, auf dem Gesicht ein Grinsen ausgemacht zu haben.

»STEHENBLEIBEN, MANN!«, brüllte Taylor mit letzter Kraft. Der Schweizer jedoch ging.

Scheiße. Scheiße! Fuck! Taylors Gedanken rasten. Sie überschlugen sich. Ohne den Mann hatte er ausgedient. Der aber drohte nun, aus Taylors Sichtfeld zu verschwinden, rannte mit einem Mal los wie ein tolles Tier.

Taylors Kopf war in diesem Augenblick leer. Seine Lage, mögliche Konsequenzen, Auswege ... jeder Gedanke war einer dunklen, gähnenden Leere gewichen. Taylor hob sein Gewehr, feuerte.

Der Mann blieb stehen und fasste sich an die Brust. Einen Wimpernschlag später klappte er zusammen. Sofort ging es bei den Polizisten turbulent zu. Schritte erklangen von überall. Panische Rufe. Sie kamen!

Taylors Hände ballten sich zu Fäusten. Seine Augen verengten sich. Er hörte, wie sich die Polizisten von allen Seiten dem Haus näherten, so ungeschickt gingen die Schutzmänner vor. Zwei Männer in Uniform den getroffenen Schweizer aus der Schusslinie.

Neue Gedanken strömten durch Taylors Kopf. Er musste unweigerlich daran denken, welche politische Wirkung ein gefangener deutscher Spion, der mordend durch ein neutrales Land gezogen war, in der Welt haben mochte – wie die Kriegsgegner Deutschlands, die sich hinter einem gerechten Krieg zu verstecken suchten, Taylors Fall propagandistisch ausschlachten würden. Taylor aber würde es nicht zulassen, zu einer politischen Geisel gemacht zu werden. Er würde sich selbst und seinem Land diese Schmach ersparen!

Es war vorbei, das wusste Taylor nun. Er hatte sich selbst in eine Mausefalle manövriert, in der seine Handlungsmöglichkeiten auf eine einzige zusammengeschmolzen waren. Blitzschnell drehte er den Karabiner um 180 Grad, legte sich den kalten Metalllauf in den Mund. In diesem Augenblick kannte Taylor kein Zögern, kein Halten. Sein Geist befahl ihm, den Abzug zu betätigen. Und er tat es.

Ein metallisches Klicken erklang. Kein Schuss brach los. Einen Moment verharrte Taylor in völligem Erstaunen. Dann nahm er die Karabinermündung aus dem Mund und begann zu lachen. Taylor lachte laut und schallend. Dieser verdammte Schweizer hatte seine Waffe nicht einmal vollständig geladen!

Taylor ließ das Gewehr scheppernd zu Boden fallen. Noch hatte er die Pistole! Er griff nach seiner P08, als zwei Polizisten mit erhobenen Waffen durch den Hauseingang sprangen. Taylor hob seine Knarre. Zu spät! Die Polizisten glaubten, er wolle auf sie schießen. Also schossen sie. Taylor brach im Kugelhagel zusammen.

Außerhalb von Mont Fleury, Frankreich, 07.06.1944

Die Sonne, die nur sporadisch zwischen den grauen Wolken hindurch schien, senkte sich gemächlich zum Horizont herab, derweil stand die Niederlage der Engländer und Kanadier in diesem Landeabschnitt unmittelbar bevor. Während der Feind im Osten noch immer das Sword-Ufer hielt, waren die Stellungen der Westmächte bei Juno und Gold durch endlose deutsche Gegenangriffe unter massiven Druck geraten. Longues-sur-Mer befand sich nicht länger in alliierter Hand, und von dort aus stürmten die Verbände der Wehrmacht gen Osten, um die winzige Küstenortschaft Mont Fleury zu nehmen.

Über 8.000 Gefangene waren bei Longues-sur-Mer aufgebracht worden und insgesamt waren seit Beginn der Invasion 17.450 Briten und Kanadier in Gefangenschaft geraten.

Mont Fleury befand sich in Feindeshand, die letzte alliierte Bastion des Gold-Strandes. Die Briten und Kanadier kämpften verbissen; sie wollten ihren in Booten flüchtenden Kameraden offenbar bis zur letzten Patrone Feuerschutz geben. Tausende von Wrackteilen hatte die Flut den Nachmittag über an die Strände gespült, zerschossene Kähne ragten aus dem seichten Wasser, unterdessen setzten die Alliierten alles in Bewegung, was schwimmen konnte, um ihre Truppen zu evakuieren. Transportschiffe aller Größen rasten unter deutschem Feuer an den Strand von Mont Fleury heran, luden Soldaten und Material ein und fuhren im Zickzackkurs wieder davon, versuchten irgendwie, durch den deutschen Beschuss zu preschen.

Die Wehrmacht konzentrierte sich auf die abfahrenden Boote, denn die Deutschen wollten keine leeren Kähne versenken, sie wollten Feindsoldaten töten, wollten ein zweites Dünkirchen verhindern. Minütlich wurden Boote zerfetzt, zerrissen von vier Batterien Acht-Acht-Flak, die am Strand östlich von Mont Fleury in Stellung gegangen waren. Die alliierte Flotte musste diesem Schauspiel tatenlos zusehen, die Kommandeure der Schlachtschiffe und Zerstörer brachten es nicht übers Herz einzugreifen. Jedes zweite, manchmal sogar nur jedes dritte Schiff schaffte es heil aus dem direkten Feuer der deutschen Flak. Unzählige sanken, rissen strampelnde Körper mit sich in die Tiefe. Die Flotte des Gegners, die noch immer allumfassend den Horizont beherrschte, setzte sich ebenfalls in Bewegung. Langsam glitten die gewaltigen Kriegsschiffe auseinander.

Für Engelmann, der mit seiner Kompanie in den Dünen vor Mont Fleury auf den Angriffsbefehl wartete, war der Anblick der sich entfernenden Schiffe des Feindes eine wahre Wohltat. Ein Blick hinüber zu den Acht-Achtern genügte ihm, um zu wissen, warum die bombastischen Schlachtschiffe der Alliierten – gebaut, um die Weltmeere zu beherrschen – zur Flucht ansetzten, denn: Wenn die Flugabwehrkanonen erst einmal mit den fliehenden Invasionstruppen fertig waren, würden sie sich der Hauptflotte zuwenden, würden auf alles schießen, was in Reichweite lag. Die Feindflotte aber durfte sich nicht wehren.

Noch einmal blinzelte Engelmann zu der Flak hinüber, die mit dumpfen Schlägen die Flucht des Gegners vereitelte. Der Krieg brachte mitunter perfide Ideen zum Vorschein – er brachte die Menschen dazu, ihr innerstes Wesen nach außen zu kehren, das ansonsten verborgen lag und unterdrückt wurde durch eine regelgebundene Gesellschaft. Der Krieg, der fernab von Ideologien und Nationen für jeden Einzelnen zum rohen Kampf um seine nackte Existenz gereichte, brachte das wahre Wesen des Menschen zum Vorschein. Jeder Versuch, diesem elementaren Ringen Regeln aufzuerlegen, wurde durch den realen bewaffneten Konflikt konterkariert. Es war grotesk zu glauben, man könnte dem brutalen und heftigen Überlebenskampf einfacher Soldaten – einfacher Menschen – gewisse Spielregeln aufzwingen. Wer im Schützengraben lag, im Artilleriefeuer des Feindes, nicht mehr daran glaubend, seine Heimat jemals wiederzusehen, wer die Gewalt miterlebte, die der Feind über die eigenen Kameraden brachte, der musste unweigerlich fürchten, selbst Opfer solch grausamer Gewalt zu werden. Der musste fürchten, dass sich daumengroße Projektile durch seinen Leib fraßen, dass brutale Druckwellen ihm die Glieder abrissen, dass hasserfüllte Männer ihm ihr Bajonett in den Magen treiben würden, dass die im Kampf erhitzten Hände eines Feindes die eigene Kehle umschließen und zudrücken würden. Wer solche Dinge fürchtete, der gab nicht mehr viel auf Regeln. Der tat, was er glaubte, tun zu müssen, um seine Haut zu retten; der schlachtete den Feind auf grausamste Weise ab, und der entwickelte auch Hass gegen die, die sich ergeben hatten; er entwickelte oftmals sogar Hass gegen diejenigen, die sich gar nicht am Krieg beteiligten, sondern nur die gleiche Sprache sprachen wie der Feind. Der Krieg brachte bei allen Beteiligten nur die schlimmsten – nur die *menschlichsten* – Seiten zum Vorschein.

In diesem Weltkrieg, einem Ringen, das den Großen Krieg in seiner Intensität und Grausamkeit noch übertraf, kämpften nicht nur Männer ums Überleben. Ganz gleich, wer den Kampf entfacht hatte, wer die meiste Schuld auf sich geladen hatte, in diesem Krieg kämpften neben den Soldaten auch Ideologien, Ideen und letztlich Nationen ums Überleben. Das Deutsche Reich kämpfte um sein Recht, fortbestehen zu dürfen. Ob es dieses Recht verdient hatte oder nicht, spielte keine Rolle, denn es gewann am Ende nicht der, der es verdiente; es gewann der, der stärker war.

Und dieser Kampf ums nackte Überleben brachte wie gesagt perfide Ideen zum Vorschein.

Engelmann blickte auf die Acht-Achter, die mit Schutzschilden versehen waren und in gleichmäßigem Takt feuerten und immer weiter feuerten.

Deutlich sah der Leutnant die etwa 140 Kriegsgefangenen, die zwischen den Geschützen jeder Batterie in großen Karrees im Sand knieten, bewacht von Soldaten mit Maschinenpistolen. Diese Kriegsgefangenen waren die Lebensversicherung für die Geschütze.

Engelmann rümpfte die Nase. Es mochte sein, dass sich die kriegsführenden Nationen auf der internationalen Ebene damit brüsteten, den Kampf gemäß den Bestimmungen des Völkerrechts zu führen, doch an der Front sah die Realität mitunter anders aus. Engelmann mochte Methoden wie den Missbrauch von Gefangenen als Schutzschilde nicht. Sie waren ihm zuwider. Doch er konnte nichts unternehmen, um sie zu unterbinden – und insgeheim freute er sich darüber, dass die alliierte Streitmacht vor die Hunde ging.

Vor ihm lag das Küstenörtchen Mont Fleury. Weiße Ruinen ragten aus den Dünen, versperrten den Blick auf den Strand. Deutsche Granaten schlugen ein, warfen Erde und Schutt auf. Eine dichte Rauchglocke hing über dem Dorf. Dutzende Jagdbomber bevölkerten den Himmel. Die wendigen kleinen Thunderbolts, gefährliche Panzerjäger, stürzten sich wieder und wieder nach unten. Engelmann dankte dem Herrn, dass sie es bisher nicht auf seine Kompanie abgesehen hatten, aber er wusste auch, dass jeder Sturzflug die deutschen Kräfte weiter ausdünnte. Kein Kraut schien gewachsen gegen die alliierte Lufthoheit, und noch immer war kein deutscher Flieger in Sicht.

Das Artilleriefeuer, das in die Ortschaft hineinhämmerte, veränderte sich nun. Die Kanoniere feuerten Nebelgranaten, um den entscheidenden Angriff der Deutschen vorzubereiten. Zweimal hatten die Briten und Kanadier, die verschanzt in den Ruinen Mont Fleurys den Evakuierungsstrand ihrer Kameraden schützten, einen deutschen Vorstoß bereits vereitelt – nun aber sollte der letzte Widerstand gebrochen werden. Die Feindkräfte hockten mit PIAT-Werfern und Haftbomben im Schutt der Ortschaft, doch auch Panzer waren dort noch vorhanden; Shermans, Churchills, und auch ein neuer und sehr kampfkräftiger Typ.

Binnen Minuten war Mont Fleury eingenebelt. Weißer Rauch bildete eine dicke, undurchlässige Wolke um die zusammengeschossenen Häuser.

Westlich von Engelmanns Panzern brüllten die Motoren der Panther auf. Die schwere Abteilung würde gemeinsam mit einem Grenadier-Regiment ins Dorf eindringen, während die II. und III. Abteilung alle Zugänge nach Mont Fleury abriegeln sollten. Niemand sollte entkommen können und der Nebel würde die vorrückenden Deutschen ungestört von feindlichen Fliegern ihre Arbeit machen lassen.

Die Panzer V Panther galten mit ihren knapp 40 Tonnen Gewicht eigentlich nicht als schwere Panzer. Die Bezeichnung war auf Guderians Mist gewachsen, der durch diesen Clou den psychologischen Wert des Panthers auf beiden Seiten zu erhöhen versuchte. Er wollte erreichen, dass jede neue Panzerentwicklung des Reichs als ein schwerer, unbezwingbarer Kampfwagen wahrgenommen wurde.

»Von Burgsdorff hat den Angriffsbefehl gegeben«, meldete Stendal in seinem Südtiroler Dialekt. »Schwere marschiert!«

Heftiger Kampflärm drang bald darauf aus der Nebelglocke. Als sich der Dunst nach einiger Zeit lichtete, waren deutsche Sturmtrupps im Schutze der Panther tief in die Ortschaft eingedrungen. Aus den Wracks alliierter Tanks stieg fetter, schwarzer Qualm auf. Doch auch zwei deutsche Panzer lagen zerschossen in den Straßen von Mont Fleury.

Derweil begann auf alliierter Seite eine kopflose Flucht in Richtung jenes schmalen Strandabschnitts, der direkt hinter der Ortschaft lag. Weiterhin rasten Transportboote im Pendelverkehr hin und her, weiterhin veranstalteten die Acht-Achter ein wahres Tontaubenschießen.

Engelmanns Kompanie hielt sich unterdessen bereit, jederzeit einzugreifen. Abteilungskommandeur Meier hatte angeordnet, die 9. Kompanie, die letzte mit dem Panzer III ausgerüstete Einheit an der Westfront, nur noch zu Aufklärungszwecken einzusetzen. Engelmann sollte bei Bedarf daher ran an den Feind, Fühlung herstellen und ein Auge am Gegner behalten. Den direkten Panzerkampf aber sollten die IV-er und Panther übernehmen.

Stunden vergingen und die Nacht hatte in der Normandie Einzug gehalten. Das Meer funkelte im Licht der Sterne. Noch immer kreisten Dutzende Feindmaschinen am Firmament, doch in der Dunkelheit vermochten sie nur schwerlich Ziele aufzufassen. Plötzlich erging über Funk der Marschbefehl an die 9. sowie Stollwerks 12. Kompanie. Einige Feindpanzer versuchten, in Richtung Südosten aus dem Kessel auszubrechen. Sie hielten somit direkt auf Engelmanns und Stollwerks Position zu, vermutlich eine Verzweiflungstat angesichts der deutschen Übermacht.

Na dann, seufzte Leutnant Engelmann. Er spähte aus seinem Turmluk nach links, wo sich Stollwerks Tanks in Bewegung setzten. Ganze sieben Panzer waren dem Hauptmann nach dem höllischen Bombardement durch feindliche Schiffsartillerie und Tiefflieger geblieben. Doch Stollwerk dachte nicht daran, sich zurückzuhalten. Seine Kampfwagen preschten gnadenlos vor, walzten über den weichen Dünensand. Schon hatte sich die 12. vor Engelmanns Einheit gesetzt und jagte der Ortschaft entgegen. Auch die Panzermotoren der 9. erwachten zum Leben. Engelmann befahl, unbedingt die Verfolgung von Stollwerk aufzunehmen. Mit verbissener Miene blickte der Leutnant in die Schwärze der Nacht, die durch orangefarbene Brände in Mont Fleury sowie immer wieder schwach aufblinkende Tarnlichter der Panzer durchbrochen wurde.

Während sich Quasimodo durch den weichen Sand arbeitete, seine stählernen Brüder der 9. Kompanie ihm folgend, ärgerte sich Engelmann über Stollwerk, der gleich losgerauscht war, statt sich abzusprechen. Engelmann beschlich die Befürchtung, dass Stollwerk, Träger des EK-1, auf ein Ritterkreuz aus war. Er hoffte, er irrte sich, denn nichts war gefährlicher als ein Offizier mit »Halsschmerzen«.

Leuchtkugeln stiegen über Mont Fleury auf. Leuchtspurgeschosse zischten glühend durch die Gassen; das Schreien Getroffener hallte über die Dünen. Die wie künstliche Sonnen am Himmel schwebenden Leuchtkugeln verwandelten die Sandberge in konturlose Flächen, auf denen sich Schatten brachen. Engelmann beugte sich vor, dann erkannte er im Schummerlicht des Flammenscheins schemenhafte Gebilde am Ortseingang stehen, die durchaus Panzer sein konnten. Weitere Leuchtkugeln stiegen auf – und Stollwerks Wagen waren plötzlich grell ausgeleuchtet. Bei den schemenhaften Gebilden blitzten Mündungsfeuer auf. Sand wurde zwischen den deutschen Tanks in die Höhe geworfen.

Engelmann zählte 19 feindliche Panzer, die sich in Bewegung setzten und in die Dünen hinein rollten.

»Hans, Tempo machen!«, brüllte er seinem Fahrer zu, dann gab er dieselbe Weisung über Funk an die Zugführer. Weiter vorne blieb ein Panzer Stollwerks unvermittelt stehen, spuckte Rauch. Der kümmerliche Rest der 12. Kompanie stoppte und feuerte. Stollwerks Panzer IV in der Ausführung mit dem langen Rohr verfügten durchaus über eine potente Feuerkraft. Vor der Kulisse des unter dem schweren Feuer der Kämpfe flackernden Mont Fleury gingen gleich zwei der Feindpanzer in die Binsen.

»Bescheuerter Draufgänger!«, stöhnte Engelmann und schlug mit der Faust gegen den Stahl seines Panzers. Gleichzeitig verfluchte er die Tatsache, dass seine Kompanie noch immer mit dem Panzer III unterwegs war. Seit der Regierungsübernahme durch Halder waren die Produktionszahlen von Panzern leicht eingebrochen, weshalb der Wehrmacht an allen Ecken und Enden moderne Kampfwagen fehlten. Aus diesem Grund hatte Guderian bisher davon abgesehen, den Panzer III auszumustern.

Konkret bedeutete das für Engelmann, dass er einmal mehr verdammt nah an den Feind heranfahren musste, um ihn vernichten zu können; einmal mehr musste er sich und seine Männer in große Gefahr bringen. *Von wegen, die 9. braucht sich am Panzerkampf nicht zu beteiligen! Verfluchter Stollwerk!,* klagte Engelmann innerlich seinen Offizierskollegen an.

Die Kampfwagen der 9. Kompanie rasten näher an den Feind heran, doch der hatte seine Hausaufgaben gemacht. Maschinengewehre, die sich in den Gebäuden am Rande der Ortschaft eingenistet hatten, schnatterten los. Wahrlich, sie vermochten die Panzerung eines Tanks nicht zu durchschlagen, doch sie konnten die Panzer mit gezielten Feuerstößen blenden und die Kommandanten zwingen, unter Luke zu gehen, was in der Dunkelheit zur Orientierungslosigkeit führte. Über Quasimodos Haut tanzten Funken. Engelmann ließ sich in seinen Panzer fallen, schloss die Deckel.

»Berta, Spreng und gegen die MG!«, plärrte er in sein Kehlkopfmikrofon.

»Berta, verstanden«, tönte Kranz' Stimme aus dem Äther.

»Rest bleibt bei mir.« In den Bauch des Panzers hinunter gebeugt rief er: »Siggi, Panzergranate!« Gefreiter Jahnke nickte und schob eine entsprechende Patrone in die Ladevorrichtung. Mit einem Klacken schlug der Verschluss zu.

Noch immer klopften feindliche MG-Kugeln gegen den Stahl von Quasimodo. Im Inneren hallte der Beschuss als ohrenbetäubendes Pochen wider.

Bertas Panzer stoppten, nahmen Ziele auf, feuerten. Dort, wo die MG schossen, fraßen sich Explosionen durch die Gebäude. Weitere Leuchtkugeln stiegen auf, warfen ihr Licht wie Scheinwerfer auf das Schlachtfeld. Engelmann erkannte, dass Stollwerks Panzer weiter vorne unter heftigem Beschuss lagen. Würde nicht bald etwas geschehen, würde die 12. Kompanie aufhören zu existieren. Die Feindpanzer waren derweil zu einer stählernen Front aufgefahren. Engelmann hatte diese Art Panzer, die er vor dem Hintergrund der Brände nun erstmals einigermaßen klar erkennen konnte, noch nie gesehen. Sie waren klobig, aber flach. Ihre Silhouette war äußerst niedrig. Und sie schienen eckig, ohne abgeschrägte oder abgerundete Formen. Diese Panzer sahen fast aus wie deutsche Tiger. Und sie feuerten!

Ein heftiger Ruck jagte durch Quasimodo, als die Druckwelle eines in der Nähe eingeschlagenen Geschosses an dem Panzer zerrte. In diesem Augenblick gab Berta eine weitere Salve ab. Die Einschläge schüttelten die im flackernden Schein des Krieges sichtbaren Gebäude des Dorfes weiter durch, doch sie vermochten das feindliche MG-Feuer nicht abzuwürgen. Leuchtspurgeschosse rasten wie pfeilschnelle Glühwürmchen durch die Finsternis.

Engelmann versuchte, die Entfernung zu den feindlichen Panzern abzuschätzen, was unter den Umständen äußerst schwierig war. Seine Panzer hatten fast zu Stollwerks Position aufgeschlossen. Der Hauptmann hatte seinen Raid abgebrochen und versuchte nun, seine verbliebenen Panzer vorteilhaft zwischen den Dünen in Stellung zu bringen. Ein weiterer Panzer IV war bereits außer Gefecht gesetzt. Der Turm hatte sich nach einem Treffer verkeilt. Engelmann schätzte die Entfernung zu den seltsamen Feindpanzern auf 500 Meter.

»Anna für Rita 1«, wisperte er mit heiserer Stimme.

»Hört«, gab der Spieß zurück.

»Halten, und Feuer auf vorderste Panzer.«

Die Panzer III von Rita 1 agierten wie befohlen. Sie stoppten, dann schossen sie. Die Abschüsse rissen gewaltig an ihren Tanks. Glühend zischten die Granaten den Feindpanzern entgegen, was eine gute Schussbeobachtung erlaubte. Engelmanns Blick folgte zwei Granaten, die in Richtung eines Feindpanzers in der vordersten Reihe jagten. Beide trafen. Die eine verschwand einfach, die andere prallte ab wie ein Tennisball und schoss funkelnd dem Himmel entgegen. Am Ziel war keine Wirkung auszumachen.

Also näher ran, knurrte der Leutnant innerlich und verfluchte in diesem Augenblick alle, die an der Entwicklung und der Produktion des leidigen Panzer III beteiligt gewesen waren. *Und dann sogar nur die 5-Zentimeter-Spritze! Warum schicken die uns nicht gleich mit Gaul und Lanze los?*

Plötzlich krachte und rauschte es, Quasimodo schüttelte sich. Die Panzermänner im Inneren klammerten sich an den Armaturen fest. Sie hatten einen Treffer in die Stirnseite der Wanne erhalten, doch das sowjetische Konstrukt erwies sich als zäh. Das Geschoss war nicht durch die Panzerung gedrungen.

»Alle Panzer außer Berta Marsch! Entfernung zu Feindpanzern verringern!«, keuchte Engelmann in sein Mikrofon.

Stollwerk bezog derweil heftige Prügel, doch nun schossen sich die eigenartigen Tanks auch auf Engelmanns Kompanie ein. Immer dichter lagen die

Einschläge bei seinen Panzern, dann fiel plötzlich der Zugführer-Panzer von Claudia aus. Rauchend blieb der Kasten liegen. Berta gab im selben Atemzug eine weitere Salve ab. Noch einmal wurden die Gebäude von Mont Fleury heftig durchgeschüttelt, doch das MG-Feuer erstarb nicht.

»Motor tot, aber wir sind in Ordnung! Turm funktionsfähig«, meldete Kranz mit ruhiger Stimme. Weitere Einschläge gruben sich zwischen Engelmanns Panzern in die Dünen, jagten den weißen Sand und flache Sträucher in die Höhe. Der Leutnant wischte sich den Schweiß von der Stirn, er spürte das heftige Hämmern seines Herzens.

14 feindliche Tanks beherrschten das Vorgelände. Innerhalb eines Wimpernschlages verlor Stollwerk einen weiteren Panzer. Eine Stichflamme zischte aus dem geöffneten Turmluk. Die Briten entfachten ein unglaubliches Höllenfeuer und schleuderten es den beiden deutschen Panzekompanien entgegen. Diese waren drauf und dran, darin unterzugehen.

»Gottlieb, gib mir die Abteilungsfrequenz!«, rief Engelmann mit rauer Kehle. Die Hitze stand wie ein dicker Brei in seinem Panzer. Mit fixen Handgriffen änderte Stendal die Frequenz, auf die Engelmanns Kopfhörer eingestellt war.

Der Leutnant vernahm ein Knacken in den Lautsprechern und brabbelte umgehend los: »Brunhilde, hier Rita.« Intern war Engelmann bei seinem Decknamen »Anna« geblieben, indes musste er für die Kommunikation nach außen den Decknamen der Kompanie, also »Rita«, nutzen.

Wieder feuerten Bertas Tanks, die nun bereits um einiges zurücklagen, tödliche Sprengmunition nach Mont Fleury hinein. Das feindliche MG-Feuer war deutlich schwächer geworden. Die eckigen Tanks des Gegners aber feuerten weiter aus allen Knopflöchern. Immer wieder türmte sich der Boden knapp neben einem von Engelmanns Panzern auf. Britische Infanteristen, die irgendwo in der Ortschaft verborgen lagen, verstanden sich blendend darauf, die deutschen Panzer mit ständigem Signalfeuer auszuleuchten.

Stollwerks Einheit kämpfte ums Überleben. Die Panzer IV manövrierten zwischen einigen Dünenwellen umher, versuchten verzweifelt, den zwischen ihnen zerplatzenden Panzergranaten zu entgehen. Nur noch zwei Panzer waren voll einsatzfähig. Stollwerk selbst hatte seinen Wagen räumen müssen und lag mit gezogener Pistole im Sand. Ein anderer seiner Panzer hatte einen Kettentreffer links erhalten. Er drehte sich verzweifelt im Kreis, um irgendwie die britischen Kästen vor sein Rohr zu bekommen.

»BRUNHILDE, HIER RITA!«, sprach Engelmann ins Mikrofon, als Sekunden ohne Antwort verstrichen waren.

»Brunhilde«, meldete sich endlich Major Meier zu Wort, Abteilungskommandeur der III.

»JA, HIER RITA! STEHEN UNTER HEFTIGEM BESCHUSS! Am östlichen Ortseingang. Feindpanzer in Stärke 14! 12. Kompanie fast vollständig ausgefallen! Benötigen Unterstützung, SOFORT!« Münster schaute mit einem verwirrten Blick zu seinem Kommandanten auf, doch der bemerkte das nicht. Stattdessen lauschte Engelmann der Antwort Meiers: »Halten Sie sich raus, Rita! Das sind Cromwell-Panzer – nagelneue Dinger der Tommys. Die zerreißen Sie in der Luft!«

Ach!

»Gehen Sie in Stellung, bleiben Sie in Bewegung. Unbedingt die Aufmerksamkeit der Tommys weiter auf sich ziehen! 10. aus Südsüdwest auf dem Weg.«

Engelmann ließ über Stendal die Befehle an seine Panzer weitergeben. Seine Kästen vollführten einen Stopp aus voller Fahrt, dann ruckten sie rückwärts an und suchten Schutz zwischen den Dünen. Dabei hielten sie immer wieder an feuerten weiter auf den Gegner. Diese Cromwell-Panzer schluckten den Beschuss wie Bonbons, während um die 9. Kompanie die Landschaft auseinanderflog. Stollwerks Tanks waren im Flackerschein der Schlacht gar nicht mehr zu sehen; dunkle Rauchschwaden umhüllten deren Position.

»Brunhilde an Rita und Wels. Köpfe unten halten, wir haben eine Überraschung für die Tommys!«

Engelmann kam gar nicht dazu, über die Art der Überraschung nachzudenken. Schon fauchte es fürchterlich in der Luft, dann sausten mit einem ungeheuerlichen Getöse die Raketen einer Werferbatterie heran. Die mit langen Feuerschweifen durch den Nachthimmel rasenden Gebilde gingen zwischen den Cromwells und bei den äußersten Gebäuden von Mont Fleury nieder. Die zerberstenden Geschosse bauschten den Kampflärm zu einer Kakophonie der Zerstörung auf, unterdessen hämmerten mehr und mehr Raketen den Feind in die Erde hinein. Eine dicke Wand aus Sand und Dreck legte sich über die Position der Briten.

Für den Moment war jedes Feindfeuer erstorben. Wahrscheinlich würden die Raketen die Cromwells nicht knacken, doch das konzentrierte Feuer ließ den Gegner zumindest für den Augenblick erstarren.

Meier, ein in Engelmanns Augen guter Kommandeur, hatte den Verbund des Waffeneinsatzes perfekt abgestimmt. Kaum waren die letzten Raketen vor Mont Fleury niedergegangen, kaum begann sich der Nebel aus Sand zu lichten und die dunklen Gebilde der Cromwells schimmerten durch, da stoben 16 Panzer IV der 10. Kompanie auf das Gefechtsfeld. Sie erwischten die Briten auf dem falschen Fuß.

Der Feind brauchte einige Augenblicke, um zu begreifen, dass er plötzlich von der Seite beschossen wurde – es waren jene Augenblicke, die seine Niederlage besiegelten. Als er die Rohre in Richtung der neu herangeführten deutschen Panzer schwenkte, war bereits die Hälfte seiner Kästen zum Teufel gejagt worden.

20 Minuten später war das Gefecht zu Ende. Einige Cromwells lagen verlassen zwischen den Dünen, andere produzierten Rauchschwaden, die Mont Fleury vollständig verdeckten.

»Gute Arbeit«, lobte Meier über Funk, »umgehend Stellungen beziehen, um weitere Ausbruchsversuche abzufangen. 10. zurück in Ausgangsposition. Wir warten, bis die Schwere zusammen mit den Schützen aufgeräumt hat.«

Engelmann ließ seine Panzer vorteilhafte Feuerstellungen beziehen, um jeden weiteren Ausbruchsversuch abschlagen zu können, während er selbst zusammen mit dem anderen Tank von Anna zu Stollwerk hinüberfuhr. Vielleicht konnten sie aushelfen, Verwundete nach hinten zu transportieren, außerdem wollte er kurz nach seinem Offizierskameraden sehen und sich endlich einmal mit ihm absprechen.

Als Quasimodo die Panzerwracks erreichte – lodernde Brände erhellten Stollwerks Position –, kletterte der Hauptmann gerade in einen der zwei verbliebenen Panzer, die noch nicht in die Binsen gegangen waren. Sofort setzte er sich die Panzermütze auf und klinkte sich in die Kompaniefrequenz von Engelmanns Einheit ein.

»Josef!«, drang die Stimme des Hauptmanns aus dem Äther. »Drei Feindpanzer haben sich zurück nach Mont Fleury verdrückt. Ich werde hier nicht warten, bis die wieder kommen. Ich setze nach! Bist du dabei?«

Engelmann schüttelte langsam den Kopf. »Ich denke«, erwiderte er unterkühlt, »Brunhilde hat klare Anweisungen gegeben.«

»Wie du meinst. Ich für meinen Teil bin nicht fürs Zuschauen gemacht.« Damit endete die kurze Unterhaltung, während die Motoren von Stollwerks beiden verbliebenen Panzer IV aufjaulten. Schon setzten sich die Tanks in Bewegung, rollten der Ortschaft entgegen.

Weitere Raketen der Nebelwerfer jagten über Mont Fleury hinweg und schlugen im dahinterliegenden Sandstrand ein. Ob der Dunkelheit sahen die Geschosse aus wie in Brand geratene Flugzeuge, die abstürzten. Zwei Panzer IV rollten dem Inferno entgegen.

»Mensch, der Hauptmann ist ein echter Teufelskerl«, staunte Münster. Engelmann aber schüttelte den Kopf. In seiner Brust brannte ein böses Feuer.

Bénouville, Frankreich, 07.06.1944

Feldwebel Schneider wusste, dass die Briten versuchen würden, ihre Kameraden von der 6th Airborne Division, die jenseits der Orne eingekesselt waren, rauszuhauen. Die Landung des Feindes schien sich für ihn zum Desaster zu entwickeln. Die Tommys, die zwischen Longues-sur-Mer und Caen an Land gegangen waren, kämpften verbissen um jeden Meter. Wer auf eine Karte blickte, dem wurde klar: Der Feind versuchte einen Korridor für die Luftlander offen zu halten – und die konnten den britischen Landekopf nur über die Doppelbrücken bei Bénouville und Ranville erreichen.

Schneider war noch einmal die Stellungen seiner dezimierten Gruppe abgelaufen. Die Grenadiere, die vor Ort die Brücken verteidigten, befanden sich in höchster Alarmbereitschaft, dementsprechend waren die mit SMG ausgestatteten Stellungen, die sie überall in der Peripherie der Doppelbrücken gegraben und mit Sandsäcken verstärkt hatten, mit je vier Mann besetzt. Der Rest der Mannschaften wartete in den umliegenden Gebäuden oder in Alarmstellungen auf dem Landstreifen zwischen dem Caen-Kanal und der Orne auf ihren Einsatz.

Schneider war zufrieden mit dem Zustand der Verteidigungsanlagen. Nichtsdestotrotz, der Verlust guter Kameraden steckte den Brandenburgern in den Knochen.

Schwerer hatte es die Grenadiere der 9. Kompanie getroffen, die von ihrem Chef, dem bekloppten Hauptmann, stumpf im Feindfeuer verheizt worden waren wie Kaminholz, das man in den Ofen warf. Sie hatten Dutzende Tote zu beklagen, was die Moral der sowieso schon entmutigten beinahe-Greise ins Unermessliche schrumpfen ließ.

Schneider fürchtete gar, die alten Männer würden bei der nächsten Feindberührung stiften gehen, eine Sorge, die sich auf die meisten Landser des Infanterie-Regiments 744 übertragen ließ, zumindest was jene Teile betraf, die mit der Verteidigung der Brücken beauftragt waren. Die Unteroffiziere und Offiziere jener Einheit hingegen erschienen Schneider als Möchtegerns, die den Krieg nur aus der Wochenschau kannten.

In Frankreich rächte es sich, dass für von Mansteins Operationen des Jahres 1943 in mehreren Wellen die Masse der kampferprobten Soldaten aus den Verbänden in Nord-, Süd, und Westeuropa herausgezogen worden war. Zurückgeblieben waren großenteils die Grünschnäbel, die gesundheitlich Angeschlagenen sowie die alten Reichswehrsoldaten – damals gerade alt genug für den Großen Krieg, nun im Grunde zu alt für diesen Krieg.

Mit Unbehagen stellte Schneider immer wieder fest, was für ein Filz sich über die Jahre in diesen Einheiten gebildet hatte. Die Soldaten hatten in Frankreich wie die Maden im Speck gelebt. Während die Landser an der Ostfront durch tiefen Schlamm stapften, mal im Matsch und mal im Schnee versanken und bei lebensverneinenden Temperaturen über Wochen in einem dunklen Loch ausharrten, wurden in Frankreich Partys mit den Französinnen gefeiert, es wurde Wein getrunken, es wurden Sportturniere veranstaltet und der Sommer durfte am Strand verlebt werden.

Schneider schüttelte den Kopf. Er überquerte die Kanalbrücke in Richtung Westen, um einen Blick auf die Straße zu werfen. *Da muss sich niemand wundern, wenn dann so etwas wie der bekloppte Hauptmann dabei herauskommt!*, schloss er seinen Gedankengang ab.

»Sapperlot!«, wütete plötzlich eine kratzige Stimme. Schneider blieb stehen und horchte in die Dunkelheit hinein. Da wurde in dem Gebäude, das den Gefechtsstand der 9. Kompanie beherbergte, die Tür aufgerissen und ein Mann sprang ins Freie. Schneider erkannte an den schlaksigen Bewegungen, bei denen die Arme stets hin- und her schwangen wie Zitteraale, dass es sich um den besagten Hauptmann handeln musste. »Diese vermaledeiten Franzmänner!«, schimpfte der Offizier.

Wenn man vom Teufel spricht, sinnierte Schneider und näherte sich dem Hauptmann schnellen Schrittes. Er schwang sich sein Gewehr 44 elegant über die Schulter.

»Was ist los, Herr Hauptmann?«, fragte er eiligst.

»Ach, Feldwebelchen!«, freute sich der, als Schneider vor ihm aus der Düsternis trat. »Sie kommen wie gerufen!«

»Höre ich öfter.« Beide grinsten, ihre Zähne leuchteten in der Dunkelheit.

»Der verfluchte Untergrund ist mal wieder aktiv geworden!«, sagte der Hauptmann mit geballten Fäusten, die er wie ein Kind, das seinen Willen nicht bekam, auf- und niedergehen ließ. »Die müssen alle Verbindungen zwischen uns und Ranville gekappt haben.«

Schneider rollte mit den Augen, doch das konnte der Hauptmann in der Finsternis nicht sehen.

Ranville liegt ja auch am anderen Ende von Frankreich, dachte er sich seinen Teil, während der Offizier weiter tobte: »Ich hab keine Verbindung mehr zum Chef der 12. von drüben. Auch ihren Fritze bekomme ich nicht an den Hörer. Dabei liegt mir hier der Regimentskommandeur in den Ohren!«

»Ist er da?«

»Nein, er ruft in einer Tour an. Ich habe schon einen Meldetrupp rübergeschickt, aber Ihnen brauche ich ja nicht erzählen, wie das mit meinen

Grenadieren so ist. Die sind so alt, dass ich Angst haben muss, die sterben unterwegs eines natürlichen Todes!« Mit rudernden Armen drehte sich der Hauptmann einmal im Kreis, jammerte dabei beständig etwas von: »Ach Gott, ach Gott, ach Gott, eine schöne Nummer ist das!«

Schneider grinste. Er musste unweigerlich daran denken, dass auch der Hauptmann nicht mehr unbedingt zu den Jüngeren zählte. Dazu nickte er.

»Können sich auf mich verlassen, Herr Hauptmann.« Schneider tippte sich gegen die Feldmütze.

»Ha! Das wusste ich gleich!« Mit beiden Händen schlug der Offizier Schneider gegen die Schultern, dass dieser kurz ins Wanken kam.

Der Irre hat nicht nur formale Macht, der hat auch noch einen kräftigen Schlag, dachte Schneider kopfschüttelnd, ehe er sich abwendete. Er begann, den komischen Kauz irgendwie zu mögen.

Im Laufschritt begab er sich auf den Weg zur Kanalbrücke. Schneider verfolgte seine eigenen Absichten beziehungsweise wollte er die Geschicke der Brückenverteidigung lieber in seinen Händen wissen, statt in denen dieses Grenadier-Opas.

Keine Verbindung nach Ranville? Das klang nicht gut. Immerhin lauerten östlich der Orne keine Pfadfinder mit Waffen. Die britischen Luftlander waren Profis, die ihren Angriff ausreichend vorbereiten würden, statt einfach unter Hurra-Rufen die Brücken zu stürmen. Schneider sputete sich. Er hastete vorbei an den schweren MG der Grenadiere, überquerte die Kanalbrücke und erreichte schließlich den Bereitschaftsraum seiner Männer. Zwischen den Ruinen des Brückenhäuschens hatten es sich Schumann und Schütz unter einer Zeltplane gemütlich gemacht und stopften Pumpernickel und Dosenfleisch in sich hinein. Auch die Gebrüder Dschibril, die Schneider als Ausgleich für die hohen Verluste in seiner Gruppe von Huber erhalten hatte, lagen unter einer Zeltbahn verborgen. Yusuf schlief, Mohammed hingegen kaute an einer trockenen Scheibe Schwarzbrot. Die beiden Kerle aus Libyen verweigerten aus für Schneider und die anderen unverständlichen Gründen den Verzehr von Schweinefleisch. Dann hatten sie halt Pech an Tagen wie diesen, an denen die Verpflegung einzig aus Brot und Schweinefleisch aus der Dose bestand. Doch auch so fanden die Dschibrils stets etwas am deutschen Essen, über das sie lautstark lamentierten. Calvert und Moseneke bewachten das sMG in der Rondell-Stellung auf der anderen Straßenseite.

»Ich springe mal fix rüber zum guten Fritze, die Lage peilen«, rief Schneider den Jungs bei der Ruine im Vorbeigehen zu. Die in der Dunkelheit unter der Zeltplane als dunkle Gestalten hervorlugenden Männer nickten mampfend. Schneider hingegen setzte sich nun zackig in Bewegung. Ihm schmeckte es ganz und gar nicht, dass die Verbindung nach Ranville unterbrochen war.

Vielleicht machst du dich nur verrückt, alter Junge, sprach er zu sich selbst, seinen Gang immer weiter beschleunigend.

Vor ihm verschwand das Land in völliger Finsternis. Dunkle Flächen schoben sich vor seine Augen. Der abnehmende Mond war in dieser Nacht von grauen Wolken verdeckt, weshalb Nordfrankreich ohne jeden Lichtschimmer auskommen musste. Schneider konnte die Orne-Brücke vor sich nicht einmal erahnen. Dennoch sprintete er, denn solange er den Asphalt unter seinen Füßen spürte, wusste er, dass er gegen kein Hindernis laufen würde. Als er die Hälfte der Strecke überwunden hatte, stoppte er abrupt, horchte in die Nacht hinein. Da war nichts. Insekten zirpten, leise rauschte die Orne. Sonst aber war die Szenerie ruhig. Langsam machte Schneider ein paar Schritte vorwärts. Er hielt seinen Maschinenkarabiner fest umklammert, denn eine böse Vorahnung ergriff Besitz von ihm. Noch einmal konzentrierte Schneider seinen Blick auf die totale Finsternis. Hatte er da gerade etwas gehört?

Plötzlich knallte es. Eine grelle Leuchtkugel stieg in den Himmel, ließ Schneider erstarren. Das fluoreszierende Geschoss zog strahlend wie ein heller Stern am Firmament entlang und brachte Licht über die Orne-Brücke. Die Leuchtpistole war irgendwo rechts an der Böschung der Orne abgefeuert worden, wo unter anderem Fritzes Männer eine Stellung hatten.

Als Schneider aber die im flackernden Schattenspiel wie ein düsteres Stahlgerippe wirkende Brücke in Augenschein nahm, hielt er für einen Moment den Atem an. Ein heißer Stich raste durch sein Herz.

Dutzende Briten befanden sich mit vorgehaltenen Waffen auf und sogar schon vor der Brücke. Im unerwarteten Lichtschein der Leuchtkugel waren die gegnerischen Soldaten zur Salzsäule erstarrt. Mit ihren kreisrunden, mit Leinenfetzen überzogenen Stahlhelmen wirkten die Tommys wie gespenstische Ungeheuer der Dunkelheit. Bevor Schneider einen klaren Gedanken fassen konnte, fauchte dort, wo auch die Leuchtpistole losgegangen war, ein MG. In rasanter Schussfolge hackte es in die Briten hinein. Die Männer warfen sich zu Boden, einige wurden im Leuchtspurgewitter getroffen und umgeschmissen wie Kegel. Das konnten nur die Brandenburger der 3. Gruppe sein, die das Feuer eröffnet hatten, denn was im tödlichen Stakkato auf die Tommys einpeitschte, war ein MG 42. Die Grenadierkompanien vor Ort waren jedoch mit MG 34 ausgestattet. Schneider konnte den Unterschied in der Schussfolge auf jede Entfernung heraushören. Das ineinander übergehende Schlagen der abgefeuerten Kugeln gereichte beim MG 42 zu einem langgezogenen, ratternden Ton. Genau dieser Ton legte sich drohend über die Geräuschkulisse, in der die verzweifelten Schreie der Briten fast untergingen.

Es dauerte Sekunden, bis die Tommys den Schock überwanden, dann aber erwiderten sie das Feuer aus allen Rohren. Bren-Maschinengewehre dröhnten los, StenGuns belferten. Unzählige Mündungsblitze zuckten durch die Nacht. Die Alliierten, die wie die Sowjets mit Masse auf Selbstlader setzten, waren in ihrer Feuerkraft einer deutschen Einheit in der Regel überlegen. Das MG 42 bildete da die Ausnahme, doch die enorme Kadenz »fraß« auch die Munition in einem rasenden Tempo. Zudem wurde das Material durch die hohe Schussfolge enorm beansprucht. Darum gab der Schütze an der Böschung der Orne kurze, gezielte Feuerstöße ab, streute immer wieder in die Briten hinein. Eine zweite Leuchtkugel jagte in den Himmel, dann aber schossen auch die Briten ihre Leuchtmunition ab. Das Gefechtsfeld war mit einem Mal ausgeleuchtet wie ein Stadion. Aus einer wilden Schießerei wurden gezielte Angriffe. Weitere Briten stürmten über die Brücke.

Schneider musste davon ausgehen, dass der Feind die Grenadier-Opas in Ranville irgendwie überwältigt hatte. Das war nicht gut – und Fritze war mit seinen beiden Gruppen gnadenlos in der Unterzahl. Plötzlich jagte ein tosender Donner über das Schlachtfeld. In der Nähe des MG 42 flammte eine Explosion auf.

Die verdammten Briten haben mal wieder ihre ganze Spielzeugkiste mitgebracht!

Schneider machte auf dem Absatz kehrt und raste zurück zur Kanalbrücke. Ohne Unterstützung würde Fritze nicht lange durchhalten.

Mit langen Sätzen hetzte der Feldwebel hakenschlagend die Straße hinunter, wurde dabei mehrfach vom Luftzug eines umherschwirrenden Projektils umgarnt. Schneider streifte die Rondell-Stellung, wo er freudig feststellte, dass Calvert und Moseneke auf Zack waren und bereits in Richtung Ranville beobachteten. Mit gehetzten Worten informierte er die beiden über die Lage, anschließend raste er weiter, rüber zu dem zerstörten Brückenhäuschen. Schütz, die Dschibrils und Schumann hatten sich schon in Schale geworfen. Sie trugen Koppel und Stahlhelm, dazu Gewehre 43 und 44.

»Drüben in Ranville gibt es Stunk«, rief Schneider.

»Schon bemerkt«, entgegnete Schumann.

Mit knappen Worten berichtete der Feldwebel von seinen Erlebnissen.

»Mannerheim!«, erteilte er dann seine Befehle. »Rüber zu Wolle und flüstere ihm meine Absicht: Ich gehe mit meiner Gruppe vor, um Fritze rauszuhauen. Wolle muss die Brückensicherung allein übernehmen und soll auch unser Rondell besetzen, denn ich gehe jetzt Jack und Fourie holen. In zwo Minuten bist du zurück!«

»Jawohl«, lautete die knappe Antwort Schumanns, gefolgt von einem Nicken, wobei er das »Jawohl« am Ende ganz schnell aussprach, dass es eher nach »Jawoll« klang. Schumann war laufstark, unverzüglich sprintete er davon. Er entschwand in die Finsternis.

Brüllend trommelte Schneider seine Gruppe zusammen. Als Schumann zurückkehrte, setzten sich die Brandenburger sogleich in Marsch. Calvert trug das MG, die anderen Männer allesamt Selbstlader, womit sie den elendigen Sten-Guns der Briten tatsächlich einiges an Feuerkraft entgegensetzen konnten. Schneider setzte ihnen hastig seinen Plan auseinander, indes liefen sie im Laufschritt dem Gefecht vor Ranville entgegen. Fritzes MG hatte sich offenbar weiter ins Innere der Landzunge zwischen dem Kanal und der Orne verschoben, denn von dort aus schnitten nun Leuchtspurgeschosse im schlagenden Takt durch die langsam weichende Dunkelheit. Der Tag brach herein.

Als Schneider auf 100 Meter an das Kampfgeschehen herangerückt war, streckte er seine Hand aus, ein »Halt!« zischend. Auf dem Fuße gingen seine Männer in die Hocke, sicherten einen kleinen Kreis um ihren Gruppenführer herum in alle Richtungen ab.

Nur wenige zehn Meter vor ihnen hatte sich die englische Fraktion in Stellung gebracht. Sie lag nördlich der Straße, welche die beiden Brücken miteinander verband. Von dort aus führte sie das Feuergefecht mit Fritzes Maschinengewehren. Glühende Projektile zischten von rechts nach links, und von links nach rechts über die Fahrbahn.

Die Tommys widmeten ihre ganze Aufmerksamkeit dem deutschen MG. Die in der Finsternis lauernden Brandenburger blieben dem Gegner allem Anschein nach verborgen. Gut für Schneider.

»Herhören!«, flüsterte er. »Halblinks vor uns befindet sich eine schmale Mulde neben der Straße. Dort beziehen wir Stellung. Feuerüberfall auf meinen Befehl!«

»Da scheint sich schon jemand breitgemacht zu haben. Vorgeschobene MG-Stellung.« Calvert wies grob in die Richtung. Ein britisches Bren-MG spie wie aufs Stichwort Feuer von dort aus, wo Schneider eigentlich seine Gruppe haben wollte. Das verhältnismäßig langsame Rattern der Bren mischte sich unter den tosenden Kampflärm, die Geschosse jagten wie brennende Pfeile Fritzes MG-Stellung entgegen.

»Scheiße, hast recht! Danke«, gab Schneider zurück.

»Gern geschehen, Honey.« Calvert zeigte die Zähne.

»Yusuf, Mohammed. Das MG gehört euch! Stellt die Briten kalt und zieht das Bren danach in die Höhe. Auf drei kurze Feuerstöße rücken wir nach. Haltet das MG am Laufen, damit die Tommys nichts merken.«

Die beiden Brüder zogen jeweils einen langen Dolch hervor. Die Klingen schimmerten schwach im Schein des Halbmondes. Yusuf freute sich wie ein kleines Kind.

»Allāhu akbar«, wisperte der Libyer und ein bedrohliches Zucken umspielte seine Gesichtszüge. Einen Wimpernschlag später waren die Dschibrils in die Düsternis entschwunden. Schneider blickte seine Männer, die nicht mehr als Schattierungen in der weichenden Finsternis waren, der Reihe nach an.

»Da gehen die Wahnsinnigen ...«, unkte Calvert, den Dschibrils nachschauend.

»Auf unsere Dschibrils lass ich nichts kommen«, stellte Schneider nüchtern fest. »Muselmanen sind sowieso allesamt Klasse.«

»Deutschland bräuchte viel mehr solcher Leute«, warf Schütz ein. »Die sind mir lieber als die knauserigen Katholiken.«

Die Bren verstummte plötzlich. Nur wenige Sekunden später jagte jemand drei kurze Feuerstöße in den Himmel, anschließend nahm die Waffe zögerlich das Feuergefecht mit dem deutschen MG auf, jedoch konnte Schneider an der Leuchtspur erkennen, dass der Bren-Schütze viel zu hoch anhielt. Also waren die Dschibrils am Werk.

»Prachtkerle!«, stieß Schneider aus, ehe er seiner Gruppe den Marschbefehl erteilte. Augenblicklich sprinteten die Soldaten los, preschten über die Straße und erreichten die Mulde. Sie sprangen hinein, brachten ruckzuck die Waffen vor, die Mündungen in Richtung der Briten weisend.

»Heizt ihnen ein!«, brüllte Schneider, zog seine Leuchtpistole und ließ ein Projektil in den Himmel steigen. Yusuf, der an der Bren lag, riss das MG herum und betätigte den Abzug. Gleichzeitig gingen die anderen Waffen der Brandenburger los. Auf einen Schlag klatschte den Briten massig Schnellfeuer entgegen. Die in etwa 80 Meter Entfernung liegenden Tommys verfielen sekundenlang in eine Schockstarre. Dann aber sortierten sie sich und ballerten auf die Mulde los, in der sie eben noch eine MG-Stellung gehabt hatten, und in der nun Schneider und seine Männer hockten. Höllenheiße Garben fetzten den Brandenburgern um die Ohren.

Bei den Tommys aber gab es einige Getroffene. Im langsam durchschimmernden Licht des nahenden Tages wälzten sich Männer über den Boden. Spitze Schreie erfüllten die Luft.

Schneider sprang im Schutze der Mulde hinüber zu Calvert, packte ihn am Koppel und zog ihn runter in Deckung, wo er ihm die Leuchtpistole samt Holster in die Hand drückte.

»Übernimm hier! Ich renne zurück zur Brücke!«

»Musst du scheißen?«

»Ich sehe zu, dass ich zu diesem Hauptmann komme! Wir brauchen seine Männer hier, um die Tommys aus Ranville herauszuwerfen.«

»Bist du dir sicher? Reden wir hier von demselben Hauptmann? Nicht, dass der seine Grenadiere in zwei Reihen aufmarschieren lässt. Erste Reihe lädt nach, zweite Reihe feuert, oder so was in der Art. Der bringt die doch bloß alle ins Grab, wenn er sie gegen die Tommys antreten lässt.« Calvert schüttelte den Kopf. »Nein, da werden wir eher selbst mit denen fertig, als dass ich zuschaue, wie dieser Irre seine Männer opfert.«

»Überlasse das mir. Ich schätze, ich komme ganz gut mit ihm aus und kann vielleicht auf ihn einwirken. Jedenfalls brauchen wir mehr Männer hier!«

»Ja, dann sag denen gleich, die sollen ihre Gehstöcke mitbringen, damit sie es auch bis nach Ranville schaffen.« Ein fieses Grinsen huschte über Calverts Gesicht. Schneider fuhr fort: »Schick die Musel-Brüder los. Die sollen Verbindung mit Fritze aufnehmen. Bindet den Feind, solange es geht. Ich bin so schnell wie möglich wieder zurück.«

Calvert nickte, wandte sich den Männern zu, plärrte Befehle.

Schneider aber sprintete los. Er raste die Straße entlang in Richtung Westen. Hinter ihm toste das Gefecht. Im sich anbahnenden Tageslicht konnte er schon ganz schwach die Umrisse der Kanalbrücke und der Gebäude dahinter erkennen.

Plötzlich zuckten in einer infernalischen Kakophonie große Feuerbälle über die Gebäude jenseits des Kanals. Die Straße und das umliegende Land wurden unter den Einschlägen aufgerissen. Leuchtkörper erschienen am Himmel. Just in diesem Augenblick zerfetzte eine Sprenggranate eine der sMG-Stellungen der alten Grenadiere. Schreiende Männer wurden wie Puppen durch die Luft gewirbelt. Die einzige deutsche Pak, die am Ufer in einer Sandsackstellung lag, gab genau einen Schuss ab, ehe auch sie durch eine Detonation zum Schweigen gebracht wurde.

Die deutschen Brückenverteidiger wuselten umher wie die Wühlmäuse. Nur einer rannte nicht. Einer stand da wie der Fels in der Brandung, während um ihn herum die Welt entzweibrach. Er stand einfach da, blickte gen Norden, während aufgeworfener Dreck auf ihn hernieder rieselte. *Wenigstens ist es nicht schwer, ihn zu finden,* dachte sich Schneider. Er richtete seinen Helm, dann sprang er in langen Sätzen auf die Brücke zu. Er preschte unter dem

Metallaufbau des Übergangs hindurch, raste direkt in das Getöse hinein. Eine Stimme in seinem Kopf befahl ihm, umzukehren und irgendwo Schutz zu suchen, doch Schneider war gut darin, seinen inneren Schweinehund an die Leine zu nehmen. Er erreichte den bekloppten Hauptmann, der inmitten der Feuersbrunst seine Arme hob und dastand wie Satan persönlich.

»Ah, Feldwebel!«, lachte sich die Stimme des Offiziers durch das Getöse. Der Hauptmann blutete an der Wange, wo sich ein winziger Splitter durch die obersten Hautschichten gebohrt hatte.

Schneider warf sich vor dem Offizier auf den Boden. »Kommen Sie runter, Mann!«, keifte er den Hauptmann unvermittelt an.

Der winkte mit der Gelassenheit eines Bahnkartenverkäufers ab. Sich über die blutende Wange wischend, sagte er: »Gemach, Junge! Ich sammle noch für das Verwundetenabzeichen in Gold.«

»HIER FLIEGT UNS ALLES UM DIE OHREN!« Schneider presste seinen Leib mit aller Macht gegen den Boden. Er mochte seinen inneren Schweinehund besiegt haben, sterben um jeden Preis wollte er nicht. Der Hauptmann hingegen blieb gelassen: »Das zeigt, dass Ihnen doch die Erfahrung fehlt! Ich mach' das nicht zum ersten Mal mit, wissen Sie?«, schrie er gegen das Dröhnen und Donnern des Trommelfeuers an. »Wissen Sie, damals, 1916 in ...«

Schneider schnellte nach oben, packte den Offizier am Schlafittchen. Mit einem kräftigen Zug brachte er den Mann zu Fall, ehe er sich über ihn beugte.

»Wir haben keine Zeit für Geschichten!«, sagte er. »Die feindliche Ari nimmt uns die Butter vom Brot!«

»Ha! Keine Ari, Junge! Keine Ari! Das sind britische Tanks, die da schießen!«

»WAS? Die sind mit Panzern hier?«

»Jup. Haben den Norden von Bénouville eingenommen und drücken jetzt gegen die Brücke.« Der Hauptmann wies in Richtung Norden, wo Schneider in der Dunkelheit die Umrisse einer bewaldeten Fläche erkannte. Düstere Kästen schoben sich zwischen den Bäumen hindurch. Blitze zuckten dort, wo die Feindpanzer feuerten.

»Müssten Comet und Crusader sein«, sinnierte der Hauptmann laut, kaum hörbar inmitten des Höllenlärms.

»Was? Wir sind am Arsch, wenn die mit massiven Panzerkräften in unseren Rücken stoßen.«

»Nein, nein, mein Freund. Meine Panzer sind schon los. Abwarten und Tee trinken!«

»Ihre Panzer? IHRE PANZER? Diese tschechischen Mühlen können nicht mal ...«

Schneider, dessen Zorn in diesem Augenblick seinen Verstand zu übermannen drohte, schnürte sich plötzlich selbst das Wort ab. Der Boden, auf dem er bäuchlings ausharrte, begann mit einem Mal heftig zu vibrieren. Trotz der Explosionen, die um ihn herum die Erde zerfraßen, trotz der Luftdrücke, die wie unsichtbare Fäuste über seinen Körper hinwegfegten, trotz der brennenden Splitter, die kreischend durch die Gegend wirbelten, spürte Schneider mit unverkennbarer Deutlichkeit dieses beständige Rattern, das den Untergrund erfasst hatte.

Ein gigantischer Panzer schälte sich im Westen aus der Dunkelheit. Der monströse Stahlkoloss schob sich bedächtig die Straße zur Brücke hoch, rollte nur wenige Meter an Schneider und dem Hauptmann vorüber, ehe er nach Norden schwenkte und langsam den britischen Tanks entgegenfuhr. Hinter diesem gepanzerten Ungeheuer tauchte sogleich ein zweiter auf, danach ein dritter. Schneider starrte die Riesen mit offenem Mund an. Diese Dinger waren über zehn Meter lang und drei Meter hoch. Ein unbeweglicher, abgeschrägter Turm mit einem gewaltigen Rohr thronte auf der überdimensionierten Wanne. Sogleich schossen sich die britischen Tanks auf die deutschen Riesen ein. Panzergranaten klatschten gegen die Hüllen der Kolosse. Surrend wurden sie abgeschlagen und in die Luft geschleudert, andere detonierten an der Panzerung, ohne eine Wirkung zu erzielen. Als der vorderste Koloss das erste Mal feuerte, fegte eine gewaltige Druckwelle über Schneider hinweg, die ihm den Helm vom Kopf riss. Hätte er mal den Riemen geschlossen! Auf britischer Seite wurde einer der Tanks seitlich getroffen. Die Wucht der Detonation hob den Panzer an und schleuderte ihn auf den Turm, als wäre er aus Plastik.

Der Hauptmann trug mit einem Mal ein Grinsen im Gesicht, das bis zu den Ohren reichte.

»Hab' neue Panzer bekommen ...«, freute er sich diebisch.

»... sehe ich ...«, staunte Schneider.

»Ist die neue schwere Abteilung 666 mit ihren Ferdinand II. 12,8-Zentimeter-Kanone, 230-Millimeter-Panzerung in der Stirn. Musik in Ihren Ohren?«

»Ja, schon ...«

»Och ja. Tiger sind auch noch hier. Die machen jetzt mal richtig Rambazamba!«

»Dann können Sie sicherlich einige Ihrer Männer entbehren?«

»Wieso? Wegen Ranville?«

»Ja! Haben Sie schon Meldung von dort?«

»Na, klar. Verbindung ist wieder da!«

»Ich bin extra für Sie rüber gerannt!«

»Ja, das war vorhin. Jetzt ist jetzt, Feldwebel. Ha! Lageänderung! Sie kennen das!«

Das Feuer der Sprenggranaten gegen die deutschen Stellungen bei der Brücke war vollkommen verstummt. Die Geschosse des Feindes rasselten stattdessen den Ferdinand II entgegen, die sie schluckten, als handelte es sich nur um faulige Äpfel.

Der Hauptmann sprang auf, klopfte sich die Uniform ab.

»Also, geben Sie mir ein paar Männer ab?«, fragte Schneider, noch immer völlig verdutzt über die jüngsten Entwicklungen. »Sie selbst können auch ruhig hierbleiben«, fügte er rasch hinzu.

»Ach, jetzt machen Sie doch mal halblang! Kommen Sie rein, trinken Sie einen Kaffee ...«

»MEINE LEUTE STEHEN DRÜBEN BEI RANVILLE IM FEUERKAMPF!«, raunzte Schneider. Er hatte keine Zeit für die Spielchen des Hauptmanns.

»Feldwebelchen, Sie kennen nicht die ganze Geschichte. Wir haben die Tommys drüben in eine Finte laufen lassen. Die sind erledigt.«

»Sie ... ich ... ach, MIR IST DAS ZU BLÖD!« Schneider wedelte wutschnaubend mit den Armen, dann raffte er sich auf und raste zurück über die Brücke. In seinem Rücken machten die Ferdinand II kurzen Prozess mit den feindlichen Panzern. Ein Dutzend der britischen Kampfwagen brannte und erhellte das Schlachtfeld.

Schneider jedoch hatte eine infernalische Wut im Bauch. Es ging schließlich um das Leben seiner Männer! In solchen Situationen verstand er keinen Spaß, dann war er nicht für dumme Spiele aufgelegt. Seine cholerische Ader tat das Übrige.

Es geht alles vorüber, sprach sich Schneider zu. Er hatte die Hälfte der Strecke im Sprint genommen, da fiel ihm auf, dass bei der Orne-Brücke gar keine Schüsse mehr fielen.

Er rannte weiter. Vor jener Mulde, in der er Calvert mit dem Rest der Gruppe zurückgelassen hatte, machte Schneider lauter Gestalten aus, die scheinbar sorglos herumstolzierten.

Was ist hier los? Schneider blieb einen Moment lang stehen. Er keuchte rasselnd, dann hastete er hinüber zu jener Senke, in der seine Männer lagen. Er hechtete in das Loch hinein, plumpste auf den Hintern.

Schneider war mit einem Mal wie versteinert. Ein verwundertes Zucken huschte über sein Gesicht. Auf dem Boden der Mulde hockten die Dschibrils auf ihren seltsamen, kleinen Teppichen. Sie beugten sich murmelnd gen Osten. Daneben lag Calvert auf dem Boden und drehte sich eine Zigarette.

»Du machst ein Gesicht, als hättest du ein Gespenst gesehen«, sagte der Südafrikaner und griente.

»Was ist hier los?«

»Och, die Soutpiels sind in Gefangenschaft geraten.«

»Was?«

»Da kam plötzlich so ein windiger Leutnant mit seinen Panzergrenadieren. Hat die Tommys hochgenommen. War anscheinend eine vorbereitete Falle gewesen, nur uns hat es niemand gesagt.« Calvert verzog das Gesicht. »So wie immer, weil wir bloß das Anhängsel sind. Der Schwede und die anderen sind übrigens vorne bei Fritze.«

»Ach?« Schneider ließ sich hintenüberfallen. Er landete mit dem Hinterkopf auf dem kühlen Erdboden und wischte sich den Schweiß von der Stirn.

Östlich von Colombiers-sur-Seulles, Frankreich, 08.06.1944

Leutnant Engelmann blinzelte durch das dichte Blätterdach, das seine Kompanie vor den Augen feindlicher Piloten verbarg. Dünne, weiße Wölkchen zogen über das Firmament. Feindliche Thunderbolts brausten dort oben umher, sie waren auf der Suche nach Beute. Wieder und wieder drehten die amerikanischen Tiefflieger ihre Runden über dem Waldstück, in dem sich die III. Abteilung versteckt hielt. Nach einiger Zeit drang ein tiefes, beständiges Brummen an Engelmanns Ohr, das von Norden herrührte und sich rasch näherte. Die Nackenhaare des Leutnants stellten sich auf, seine Finger krampften sich um die Ränder des Turmluks, sodass die Fingerknöchel weißlich durchschimmerten. Bomber im Anflug! Engelmann sprach im Geiste ein schnelles Stoßgebet, auf dass die viermotorigen Liberator-Maschinen mit der gläsernen Kanzel im Bug, die nun am Horizont auftauchten, ihre Bombenfracht woanders abwerfen würden. Und er hatte Glück: Die 120 Bomber, die den Himmel für den Moment verdunkelten wie eine Sonnenfinsternis, zogen über die Stellungen des PzRgt 2 hinweg, flogen weiter ins Hinterland. Engelmanns Glück würde das Pech von anderen sein, denn irgendwo würden diese riesigen Vögel aus Stahl ihren Bauch öffnen, irgendwo würden sie hunderte Bomben auf deutsche Verbände herniederregnen lassen, würden binnen Sekunden Züge, Kompanien, Bataillone von der Landkarte tilgen. Schon jetzt waren die Verluste der Wehrmacht durch Angriffe aus der Luft unbeschreiblich hoch. Nachdem die Deutschen während der ersten beiden Tage der

Invasion dennoch unbarmherzig vorgestoßen waren, um gemäß Rommels Verteidigungskonzept den Gegner zurück ins Meer zu werfen, ehe er sich an der französischen Küste etablieren konnte, fand nun ein Umdenken statt. Vor allem die gepanzerten Verbände hatte es hart erwischt, und nun sollte verhindert werden, dass sich die schnellen Kräfte der Wehrmacht in Nordfrankreich völlig auflösten; so musste auf Truppenverschiebungen bei Tage verzichtet werden. Die feindliche Luftüberlegenheit lähmte die Deutschen zusehends – und das in Regionen, in denen der Feind am Boden gar nicht präsent war. Schon seit Anfang 1943 zeichnete sich an allen Fronten die feindliche Lufthoheit ab und nun bekamen die deutschen Soldaten in Frankreich so richtig zu spüren, was es bedeutete, die Schlacht um den Himmel verloren zu haben.

Gemächlich schwebte der große Pulk Liberator von dannen. Mit ihnen wurde das Brummen der Motoren leiser, bis es gar nicht mehr zu hören war. Die Piloten hatten ihre Augen am Boden, suchten Ziele. Erst am Morgen dieses Tages hatten die Jabos der Alliierten eine Nachschubkolonne der Division erwischt, die das Regiment mit Verpflegung und Munition hätte versorgen sollen. Der Großteil der Lkw wurde in Brand geschossen, dann explodierten die geladenen Sprenggranaten. 16 Mann fielen, 33 wurden verwundet. So waren die Flieger mit den weißen Sternen oder den blau-roten Kokarden auf den Tragflächen nicht nur dafür verantwortlich, dass das PzRgt 2 sich den Tag über in einem Wald verstecken musste, sondern auch dafür, dass Munition und Betriebsstoffe bei nur 45 Prozent lagen – von den knurrenden Mägen der Männer ganz zu schweigen. Dennoch hatte das Regiment neue Marschbefehle erhalten.

Engelmann blickte von seiner Kuppel hinab auf die mit Geäst getarnte T-34-Wanne von Quasimodo. Überall um ihn herum standen die Panzer seiner Kompanie zwischen den dicht an dicht wachsenden Bäumen. Es war eine wahre Sisyphusarbeit gewesen, die Panzer im Schutze der Dunkelheit in den Forst hineinzumanövrieren. Nun standen die Stahlbestien seelenruhig da, überhäuft mit Blattwerk und Geäst, und warteten auf ihren nächsten Einsatz. Die Panzermänner hockten in ihren Kästen oder hatten sich darunter verkrochen. Niemand wagte es, ein Wort zu sagen oder sonst irgendwelche Geräusche zu verursachen. Alle Sinne waren auf die Flieger gerichtet, denen der Himmel gehörte. Alle Arbeiten an den Panzern waren abgeschlossen und die Männer sollten sich ausruhen, wenn möglich schlafen. Doch bei der schwülen Luft, die schwanger ging mit einer immensen Luftfeuchtigkeit, dass die Uniform am Körper klebte, war an Schlaf kaum zu denken. War allerdings erst einmal die Nacht hereingebrochen, würde es so schnell keinen Schlaf mehr geben, denn dann würde das Regiment in Richtung Cotentin rollen. Dort hatten sich die Amerikaner festgesetzt und drohten, ihren Landekopf, den sie seit zwei Tagen mit Unmengen Soldaten und Material überschwemmten, auszubauen. Dort stand der Feind vor den Toren von Carentan im Süden und kurz vor Montebourg im Norden und kontrollierte somit einen Abschnitt von 20 Kilometer Länge. Und diesen schien er nicht mehr hergeben zu wollen, denn waren auch die Fliegerangriffe in allen anderen Abschnitten der Normandie schon heftig, war der Himmel über dem geglückten Landeabschnitt – dem Utah-Abschnitt – übersät mit feindlichen Flugzeugen, die ohne Pause ein vernichtendes Höllenfeuer auf die deutschen Verteidiger hinab regnen ließen. Die Amerikaner hatten auf der Cotentin-Halbinsel ihren vielbeschworenen Fuß auf französischem Boden, und den wollten sie unter keinen Umständen wieder zurücknehmen. Der Kampf wurde von beiden Seiten mit äußerster Härte geführt. Bei einer Niederlage der Alliierten wären jahrelange Planungen und ein nie dagewesener Aufwand an Ressourcen umsonst gewesen. Sollten allerdings die Deutschen den Kampf um die Normandie verlieren, würde dies eine weitere landgestützte Front bedeuten, die bald von der Nordseeküste bis hinunter zum Mittelmeer mit Truppen verteidigt werden müsste. Eine Niederlage in Frankreich würde letztendlich die Gesamtniederlage Deutschlands bedeuten. Eine weitere Landfront, nur wenige hundert Kilometer von den Reichsgrenzen entfernt, würde die Wehrmacht, die schon jetzt bis zum Zerreißen über ganz Europa gespannt war, nicht überstehen.

Engelmann seufzte. Er hatte erkannt, wie falsch seine bevorzugte Strategie gewesen war, und wie richtig Rommel mit seiner Devise lag, den Feind am Strand zu schlagen und mit allen Mitteln ins Meer zurückzuwerfen. Der Leutnant war nämlich ursprünglich mit Rommels Verteidigungskonzept, das beinhaltete, die Masse der deutschen Verbände direkt an der Küste zu positionieren, hart ins Gericht gegangen. Engelmann hatte Feldmarschall von Leebs Ansicht geteilt, man müsse den Feind kommen lassen, um ihn im Hinterland – dort, wo die Schiffsartillerie nicht mehr hinreichte – mit überlegenen Panzerverbänden zu stellen. Engelmann aber hatte rasch lernen müssen, dass die Schiffsgeschütze zwar Verheerendes anrichteten, aber lange nicht so tödlich waren wie ein mit feindlichen Jabos verseuchter Himmel. Und die Jabos konnten quasi überall in Frankreich auftauchen.

Hätten die Deutschen den Gegner also erst in aller Ruhe landen und ihn dann kommen lassen, würde es schnell keine überlegenen deutschen Panzerverbände mehr geben, das hatte Engelmann nun begriffen. Die numerische Materialüberlegenheit der Alliierten, die sich just in diesem Augenblick über Cotentin ergoss, stellte selbst die der Roten Armee in den Schatten, sodass die Deutschen sich zu Lande rasch einer zehn- und zwanzigfachen Übermacht gegenübersehen würden. Darüber hinaus waren die US-Amerikaner hochmodern ausgestattet. Deutsche Landser staunten nur so über die Kriegsbeute, die sie dieser Tage einbrachten: Funkgeräte, groß wie Handflächen, in Seidentücher eingearbeitete Karten oder Fallschirmjägerpuppen mit Schießautomatik. Und nun stand der Feind auf französischem Boden – hatte zumindest einen Landekopf gebildet, was Rommel unbedingt hatte vermeiden wollen. Jetzt galt es, in diesen Landekopf rasch hineinzustoßen, ehe der Ami ihn ausbauen konnte. Doch von Schnelligkeit konnte keine Rede sein, wenn die anrückenden Verbände der Wehrmacht 15 Stunden Tageslicht ungenutzt lassen mussten, weil sie sonst von der feindlichen Luftwaffe zerschossen werden würden. Die gegnerischen Piloten setzten indes alles daran, die Deutschen auch bei Nacht aufzuspüren. Sie leuchteten die Straßen, Wege und Felder der Normandie unentwegt mit Leuchtbomben aus. Die Panzer des PzRgt 2 hatten einen wahren Spießrutenlauf vor sich, da sie in der nächsten Nacht in Richtung Carentan aufbrechen würden.

An Engelmann nagten derweil Zweifel. Er befürchtete insgeheim, dass es bereits zu spät sein könnte ... dass sich der Amerikaner bereits unwiderruflich festgebissen hatte auf den wenigen Kilometern französischem Boden, den er besetzt hielt. Rommel wollte wertvolle Kräfte nicht aus dem Raum Pas-de-Calais herauslösen und in Richtung Cotentin in Marsch setzen, obwohl am US-Landekopf nun jeder Mann gebraucht wurde, um den feindlichen Angriff abzuschlagen. Offenbar war der OB Frankreich-Benelux noch nicht vollends überzeugt, dass die Invasion in der Normandie die einzige Landung des Feindes bleiben würde.

Engelmann biss sich auf die Unterlippe. Auch sein Magen knurrte fürchterlich; die letzten Reste seiner Schokolade hatte er in der Früh mit der Besatzung geteilt. Satt hatte ihn das natürlich nicht gemacht.

Immerhin waren überall sonst die alliierten Landeversuche abgewehrt worden. Bei Colleville-sur-Mer – Deckname Omaha Beach – war ein Angriff der Amerikaner unglaublich blutig vereitelt worden. 4.600 tote GIs säumten die Küste und annähernd 12.000 Mann waren in Gefangenschaft geraten, als alliierte Evakuierungsmaßnahmen aufgrund durchgebrochener Wehrmachtsverbände unmöglich geworden waren. Omaha Beach war für die Amerikaner zum Blutbad geworden, doch auch die Verteidiger hatten ihren Blutzoll zu zahlen gehabt. Unter anhaltenden Bombardements von See her sowie aus der Luft waren sämtliche Widerstandsnester, die im Omaha-Abschnitt lagen, fürchterlich zusammengeschlagen worden. Weiter im Osten mussten die Briten und Kanadier ihre Niederlage eingestehen. Sie hatten im

Verbund mit freien französischen, belgischen, polnischen und luxemburgischen Truppen angegriffen.

Die Landeköpfe von Longues-sur-Mer bis nach Saint-Aubin-sur-Mer waren aufgerieben, über 26.000 Mann waren in deutsche Kriegsgefangenschaft geraten. Bei Ouistreham, vor den Toren Caens, kämpfte der Gegner noch verbissen, war teilweise bis zu vier Kilometer ins Landesinnere eingebrochen. Doch die Alliierten hatten auch dort erkannt, dass die Landung fehlgeschlagen war. Der Feind vor Caen kämpfte nicht mehr um einen Landekopf; er kämpfte nur noch, damit die Evakuierung möglichst vieler Soldaten gelang. Der Versuch der Briten, die Doppelbrücken bei Bénouville und Ranville zu erobern, war ebenfalls gescheitert, somit waren die Reste der 6th Airborne Division irreversibel eingekesselt. Es war eine Frage der Zeit, bis der letzte Widerstand der Luftlander gebrochen war. Dann läge die Normandie westlich von Carentan wieder vollauf in deutscher Hand, auch wenn noch überall im Hinterland versprengte Fallschirmer und Kommandos herumschwirrten, die vermutlich von der ortsansässigen Bevölkerung unterstützt wurden. Doch damit musste die Wehrmacht leben, und damit würde sie fertigwerden. Kritisch und entscheidend war somit einzig, was auf der Cotentin-Halbinsel geschah, und genau dort würde das PzRgt 2 eingreifen. Äste knackten neben Engelmanns Panzer, dann klopfte Stollwerk mit fettem Grinsen im Gesicht gegen die Wanne von Quasimodo. Nach einmal mehr wahnwitziger Arbeit der Werkstatteinheiten standen dem Hauptmann zur Stunde wieder vier Panzer IV zur Verfügung.

»Na, Josef? Noch immer zufrieden mit diesem Ding?« Er lachte hämisch auf. Engelmann nickte knapp. Was würde er nicht alles für einen Panzer IV mit langem Rohr geben?

»Weißt du, wie die Landser eure Kästen nennen?«, stichelte Stollwerk.

»Nein.«

»Rassenschande.« Stollwerk zeigte die Zähne.

»Ich glaube, ich bleibe bei Quasimodo«, erwiderte Engelmann kühl.

Nun verzog Stollwerk das Gesicht. »Welche Laus ist dir über die Leber gelaufen, alter Freund?«, fragte er geradeheraus. »Guckt man dich an, könnte man glatt meinen, wir würden den Krieg verlieren, so verdunkelt ist deine Miene.«

»Ich kämpfe mit einer 5-Zentimeter-Kanone gegen die modernsten Panzer unserer Zeit. Wie sollte ich da deiner Meinung nach gucken? Etwa so?« Engelmann setzte ein völlig entstelltes Lächeln auf.

»Nimm nicht alles so ernst, Josef.«

»Wir sind im Krieg und mir fliegen die Kugeln um die Ohren. Was genau soll ich da nicht ernst nehmen?«

»Na, eben genau das! Entspann dich mal, mach deinen Kopf frei. Du tust immer so, als wäre morgen der Krieg verloren.«

»Er ist nun mal morgen auch noch nicht gewonnen.«

»Wir arbeiten daran.«

»Mhm.«

»Ich bitte dich! Sag bloß, du kannst an der Lage hier in Frankreich auch was Schlechtes finden? Wir haben die Invasion abgeschlagen! Der Feind hat sich an uns ordentlich die Finger verbrannt, nochmal wird er dieses Kunststück nicht probieren.«

»Noch ist die Messe nicht gelesen, noch befinden sich die Alliierten auf französischem Boden.«

»Ach, Kosmetik, Josef! Reinste Kosmetik! Wir hauen da die nächsten Tage noch einmal ordentlich zwischen, dann gehen die Amis auf der Cotentin auch stiften.«

»Zwischenhauen? So wie du bei Mont Fleury? Wie viele deiner Männer sind dort gefallen?«

Schlagartig verfinsterte sich Stollwerks Antlitz. Er kniff die Augen zusammen und seine Lippen bildeten einen schmalen Strich, ehe er fragte: »Was ist eigentlich dein Problem, Josef?«

»Mein Problem? Bin ich derjenige, der sich kopflos ins gegnerische Feuer wirft? Der unnötig das Leben seiner Männer aufs Spiel setzt? Und ich gehe jede Wette ein, Meier war von deinem Alleingang ebenfalls nicht begeistert.«

»Ach, Meier«, Stollwerk winkte ab, »ist ein Mann ohne Format. Hier muss endlich grundsätzlich begriffen werden, worum es geht, und dass deshalb bloß Tatendrang und äußerste Härte angebracht sind. Wir dürfen dem Feind nichts gönnen, stattdessen aber werden aus Berlin die völlig falschen Signale gesendet. – Meier! Das ist so ein Offizier Marke Beck. Humanismus, sauberer Krieg! Die Herren narren sich mit solchen Vorstellungen selbst – und sie schaden damit dem deutschen Volk nachhaltig. Meier! Pah!« Stollwerk spuckte ungehalten aus. »Dem alten Truppenoffizier fehlt der nötige Mumm in den Knochen ... ebenso wie dir.«

Engelmann horchte auf, während Stollwerk langsam fortfuhr. Er schien jedes Wort mit Bedacht zu wählen, betonte jede Silbe: »Ihr solltet endlich begreifen, dass wir im Krieg sind. Kein Vorstoß ohne Risiko. Kein Sieg ohne Verluste. So funktioniert das Spiel!«

»Ja? Und wenn ein Mann aus deiner Kompanie gefallen ist, erzählst du das dann genauso seiner Mutter, seiner Ehefrau?«

»Ja!« Stollwerk blickte Engelmann entschlossen an. »Ja, genau so. Das ist der Preis, Josef.«

Westlich von Trévières, Frankreich, 09.06.1944

Die Abteilung rollte. Mit halber Geschwindigkeit schoben sich die Panzer durch die Finsternis der Nacht. Engelmann fuhr über Luke, lauschte in die Dunkelheit hinein. Durch das Tarnlicht erkannte er ganz schwach die Umrisse eines Panzer IV vor sich. Hinter Quasimodo rasselten die Tanks seiner Kompanie. In einer langen Kolonne bewegte sich der Verband über eine ausgebaute Straße, die vorbei an Isigny-sur-Mer und über die Vire direkt nach Carentan führte.

»Ebbe, gib mir die Abteilung auf die Ohren«, verlangte Engelmann. Nitz bestätigte und schaltete das Funkgerät entsprechend um. Zu Engelmanns Freude und zugleich Bedauern hatte Nitz sich aus dem Lazarett geschlichen und war kurz vor Anbruch der Dunkelheit bei den Tanks der Kompanie aufgetaucht. Nitz war, nachdem sein Panzer am ersten Tage der Invasion einen direkten Treffer kassiert hatte, stark angeschlagen. Ein schmerzverzerrter Ausdruck, der sich früher immer dann an die Oberfläche gekämpft hatte, wenn die Rückenschmerzen des Oberfeldwebels wieder besonders schlimm geworden waren, stand ihm nun dauerhaft ins Gesicht geschrieben.

Am liebsten hätte Engelmann Nitz befohlen, sich zurück in ärztliche Behandlung zu begeben. Das aber brachte der Leutnant am Ende doch nicht übers Herz. Der zähe Nitz war älter und diensterfahrener als Engelmann und alle Männer von Quasimodos Besatzung zusammen. Da wollte der Leutnant sich nicht anmaßen, eine derartige Entscheidung über den Kopf des Oberfeldwebels hinweg zu treffen. Insgeheim hoffte Engelmann, dass es kein falscher Stolz war, der Nitz zurück zur Einheit getrieben hatte. Der Oberfeldwebel sollte über das nötige Verantwortungsbewusstsein verfügen, selbst zu entscheiden, ob er noch eine Bereicherung oder eher eine Belastung für seine Kameraden darstellte.

Allerdings hatte Engelmann keinen Panzer mehr, den er Nitz hätte geben können, und er konnte auch keinen der Kommandanten von seinem Posten entbinden. Also lautete Engelmanns Entscheidung, Nitz erneut als seinen Funker einzusetzen. Stendal musste sich daher in den Ersatz verabschieden. Allerdings war das halb so wild, denn der junge Unteroffizier wurde in wenigen Tagen zum Anwärter ernannt werden. Sobald es freie Plätze auf dem Offizierslehrgang in Wünsdorf geben würde, würde Stendal die Einheit ohnehin verlassen.

Neben dieser Personalie hatte Engelmann die Kompanie umgegliedert: Die Züge Claudia und Berta existierten nicht länger, dafür bestanden die Züge Anna – nun geführt durch Oberfeldwebel Kranz – sowie Rita jeweils wieder aus vier Panzern. Rechnete man Engelmanns Wagen als Kompanieführungsfahrzeug hinzu, kam seine Einheit immerhin auf neun zum Teil beschädigte Kampfpanzer. Das war fast wieder eine halbe Kompanie! Und mit ihren Panzer III und T-34-Missbildungen hätten sie 1934 sicherlich jeden feindlichen Panzerverband beeindrucken können.

Engelmann biss sich auf die Unterlippe. Fast musste er lachen angesichts solcher Gedanken, aber eben nur fast, denn im Grunde war es alles andere als lustig, mit einem Panzer III gegen die modernsten Tanks der Alliierten antreten zu müssen.

Engelmann horchte in die Nacht hinein. Hin und wieder vernahm er die Flieger des Feindes, die oben am Himmel ihre Bahnen zogen und nach Opfern suchten. Immer wieder warfen sie Leuchtbomben ab, die bunte Gebilde ans Firmament zauberten. Den deutschen Panzermännern blieb nur die Hoffnung, im Dunkeln verborgen zu bleiben.

»Seht nur«, staunte Ludwig durch seine Optik. »Der ganze Himmel hängt voller Christbäume.« An Fallschirmen segelten die Leuchtkugeln der Alliierten hernieder, die deren *Pathfinder* als Markierung für Bomberziele abwarfen. Die Nacht über der Normandie leuchtete in bunten Farben.

Engelmanns Augen richteten sich auf die Umrisse des Panzers vor ihm, einer aus Stollwerks Einheit. Die Wagen des Hauptmanns bildeten die Spitze der Kolonne.

Die Fahrt erwies sich als langwierig und langweilig. Engelmanns Gedanken entglitten bald in die Heimat, da zischte es fürchterlich im Vorfeld, ehe ein Flammenball die Finsternis auseinanderriss. Sofort stoppte die Kolonne, die Panzer stoben auseinander, runter von der Straße. Schon donnerten die Kanonen von Stollwerks Tanks. Rechts der Straße blitzte es. Schreie ertönten. Panzer-MG knatterten. Wirre Meldungen jagten durch den Äther. Niemand schien so richtig zu wissen, was vor sich ging.

»Rita?«, meldete sich Stollwerks Stimme.

»Hört«, erwiderte Engelmann angestrengt.

»Feindliche Infanterie rechts der Straße mit Panzerabwehrwaffen. Durchbrechen nicht möglich, zwei meiner Kästen haben Kette geworfen. Brauche Feuerunterstützung! Halb rechts, etwa 75.«

»Kriegst du!«

Engelmann befahl das Laden einer Sprenggranate, ehe er Ludwig einwies. Sie mussten auf gut Glück schießen, denn ein Beleuchten des Gefechtsfeldes würde jeden verdammten Jagdbomber im Umkreis anlocken. Ludwig drückte den Auslöser. Der Feuerball des Geschosses fraß sich durch die Nacht.

»Ebbe, lass die Kompanie halb rechts auf zehn Uhr feuern. Entfernung 90 Meter. Auf gut Glück!«

»Halb rechts, 90 Meter!« Nitz stöhnte auf, von Schmerzen gepeinigt, dann ratterten seine Worte ins Sendegerät. Die Kompanie Engelmann feuerte. Ebenso Stollwerks Kästen. Ein wahrer Feuerreigen brach über das Gelände rechts der Straße herein. Flammenzungen leckten gen Himmel, Sträucher und Bäume loderten auf. Maschinengewehre hackten dazwischen. Nach zwei Minuten stellten die Panzer das Feuer ein. Bei der vermuteten Feindstellung brannte es lichterloh. Baumstämme lagen quer, ein in Flammen gehüllter Mann rannte schreiend davon. Anschließend zeichneten sich mehrere Gestalten mit erhobenen Händen vor dem Flammenmeer ab.

»Rita?«, zwitscherte Stollwerk entzückt.

»Hier«, antwortete Engelmann.

»Überwachst du das Vorfeld? Ich nehme Gefangene auf.«

Engelmann stellte sicher, dass Ludwig seine Hände am Koaxial-MG hatte, und wies dann seine Kompanie ein.

»Wir haben die Waffen am Feind«, meldete Engelmann schließlich.

Schemenhaft konnte er ausmachen, was vor Quasimodo passierte. Die Deckel des Panzers von Stollwerk öffneten sich, dann kletterten mehrere Männer mit gezogener Pistole heraus.

Engelmann zählte sieben Gefangene, die sich als düstere Gestalten vor den Flammen abzeichneten. An ihren Helmen und der Ausrüstung erkannte er, dass sechs von ihnen amerikanische Fallschirmjäger waren. Die siebte Gestalt trug Zivilkleidung, eine Stoffhose und ein zu großes Hemd. Bei dem Mann könnte es sich um einen Kämpfer aus dem französischen Untergrund handeln.

Während die Gefangenen sortiert wurden, kletterte Stollwerk schon wieder in seinen Panzer zurück. Kurze Zeit später erklang seine Stimme über Funk: »Wels für Brunhilde.« Engelmann hatte sich die Abteilungsfrequenz auf seine Kopfhörer einstellen lassen und hörte mit.

»Brunhilde hier. Was, verdammt, ist los?«, forderte Meier zu wissen. Was ihn als guten Kommandeur auszeichnete, war die Tatsache, dass er seine Unterführer erst einmal machen ließ, statt umgehend Meldungen einzufordern.

Mitten im Gefecht hatte man schließlich Wichtigeres zu tun, als seinem Vorgesetzten Bericht zu erstatten.

»Wir haben sechs Gefangene eingebracht. Amis«, kratzte Stollwerks Stimme aus den Lautsprechern. Engelmann stutzte. »Außerdem habe ich zwei Ausfälle mit geworfener Kette.«

»Gute Arbeit, Wels. Wir beziehen gedeckte Stellungen hier vor Ort. Die Kompanieführer sammeln bei mir. Sehen wir zu, dass wir die Köpfe einziehen und die Gefangenen verarzten. Igel unterstützt Wels bei der Reparatur der Panzer. Und macht Dampf! In einer Stunde wird es hell!«

La Roche-Guyon, Frankreich, 10.06.1944

Generalfeldmarschall Erwin Rommel betrat erstmalig seit der Rückkehr aus dem Lazarett seinen Gefechtsstand im Schloss von La Roche-Guyon. Eine weißliche, lange Narbe schimmerte auf seiner Stirn. Er war noch nicht wieder vollkommen genesen, klagte über Kopfschmerzen. Außerdem hatte er wegen der feindlichen Landung die Feierlichkeiten anlässlich des Geburtstages seiner Frau ausfallen lassen müssen.

Das sandfarbene Herrenhaus mit den schwarzen Giebeldächern lag an der Sohle eines Kalkfelsens, auf dessen Spitze die Überreste der alten Burg thronten. Terrassen, auf denen Rommel gerne flanierte, boten einen herrlichen Ausblick. Auf der anderen Seite der Burg zog sich die Seine in geschwungenen Bahnen durch die bewaldete Landschaft Nordfrankreichs.

In den unter dem Herrenhaus liegenden Katakomben war es zur Stunde alles andere als friedlich. Telefone klingelten im Minutentakt, Offiziere stolperten umher, blickten auf die aufgestellten Karten und zeichneten darin die aktuelle Lageentwicklung ein. Das alte Gemäuer hielt eine staubige, stickige Luft in seinen Räumen und Gängen gefangen, dass die Männer husteten und sich Schweiß und Dreck auf ihrer Haut zu einer klebrigen, grauen Masse vereinten. Schwache Glühbirnen, die von der Decke baumelten, erfüllten den Gefechtsstand mit schummrigem Licht. Generalmajor Bodo Zimmermann, ein großgewachsener Mann mit kurzem, glattgestrichenem Haupthaar, das an den Seiten ergraut war, blickte Erwin Rommel nach, der hinter der nächsten Ecke verschwand, um einen Anruf entgegenzunehmen. Schließlich wandte sich Zimmermann mit reservierter Miene einer Lagekarte zu, die die Normandie sowie die Cotentin-Halbinsel darstellte.

Die Alliierten – mittlerweile waren wohl auch die ersten britischen Einheiten auf der Halbinsel gelandet – hielten einen Streifen von 22 Kilometer Breite besetzt, in den sie Tag und Nacht mehr Soldaten und mehr Panzer hineinpumpten. Sie hatten Montebourg genommen und starke Sherman-Verbände standen vor den Toren Valognes. Doch noch immer war der Landekopf instabil und die Feindkräfte waren nicht mehr als eine kleine Expeditionstruppe. Noch waren ihre angelandeten Kräfte nicht stark genug, ihre Soldaten nicht tief genug eingegraben und ihre Panzer nicht zahlreich genug, als dass die Wehrmacht sie nicht würde ins Meer zurückdrängen können.

Gewiss, der Feind hatte bereits über 115.000 Soldaten zwischen Carentan und Montebourg an Land gebracht, die Deutschen jedoch waren nach wie vor in der Überzahl. Dies war vor allem von Mansteins Verdienst, der durch clevere Frontverschiebungen und Täuschungsmanöver Verbände für die Bekämpfung der Invasion in Frankreich hatte freimachen können – und der nun unter den Folgen litt. Am Vortage, dem 9. Juni, war eine großangelegte, von langer Hand geplante Offensive der Sowjets im Süd- und Mittelabschnitt der Ostfront angerollt, welche die deutschen Linien zur Stunde perforierte und die Verteidiger unter sich zermalmte. Die Wehrmacht hatte der Roten Armee nicht viel entgegenzusetzen – war vielerorts sogar auf der Flucht! Stalin und Eisenhower hatten sich wahrlich perfekt abgesprochen. Doch für Zimmermann, Rommels neuen Stabschef, war Russland in diesem Augenblick eine Nebensächlichkeit. Der Generalmajor hatte in Frankreich seinen eigenen Krieg zu kämpfen. Mit vor Übermüdung schmerzenden Augen betrachtete er auf der Lagekarte den letzten verbliebenen Landekopf des Feindes, der noch von Bedeutung war. Zimmermann widmete seine Aufmerksamkeit somit ganz der Halbinsel Cotentin.

Rommel warf dem Gegner tatsächlich alles entgegen, was ihm zur Verfügung stand. Infanteriedivisionen rannten von allen Seiten gegen den Landekopf an. Deutsche Panzer rollten durch die Obstgärten der Normandie, schoben sich dem Feind entgegen.

Auf dem Papier hatten die Amerikaner und Briten keine Chance. Sie landeten täglich etwa 20.000 Mann an, so schätzte die Aufklärung. Selbst wenn sie ihren Landekopf noch zehn Tage würden halten können, kämen sie nicht ansatzweise an die Stärke der ihnen gegenüberstehenden Wehrmachtstruppen heran. Doch, wie bei jeder Schlacht, gab es einige unbekannte Größen in der Rechnung: Wie erfolgreich würde die feindliche Flotte, die im Ärmelkanal umher schipperte, als befände sie sich auf einem Segelturn, in die Schlacht um die Küste eingreifen, und wie stark würden die deutschen Kräfte unter der feindlichen Lufthoheit leiden? Und wie geschickt vermochte die

Wehrmacht überdies ihren zahlenmäßigen Vorteil einzusetzen bei einer so winzigen Frontlinie? Diese Fragen bewegten Zimmermann und alle anderen Männer in den Katakomben des Schlosses.

Obwohl sich die ersten Erfolge einstellten und der Vormarsch der Alliierten gestoppt war, so waren dies äußerst fragile Errungenschaften. Ein gut gesetzter Feuerüberfall aus den gewaltigen Kanonen der Schlachtschiffe konnte Kompanien binnen Sekunden verpuffen lassen, von der ungeheuren Kampfkraft der feindlichen Jagdbomberstaffeln ganz zu schweigen. Diese waren gar in der Lage, Bataillone, Abteilungen, Regimenter auszulöschen. Sie konnten, sofern das Glück ihnen hold war, jeden einzelnen Panzer aus einer Division herausschießen. Kurz: Die feindlichen Flieger und Schiffe konnten jeden deutschen Sieg zunichtemachen, konnten am Ende doch noch zum Erfolg der feindlichen Invasion führen.

Hinter Carentan war der gegnerische Vormarsch zum Erliegen gekommen, und vor Valognes biss sich der Feind an starken Panzerabwehrkräften der Wehrmacht die Zähne aus. Dies waren erste Anfangserfolge, die es zu festigen und auszubauen galt.

Wird Zeit, dass wir unsere Chancen verbessern, murmelte Zimmermann in sich hinein. Wie aufs Stichwort kam in diesem Augenblick ein strahlender Rommel mit einem Zettel in der Hand um die Ecke. Das Lächeln wirkte im Gesicht des sonst so ernsten Schwaben irgendwie befremdlich, doch es bedeutete hoffentlich etwas Gutes. Für einen Moment oder auch zwei betrachtete der Generalmajor das Ritterkreuz seines Chefs, das zwischen gelb-roten Kragenspiegeln im schwachen Licht funkelte. Rommels Stimme holte Zimmermann ins Hier und Jetzt zurück, wobei der Feldmarschall freudig mit dem Zettel wedelte: »Ich habe soeben nochmals den Kanzler am Telefon gehabt, Herr Zimmermann. Er hat die Höllenhunde unter mein Kommando gestellt!«

Beileibe, das sind großartige Neuigkeiten! Zimmermann nickte freudig.

»Ha! Und Halder wollte diese Flügelbomben gegen London einsetzen!«, rief Rommel triumphierend mit seinem schwäbischen Dialekt. »Aber ich habe ihm glaubhaft darstellen können, dass der Landekopf der Amerikaner groß genug und darum als Ziel geeignet ist.«

»Wie viele Höllenhunde stehen zu unserer Verfügung?«

»374 Stück stehen an der Somme zum Abschuss bereit, weitere sind im Zulauf. Speer, der Teufelskerl, hat die Produktion in den letzten Monaten forciert.«

»Wie lauten ihre Befehle, Herr Feldmarschall?«

»Alle Angriffe stoppen. Um 21:00 beginnen wir mit dem Beschuss. Alle verfügbaren Ari-Batterien klopfen zusätzlich die vordersten Stellungen des

Feindes ab. Unsere Verbände in der Spitze sollen sich ordnen und bereithalten. Wie steht es um das Panzer-Schwimm-Regiment 31?«

»Der Kommandeur meldet volle Gefechtsbereitschaft im Verfügungsraum.«

»Sagen Sie, wann werden die 5. und 16. im Raum eintreffen?«

»Die 5. ist mit Masse schon vor Ort, die 16. mit Teilen ab dem Morgengrauen.«

»Muss reichen! Wir dürfen den Amerikanern keine Zeit geben, sich auszuruhen. Morgen, Punkt 12:00, sollen die Höllenhunde aussetzen, dann will ich, dass zum Angriff übergegangen wird. Panzer nach vorn, mit schnellen Raids den Landekopf eindrücken und zum Strand durchdringen. Die Saubären werden nicht wissen, wie ihnen geschieht!«

Nordöstlich von Isigny-sur-Mer, Frankreich, 10.06.1944

Engelmann befand sich im Tiefschlaf, als der spitze, markerschütternde Schrei einer grausam gequälten Seele durch die Luft schnitt. Der Leutnant riss die Augen auf und schnellte hoch. Fast hätte er sich den Kopf an der Bodenplatte Quasimodos gestoßen. Neben ihm erwachte auch Nitz durch den heftigen Schrei, der als langgezogener Ton der Höllenquallen die Geräuschkulisse bestimmte. In einer Mischung aus Schmerz und Verwirrung schaute Nitz um sich. Engelmann hatte keine Ahnung, was los war. Gerade wollte er sich unter seinem Panzer hervorkämpfen – auch Jahnke und Ludwig erwachten langsam und räkelten sich in ihren Decken – da fiel Engelmann auf, dass eine Schlafstelle leer war.

»Wo ist Münster?«

Nitz zuckte mit den Achseln. Der Schrei wurde extrem schrill, er fuhr Engelmann durch Mark und Bein. Ein Panzermotor heulte unvermittelt auf, Gelächter drang an das Ohr des Leutnants.

Mit einem Satz sprang Engelmann unter seinem Panzer hervor, wühlte sich in seine Panzerkombi hinein. Ungeachtet seines ungeordneten Aussehens preschte er los, den Geräuschen entgegen. Der mittlerweile hohe, verzerrte Schrei brach nicht ab. Der Lärm kam aus der Richtung, wo die 12. Kompanie Stellung bezogen hatte – Stollwerks Kompanie! Engelmann jagte durch den Wald. Er nahm eine Schneise im Sprung, preschte in langen Sätzen durchs

Unterholz. Schweiß drückte sich aus seinen Poren. Der Himmel, der durch die Baumkronen schimmerte, war wolkenverhangen.

Mit jedem Schritt näherte sich Engelmann dem fürchterlichen Schrei. Er sah vor sich die Umrisse eines mit Astwerk getarnten Panzers. Neuerliches Motorengebrüll erfüllte die Luft. Engelmann kämpfte sich durch dickes Gestrüpp, schob sich durch eine Buschreihe – und erstarrte.

Mit weit aufgerissenen Augen blickte er auf die grausame Szene, die sich ihm bot: Stollwerks Panzer stand mit laufendem Motor zwischen den Bäumen, der Fahrer des Hauptmanns blickte aus der geöffneten Luke. Die linke Kette des Tanks aber hatte die Füße eines Mannes in Zivilkleidung erfasst und zu Hackfleisch zermalmt. Mit rasselndem Motor verharrte die stählerne Kette des tonnenschweren Gefährts auf den zu fleischigem Matsch zerdrückten Füßen des Mannes, der fürchterlich schrie. Jener Mann, er trug eine Stoffhose und ein zu großes Hemd, war der Länge nach auf ein Brett gebunden, nur die Arme schwangen frei. Und Münster stand breitbeinig über ihm!

Engelmann zitterte am ganzen Körper.

Münster fixierte die Hände des Mannes, während ein Unteroffizier von Stollwerk neben dem Opfer hockte und auf Französisch daherredete. Stollwerk selbst hielt in einigen Metern Entfernung die Arme verschränkt und schien äußerst zufrieden.

»Was sagt er?«, zischelte der Hauptmann.

»Er schreit bloß«, erwiderte der Unteroffizier.

»Der Kerl soll endlich das Maul aufmachen!«, brüllte Münster in abscheulichem Tonfall.

»Ruhig Blut, Feldwebel«, entgegnete Stollwerk und grinste, »der wird schon reden.« Der Hauptmann gab seinem Fahrer ein Zeichen, der nickte und stieg aufs Gaspedal. Der Panzermotor brummte, und der Gefolterte kreischte mit entstellter Stimme, als der Tank anruckte. Das nächste Kettenglied schlug auf die Schienbeine des Mannes hernieder und zertrümmerte sie, ehe der tonnenschwere Stahl Fleisch und Gewebe zerdrückte, als wären es Insekten. Der Mann jaulte aus ganzer Lunge. Münster schien richtig Not zu haben, die wild rudernden Arme im Zaum zu halten. Unnachgiebig redete Stollwerks Unteroffizier auf den armen Teufel ein, der nie wieder würde laufen können.

»Was ist los, Josef?«, fragte Stollwerk in diesem Augenblick und riss Engelmann damit aus einer Art Trance. »Du siehst so blass um die Nase aus«, ergänzte der Hauptmann provozierend.

Und wirklich: Engelmann war bleich wie eine Leiche. Übelkeit übermannte ihn. Er schwankte. Er stützte sich kurz mit den Händen auf den Oberschenkeln ab, um nicht zu stürzen. Für einen Moment hätte er sich fast übergeben.

Er fing sich wieder, richtete sich auf. Blutunterlaufene Augen stachen aus seinem plötzlich so aschfahlen Gesicht heraus.

»Was in aller Welt treibst du hier, Arno?«, fragte Engelmann mit deutlicher, klarer Stimme, in der eine Drohung mitschwang. Und ehe Stollwerk hätte antworten können, richtete Engelmann sein Wort an Münster: »Feldwebel Münster!«, befahl er in aller Deutlichkeit. »Sofort weg von dem Mann!«

Wieder wandte er sich Stollwerk zu: »Lass sofort von diesem Mann ab!«, forderte er mit eisenhartem Unterton. Münsters Blick erfasste für einen Augenblick Engelmanns zutiefst erschüttertes Antlitz, dann wandte er sich hilfesuchend zu Stollwerk. Der formte mit den Lippen ein Lächeln.

»Ich werde nicht von dem Mann ablassen«, stellte Stollwerk verächtlich klar. Die beiden Offiziere standen einander gegenüber. Bitterböse Blicke, den jeweiligen Gegner abschätzend, trafen sich.

»HAST DU DEN VERSTAND VERLOREN? Ist dir bewusst, was du hier tust?« Absolute Erschütterung lag in Engelmanns Aussage.

»Ja, alter Freund, mir ist sehr wohl bewusst, was ich hier tue.«

Münster verharrte noch immer in unsicherer Bewegungslosigkeit, während Stollwerks Unteroffizier unbeirrt von Engelmann die Hand zur Faust ballte und sie dem Franzosen gegen den Kopf donnerte. Sofort ließ er weitere Worte auf Französisch auf den Mann einprasseln, der in eine Art Delirium getreten war.

Von allen Seiten näherten sich Panzermänner der Abteilung, doch sie blieben auf Abstand. Meier war nicht zugegen, nahm zur Stunde an einer Besprechung im Divisionsstab teil. Engelmann und Stollwerk waren demnach die einzigen Offiziere vor Ort.

»Nein.« Engelmann schüttelte entgeistert den Kopf. »NEIN! Du ... du quälst diesen Mann zu Tode? Hast du den Verstand verloren?« Engelmann starrte sein Gegenüber mit messerscharfem Blick an. »Das ist ein ungeheuerliches Kriegsverbrechen, was du hier ...«

»NEIN!«, brüllte Stollwerk mit einem Mal. »NEIN, Josef! Ich habe so darauf gewartet, dass du das sagst, denn da irrst du dich gewaltig! Trägt dieser Mann die Uniform einer regulären Streitmacht?«

Stollwerk wies auf den Gefolterten.

Engelmanns Blick folgte dem Fingerzeig, fokussierte den armen Teufel. Die Ketten, die dessen Füße und unteren Beine in den Boden gestampft hatten, glänzten Rot. Gewebebrocken klebten an den Gliedern. Dieses Mal konnte Engelmann sich nicht zusammenreißen. Er spie beigebraune Brocken und beißende Magensäure und besudelte damit seinen Anzug.

Stollwerk verfiel in ein diabolisches Lachen. »Was ist denn los?«, verspottete er Engelmann. »Was glaubst du denn, wie die Menschen aussehen, auf die du mit Sprengmunition geschossen hast, du Narr!?«, verhöhnte er den Leutnant.

Der schluckte mit Mühe und Not den Rest des Erbrochenen wieder hinunter und wischte sich zitternd über den Mund.

»Wenn wir dieses Schwein am Leben lassen ...« Drohend zeigte Stollwerk auf den Franzosen. »... wird er uns früher oder später wieder hinterrücks angreifen. Wir müssen diese bandenmäßige Seuche Frankreichs ein für alle Mal ausrotten! Das ist eine Frage des Überlebens des deutschen Volkes, also komm mir nicht mit deiner humanistischen, verweichlichten Scheiße, die uns alle noch in den Untergang stürzen wird, wenn wir nicht aufpassen!«

»Feldwebel Münster!«, donnerte Engelmanns Stimme. »Ich befehle Ihnen, verdammt nochmal, auf der Stelle diesen Mann loszulassen ...!«

»DAS TUST DU NICHT!«, tobte Stollwerk, dann wandte er sich Münster zu: »Du rührst dich nicht von der Stelle!« Münster schien uneins mit sich. Im Wechsel glotzte er Stollwerk und Engelmann an.

»Münster, ich habe dir gerade ...«, begann Engelmann, doch Stollwerk unterbrach ihn jäh: »BIST DU TAUB, JOSEF?« Ein Tonfall der Überlegenheit dominierte seine Stimmlage. »Guck mal auf deine Uniform, und dann guck auf meine Schultern! Überlege dir ganz genau, wer hier wem Befehle gibt!«

Engelmann biss die Zähne aufeinander. In Meiers Abwesenheit hatte Stollwerk die Befehlsgewalt. Und was auf Befehlsverweigerung oder Aufbegehren gegen Vorgesetzte stand, wusste Engelmann. Doch durfte er sich von Vorschriften aufhalten lassen, wenn er Zeuge eines solchen Unrechts wurde? Oder war es gar seine Pflicht als loyaler Soldat, seinem Vorgesetzten zu gehorchen in der Gewissheit, dieser werde schon die richtigen Entscheidungen treffen? Engelmann zögerte.

»Josef«, sagte Stollwerk mit plötzlich ruhiger Stimme. »Leg dich hin, alter Freund. Siehst müde aus.« Der Hauptmann lächelte. Engelmann starrte fassungslos zurück. Seine Lippen zuckten. Seine Augen waren glasig. Seine Hände zitterten. Unschlüssig, wie er sich verhalten sollte, konnte er nichts weiter tun, als seinen Offizierskameraden anzustarren. Auch in Münster schien es zu arbeiten. Das Folteropfer war derweil verstummt. Sein Brustkorb hob und senkte sich noch, doch der Mann war ohnmächtig geworden.

»Haupt... Hauptmann«, stammelte Münster plötzlich. »Kann hier vielleicht jemand anders übernehmen? Ich würde mich dann jetzt auch hinlegen.«

Stollwerk warf Münster einen bösen Blick zu. »Nein, du bleibst hier!«, bestimmte er.

»Aber ...«

»Ich dachte, du wolltest sehen, wie wir das damals in Polen gemacht haben!«

»Ja, schon ...«

»Dann bleibst du hier!«

»Jawohl.«

Langsam drehte Engelmann sich um, tat den ersten Schritt in Richtung seiner eigenen Kompanie. Sein Kopf war leer. Bebend und innerlich aufgewühlt, als wäre sein Leib von Würmern zerfressen, begab er sich auf den Rückweg.

»Und, Unteroffizier?«, hörte er Stollwerk hinter sich.

»Der Franzmann hat gesungen wie ein Knabenchor«, erläuterte der Angesprochene mit sachlicher Stimme. »Schade. Ich dachte, ich kriege aus dem noch die vierte Strophe des Horst-Wessel-Liedes heraus.« Das Grinsen des Mannes war aus seinen Worten überdeutlich herauszuhören.

»Arno!«, fauchte Kranz, der wie aus dem Nichts aufgetaucht war. »Stell das ein, Kamerad! In Gottes Namen! Alle gucken schon.«

Engelmann blieb zögerlich stehen. Zwischen ihm und dem grausigen Geschehen lag schon eine gewisse Entfernung. Er drehte sich bald um, sah Kranz wie einen Tiger auf Stollwerk losgehen. Dutzende unsichere Augenpaare beobachteten die Szene von allen Seiten. Kranz baute sich drohend vor Stollwerk auf.

»Lass gut sein, Peter.« Stollwerk winkte ab.

»Nein, ich lass das nicht gut sein!«, echauffierte sich Kranz. Vorwurfsvoll wies er auf den gemarterten Franzosen. »Warum, Arno? Was soll das?«

»Herrgotts Zeiten!«, sagte Stollwerk. »Sind denn jetzt alle verrückt geworden? Da liegt kein Wohltäter der Menschheit unter den Ketten. Da liegt ein Feind des Reiches, und genau so behandle ich ihn!«

»Mach es nicht noch schlimmer, Arno!«

»WAS? WAS, Peter? Das hörte sich ja fast wie ein Befehl an, OBERFELDWEBEL!«

»Fass es auf, wie du willst, aber hör mit deinem unmenschlichen Treiben auf!«

Engelmann betrachtete die Szene mit unschlüssigem Blick. Er spürte, dass Kranz Schützenhilfe gebrauchen konnte.

»Oberfeldwebel Kranz, entfernen Sie sich umgehend von meinem Panzer!« Stollwerk sprach mit hochoffizieller Stimme.

»Nichts da!«

»Du verweigerst meinen Befehl?«

»JA, ich verweigere deinen verfluchten Befehl! Ich gehe hier nicht eher weg, bis dieser Mann in ärztlicher Behandlung ist.«

Engelmann blieb auf Abstand.

»Du verweigerst unter zwei Zeugen meinen Befehl? Bist du dir über die Konsequenzen im Klaren?«

»Mensch, Arno!« Kranz war außer sich. »Ich hab' selbst genug Scheiße erlebt. Ich habe mich oft genug zum Handlanger des Todes machen lassen! Krieg! Ja, ja, Krieg, meinetwegen! Aber das hier?« Der Oberfeldwebel wies mit wutentbrannter Handbewegung auf den Franzosen. »Das ist abartig. Das hat nichts mit Krieg zu tun.«

»Doch!«, bellte Stollwerk. »DOCH! DOCH! DAS HAT ALLES MIT KRIEG ZU TUN!«

»Ja, und wenn die Franzosen ihn finden, dann schnappen die sich einen von uns. Dann nehmen die den in die Mangel! Und wenn wir die Leiche finden, zünden wir eines ihrer Dörfer an. Ja, soll das ewig so weitergehen, bis man nicht mehr zur Tür raus kann, ohne Angst haben zu müssen, abgemurkst zu werden?«

»Ja, Peter. Wenn es nötig ist, dann ja!«

Engelmann starrte die Streithähne mit großen Augen an, doch er rührte sich nicht, griff nicht ein. Er hatte bereits gegen Stollwerk verloren ...

»Du tickst doch nicht mehr ganz richtig.« Kranz zeigte dem Hauptmann unverhohlen einen Vogel. »Du bist ein derart widerwärtiges Schwein, dass mir das Kotzen kommt!«

Die Kontrahenten traktierten einander mit Blicken.

»Hast du vergessen, wo du herkommst? Wessen Uniform du mal getragen hast?«, donnerte Stollwerk.

»Hast DU vergessen, wo du herkommst?«

»Wir beide sind SS-Männer!«

»WIR SIND DEUTSCHE, VERFLUCHT! Wir entstammen einer zivilisierten, modernen Gesellschaft!« Die Worte von Kranz schallten durch den Wald. »Aber du führst dich auf wie ein gottverdammter Buschmann aus Afrika!«

Für einen Moment lang hatte er Stollwerk damit zum Schweigen gebracht.

»Mit deinem Verhalten beschämst du die SS! Wir waren ein Eliteverband, aber Männer wie du haben uns zu Mördern gemacht!«

»Und?«, zischte der Hauptmann und legte eine Pause ein. »Wie sieht es jetzt aus, Kranz? Bist du der brave Gutmensch, der artig Meldung macht? Damit ich meine gerechte Strafe erhalte?« Stollwerk schien siegessicher, seine Stimme klang zumindest danach. Kranz aber schüttelte den Kopf. »Ich lass das dein Gewissen erledigen. Und jetzt, im Namen aller guten Geister, flehe ich dich an, den Mann in Ruhe zu lassen. Mach es nicht noch schlimmer!«

Stollwerk warf seinem Fahrer einen verstohlenen Blick zu, dann sagte er teilnahmslos: »Mach ihn platt.« Sofort setzte der Fahrer vor. Die Kette walzte unbarmherzig über den Franzosen, zerstückelte dessen Leib und presste die Fleischbrocken und Knochensplitter in den Boden. Organe und Gewebemasse wurden von den Ketten aus dem Körper gedrückt, sodass dem Mann das Fleisch aus der Brust und den Flanken platzte, ehe auch diese Körperteile von der Kette erfasst und unter ihr zermalmt wurden. Münster sprang im letzten Augenblick zur Seite. Seine Hände umklammerten die abgerissenen Arme.

»Bring ihn meinetwegen zum Arzt, wenn du magst«, höhnte Stollwerk. Kranz aber schüttelte erbost den Kopf.

»Du widerst mich an!«, sagte der Oberfeldwebel und stapfte mit rotem Kopf davon.

Engelmann wusste, dass es keinen Sinn ergab, den Vorfall zu melden. Meier war ein ehrenwerter Mann, doch mit einem alten Nationalsozialisten wie von Burgsdorff an der Spitze des Regiments würde die Meldung spätestens dort »versickern«. Selbst wenn aber die Beschwerde höhere Ebenen erreichen sollte, würde mit einiger Wahrscheinlichkeit nichts weiter geschehen. Stollwerk war bei den Landsern sehr beliebt, verstand es darüber hinaus meisterhaft, seine Soldaten um den Finger zu wickeln oder ihnen unterschwellig zu drohen. Niemand würde sich wohl an diesen Vorfall erinnern, sollte es zu Befragungen kommen, oder sie würden gleich eine Stollwerk zuträgliche Geschichte erzählen. Da würde am Ende Aussage gegen Aussage stehen. Reichspräsident Beck konnte noch so viel von seinen Doktrinen faseln, wenn an den richtigen Stellen die falschen Leute saßen, passierte gar nichts. Also blieb Engelmann dabei: Er würde die Sache hinnehmen, würde nichts weiter unternehmen. Mit einem flauen Gefühl im Magen begab er sich zurück zu seinem Panzer. Das, was er gesehen hatte, und nicht zuletzt der Auftritt von Kranz, gingen ihm nicht aus dem Kopf.

*

»Ja, meine Herren«, begann Meier und klatschte in die Hände, »was sagt man dazu?« Der Abteilungskommandeur hatte die Kompanieführer im Dämmerlicht zu seinem Befehlspanzer bestellt, wo er eine große Karte der Normandie auf der Stirnseite der Wanne ausbreitete. Stollwerk hatte Engelmann zu Beginn des Treffens gegrüßt, als wäre nie etwas geschehen, und auch jetzt ließ der Hauptmann sich nichts anmerken. Die anderen, vom Dienstgrad Oberfeldwebel und Feldwebel, verhielten sich unauffällig, obwohl sie auch mitbekommen haben mussten, was vorgefallen war.

Engelmann wusste aber gleichwohl, dass es innerhalb der Wehrmacht viel Zustimmung für harte und härteste Maßnahmen gegen den Feind gab. Wie sonst hätten Befehle wie der Kommissarbefehl in Russland – zumindest teilweise – umgesetzt werden können?

»Während ich fort war, blieb der gute Herr Stollwerk nicht untätig«, freute sich Meier unterdessen. »Er hat persönlich Isigny erkundet und konnte in Erfahrung bringen, dass die Verbrecher der Marquis im Keller des Rathauses sieben Unteroffiziere der 253. Infanterie-Division versteckt halten. Die werden wohl schon seit dem ersten Tag der Invasion vermisst. Außerdem sollen sich dort zwei amerikanische Verbindungsoffiziere aufhalten.«

Stollwerk nickte, ohne mit der Wimper zu zucken. Engelmann konnte sich nur wundern, wie eiskalt Stollwerk über die Herkunft seiner Erkenntnisse log – und alle spielten das Spiel mit! Engelmann war fassungslos, er fühlte sich machtlos.

»Die Franzacken planten, die Kameraden zu exekutieren und fürchterlich zu entstellen, um die geschändeten Leichname dann wirkungsvoll in der Nähe deutscher Einheiten zu platzieren. Das ist eine einzige Sauerei.« Meier schüttelte in Unverständnis den Kopf. »Noch in dieser Nacht wird ein Spezialunternehmen zur Befreiung der Kameraden und Festsetzung ihrer Peiniger angesetzt. Mein lieber Herr Hautpmann ...« Meier schlug Stollwerk anerkennend auf die Schulter »... ich sorge dafür, dass Sie das nicht umsonst gemacht haben.« Der Abteilungskommandeur lächelte breit. Stollwerk nickte.

Engelmann wagte es nicht, Stollwerk oder Meier anzuschauen. In seinem Kopf herrschte ein fürchterliches Chaos.

»Wie dem auch sei«, fuhr Meier fort und riss Engelmann jäh aus seinen Gedanken, »der Feind sammelt seine gepanzerten Kräfte in unbekannter Stärke bei Carentan, deshalb ist dort um jeden Preis die Entscheidung zu erzwingen. Haben wir die feindlichen Panzerkräfte zerschlagen und haben wir Carentan und Sainte-Mère-Église in unserer Hand, steht der Amerikaner mit dem Rücken zum Meer. Dann, meine Herren, ist die Invasion der Angloamerikaner gescheitert. Ich möchte daher, dass Sie Ihren Männern noch einmal ausdrücklich die Bedeutung des bevorstehenden Einsatzes einbläuen.«

Engelmann versuchte, sich mit aller Macht auf die Lagebesprechung Meiers zu konzentrieren, doch die Gedanken in seinem Kopf spielten verrückt.

»Die Division beabsichtigt, das südöstliche Vorgelände Carentans in dieser Nacht zu erreichen. Wir rücken in die befohlenen Aufmarschräume ein und halten uns bedeckt. Um zwölf Uhr morgen Mittag treten wir im Verbund mit der 24. Panzer-Division auf Carentan an. Die 24. wird an unserer linken Flanke die feindlichen Linien durchstoßen und nach Sainte-Mère-Église und Valognes vorrücken. In der Reserve stehen noch die 5. Panzer-Division sowie zwei Infanterie-Divisionen, die den gewonnenen Raum besetzen werden. Sowie Sie die Ausgangsstellungen erreicht haben, halten Sie Fühlung zu meinem Stab. Ich werde vor Ort umgehend Absprachen mit den übrigen Führern treffen. Ort und Zeit für meine Befehlsausgabe werde ich zeitnah bekanntgeben.«

»Angriff um zwölf Uhr?«, fragte jener Oberfeldwebel, der zurzeit kommissarisch die 10. Kompanie führte. »Was ist mit feindlichen Jabos?« Auf diese offensichtliche Frage war Engelmann gar nicht gekommen, so sehr war er neben der Spur.

»Rommel hat uns ausreichend Jagdschutz für den gesamten Operationsraum zugesichert.« Der Abteilungskommandeur blickte in eiserne Gesichter.

»Hoffen wir, dass das nicht bloß Phrasen sind«, murmelte Meier daraufhin. Die anderen Männer nickten angespannt.

*

In der Nacht rollten die Panzer über die Vire hinweg, hielten auf Carentan zu. Am Horizont zuckten die Blitze trommelnder Geschütze. Doch für die Panzermänner des PzRgt 2 würde der Krieg erst am Folgetag weitergehen, um zwölf Uhr, wenn die Sonne am höchsten stand und die gegnerischen Jabos ihre Ziele am besten aufzufassen vermochten.

Eisiges Schweigen herrschte im Panzer Engelmanns. Münster hatte seit dem Vorfall mit dem Franzosen neben dem dienstlich Notwendigen kein Wort mehr mit Engelmann gewechselt. Nitz, Jahnke und Ludwig schienen die dicke Luft zwischen ihrem Kommandanten und dem Fahrer zu spüren. Auch sie blieben stumm.

So bewegten sich die Panzermänner mit bedrückten Herzen ihrem Ziel entgegen. Ohne weitere Zwischenfälle erreichten sie den Bereitstellungsraum zum Sturm auf den alliierten Landekopf, während der Himmel einmal mehr erfüllt war von bunten Leuchtkugeln, die an Fallschirmen der Erde entgegenschwebten.

La Halte du Vey, Frankreich, 11.06.1944

Das Umland Carentans bot für Panzer ein schwieriges Gelände, vor allem deshalb, weil die zurückweichenden Wehrmachtstruppen kurz nach Beginn der feindlichen Invasion die trockengelegten Sümpfe um die Ortschaft geflutet hatten. Nun war Carentan von überschwemmten Feldern und aufgeweichten Wiesen umgeben, in denen jedes schwere Fahrzeug zwangsläufig steckenbleiben musste. Der schmale Fluss Douve schlängelte sich durch dieses Sumpfgebiet und vollzog einen Schlenker um Carentan selbst. Es gab nur zwei Möglichkeiten, wie der deutsche Angriff geführt werden konnte: Von Osten her über die Zufahrtsstraße, die von Isigny-sur-Mer nach Carentan führte und dabei die quer verlaufende Vire passierte, und aus südwestlicher Richtung von Sainteny aus.

Es war Engelmann unverständlich, dass die Angloamerikaner ihre Panzerkräfte ausgerechnet in Carentan gesammelt hatten, wobei davon auszugehen war, dass die Aufklärung nur unzureichende Kenntnis über die wahre Stärke des Gegners besaß. Spekulierte der Feind darauf, die schmalen Zufahrtstraßen lange genug halten zu können, bis er ausreichend Truppen für einen Ausbruch aus seinem Landekopf angelandet haben würde?

Fakt war, die 5. und 16. Panzer-Division mussten durch das Nadelöhr Carentan hindurch, um die Landezone der Amerikaner zu erreichen, während die 24. Panzer-Division über die zweite Hauptstraße vorrückte, die über La Haye-du-Puits nach Valognes führte. Ein Scheitern bei Carentan würde auch das Ende des Vormarsches der 24. Panzer-Division bedeuten, die ansonsten ihre Flanke entblößen würde. Bei den massierten Feindkräften auf jedem Kilometer Frontabschnitt war es auch für die deutschen Angreifer unerlässlich, auf engstem Raum zu agieren und nur im Zusammenwirken vorzugehen.

Engelmanns Panzer hatten die Spitze der Abteilung übernommen, die sich zur Stunde durch La Halte du Vey in Richtung Westen schob. Vor Engelmann und seinen Panzermännern floss die Vire von Nord nach Süd durch die Landschaft.

Zwei Übergänge westlich von La Halte du Vey mussten für das gesamte Regiment herhalten, ansonsten hätte ein Umweg von vielen Kilometern nach Süden in Kauf genommen werden müssen. Aus diesem Grund hatten vor zwei Nächten die Männer des Pionier-Bataillons 16 die Sicherung der Brücken übernommen.

Engelmanns Quasimodo rollte der langen Kolonne von Panzern und Unterstützungsfahrzeugen voraus, während an seiner linken Flanke die Spitze der benachbarten I. Abteilung fuhr, die sich über die zweite Brücke zu quälen hatte. Die II. Abteilung würde in ihrem Rücken als Reserve bleiben.

Problematisch war, dass die der Division temporär angeschlossene Schwere Abteilung 503 mit ihren Tiger-Panzern die Übergänge nicht nutzen konnte. Ein Vorauskommando hatte erst in der Frühe beide Brücken für die überschweren Stahlkolosse, die nahezu doppelt so viel wogen wie ein Panzer IV, als nicht passierbar bewertet. Den stählernen Raubkatzen blieb nichts anderes übrig, als den südlichen Umgehungsweg zu nehmen, wo die Pioniere einen Panzerübergang über die Vire geschaffen hatten. Der Ort für jene Panzerbrücke war leider schlecht gewählt, denn der Weg dorthin führte über unbefestigte Straßen, konnte ob der Überschwemmungen demnach nur im Schneckentempo überwunden werden. Es nutzte alles nichts, eine Verlegung des Übergangs hätte weit mehr Zeit gekostet.

Engelmann schmeckte es nicht, dass er auf die Tiger vorerst verzichten musste. Er hoffte, sie würden jenseits der Vire wieder zu ihnen stoßen, ehe sie auf den Feind trafen. Er streckte seinen Oberkörper aus dem Turmluk und blickte in den wolkenverhangenen Himmel. Kein einziges Flugzeug war in Sicht – kein einziges alliiertes Flugzeug, aber auch kein eigenes. *Na, solange das so bleibt,* sinnierte er. Vor ihm gabelte sich die Straße, jede Abzweigung führte zu einer der beiden Brücken, die nur wenige hundert Meter auseinanderlagen. Weite Felder und Wiesen boten dem Panzeroffizier einen umfangreichen Blick ins Gelände. Einzelnstehende Bäume ragten hier und dort in die Höhe. Engelmann räusperte sich. Der blecherne Widerhall, der aus den Lautsprechern drang, zeigte ihm, dass sein Kehlkopfmikrofon arbeitete. Die Brücke lag direkt vor ihm, ein breites Betongebilde, das über die etwa 50 Meter breite Vire geschlagen worden war. Löcher in den Pfeilern und aufgeplatzter Asphalt auf der Brücke selbst zeugten davon, dass amerikanische Infanterie in den vergangenen Tagen mehrfach versucht hatte, des Übergangs habhaft zu werden. Beidseitig entlang des Ufers lagen deutsche Soldaten in provisorischen Stellungen und nördlich der Straße standen einige Gebäude beisammen, in denen sich ebenfalls die Pioniere breitgemacht hatten. Halbkettenfahrzeuge parkten dort, außerdem ein Krad und viele Kisten mit Versorgungsmaterial bildeten gestapelt Türme. Mannshohe, mit dicken, hellgrünen Blättern versehene Sträucher übersäten beiderseits der Straße die Wiesen. Hecken, die in langen Reihen wie angetretene Soldaten angelegt worden waren, wuchsen hinter den Gebäuden. Engelmann entdeckte bei einem Gehöft mit einer hölzernen Scheune davor mehrere Apfelbäume, an deren Ästen saftige

Früchte hingen. Er bekam Hunger. Schon wieder hatten die Versorger seine Einheit nur mit pappigem Brot und Dosenwurst abgespeist. War es so schwer, eine warme Mahlzeit zur Verfügung zu stellen? Wenigstens einmal am Tag?

Ein Leutnant von den Pionieren sprang kurz vor der Brücke aus dem Dickicht. Er stellte sich mittig auf die Straße und winkte Engelmann freudestrahlend zu.

»Panzer Halt bei dem Mann dort vorne!«, rief Engelmann.

»Jawohl, Herr Leutnant«, brummte Münster.

»Gefechtsmodus, Hans«, ermahnte Engelmann nach einem Augenblick des Zögerns. Ein leises »Jawohl« war alles, was Münster darauf antwortete.

Für einen Moment prasselten tausend Gedanken auf Engelmann ein, dann aber schüttelte er sich wie ein nasser Hund. Er hatte keine Zeit für diesen Mist! Engelmann zwang sich, nach vorne zu schauen, wo der Pionierleutnant ungeduldig wartete.

»Ich führe durch: Kontaktaufnahme mit örtlichen Kräften, der Rest hält Augen und Ohren offen«, sagte Engelmann in sein Kehlkopfmikrofon. Hinter ihm lugte Kranz aus der Kuppel seines Panzer III-Turms. Der Oberfeldwebel tippte sich gegen die Kopfhörer und hob den Daumen.

Kranz' deutsch-sowjetische Panzerkonstrukte brachen nach rechts aus und gingen auf der Wiese aufgefächert in Stellung.

Der hat seine Jungs im Griff, musste sich Engelmann eingestehen. Ein Hauch von Neid mischte sich unter seine Gedanken. Abermals schüttelte er sich, er musste sich auf das Wesentliche konzentrieren.

Wie befohlen kam Quasimodo vor dem Pionier zum Stehen. Das Quietschen der Ketten erstarb, zurück blieb das gleichmäßige Wummern des 500 PS starken Maybach-Motors.

Engelmann linste in Richtung Süden, wo in einiger Entfernung die Panzer IV der I. Abteilung – jene Einheit verfügte ausschließlich über den Panzer IV in der Ausführung mit langem Rohr – vor der anderen Brücke in Stellung gingen. Was würde Engelmann nur darum geben, wieder einen solchen Panzer unter dem Hintern zu haben?

In einem Anfall blanker Wut verfluchte er innerlich Halder und alle anderen Hanseln, die bei der Entscheidung ihre Finger im Spiel gehabt hatten, den Panzer III nicht auszumustern, sondern von der Truppe »aufbrauchen« zu lassen. Sollten sich die feinen Herren aus Berlin doch selbst in die letzten Panzer III setzten und sie im Kampf mit feindlichen Sherman und Cromwell aufbrauchen! Engelmann schnaubte, dann hielt er plötzlich inne.

Was ist nur los? Er verstand sich selbst nicht mehr. War er sonst bedachtsam und besonnen, kochten jetzt die Emotionen in ihm hoch, als wäre er ein

Choleriker. Engelmann spürte den Puls in seinem Hals pochen. Seine Wangen hatten sich erhitzt, auf seiner Stirn perlte Schweiß. Mit zusammengekniffener Miene konzentrierte er alle Sinne auf den Pionieroffizier vor ihm, der einen goldenen Siegelring am Finger trug.

»Moin moin, Kamerad!«, lautete die Begrüßung des Pio-Leutnants, der seinem Dialekt nach aus dem hohen Norden stammen musste. »Machen wir dem Amerikaner endlich Beine?« Der Mann rieb sich die Hände, ein Lächeln der Vorfreude im Gesicht. An seinem Koppel baumelte eine MP.

»Sieht so aus«, brummte Engelmann. »Wie steht es um die Lage, Herr Leutnant?«

Der Pionier ignorierte die Frage, stattdessen musterte er Engelmanns Panzer mit missmutigem Blick.

»Meine Güte! Was haben Sie denn da für einen Kasten? Soll das etwa dieser Panther sein, über den alle schnacken?«

»Ja, selbstredend«, erwiderte Engelmann mit rollenden Augen. »Ich – fahre – einen – Panther ...«

»Bisschen lütt«, wunderte sich der Leutnant. »Hab' mir die immer größer vorgestellt.«

Engelmanns Finger verkrallten sich in den Rändern seines Turmluks. »Hören Sie«, zischte er, »belassen wir es beim Dienstgeschäft, eh? Die Brücke ist für meine Kästen gangbar?«

»Aber ja doch. Der Weg ist frei.«

»Und drüben?«

»Da liegt die 3. von uns.«

»Überwachungsmöglichkeiten?«

»Bis an den Rand von La Blanche.«

Engelmann spähte über die Brücke. Drüben erkannte er hinter der mit spärlichem Bewuchs bestückten Böschung der Vire eine weitere wild wuchernde Wiese, über die sich quer eine Bodenwelle zog. Gut 300 Meter weiter hinten befand sich ein winziges Dorf, das kaum zu erkennen war.

»La Blanche ist das Kuhdorf drüben bei ...«, erklärte der Pionier und wies mit einem Fingerzeig über die Brücke.

»Weiß ich«, raunzte Engelmann.

»Ja, Entschuldigung, dass ich's Maul aufgemacht habe!«

Engelmann wunderte sich wieder über sich selbst. Er sollte seine warum auch immer aufgestaute Wut nicht an anderen auslassen.

»Nein, bitte«, gab Engelmann reumütig zurück und blickte drein wie ein Hund, der in die Wohnung geschissen hatte. »Entschuldigen Sie bitte mein Verhalten.«

Der Pionier nickte knapp.

»Ich hab' einige harte Tage hinter mir«, erklärte sich Engelmann.

»Iwo! Ist vergessen.« Schon schob sich ein breites Lächeln zurück in das Antlitz des Pioniers. Engelmann nickte dankbar, ehe er das Gespräch zurück auf das Wesentliche lenkte: »Wie sieht es mit Ladungen aus? Haben Sie die Pfeiler und das Ufer untersucht?«

»Keine Sorge, Mann. Wir Pios sind nicht von gestern!«

»Auch heute noch einmal, falls feindliche Kommandos in der Nacht hier waren?«

Der Pionier lachte gestelzt. »Ich bitte Sie«, trompetete er. »Wie soll das gehen? Auf jeder Uferseite liegt eine Kompanie und wir haben Augen wie ein Luchs und Ohren wie ein Elefant, das kann ich Ihnen flüstern.«

»Na, dann!« Engelmann blieb nicht verborgen, dass sich südlich von ihm die ersten Panzer der I. Abteilung über die andere Brücke schoben. »Panzer, Marsch!«, sagte nun auch er in seinen Kasten hinein, ehe er über das Kehlkopfmikrofon beide Züge anrief. Er befahl, dass sich Rita unmittelbar an ihn zu halten hatte, während Kranz' Zug als schließendes Element die Brücke zuletzt überqueren sollte. Meiers Befehle besagten, dass sich die 9. Kompanie vor La Blanche sammeln sollte, um dort auf die Kampfwagen der 10. zu warten. Unter deren Deckung sollte die 9. anschließend das Dorf gewinnen, um ausreichend Raum für die Reste der Abteilung zu schaffen. In der Nacht hatte ein Vorposten der Pioniere schon einen feindlichen Spähtrupp, der sich am Nordrand des winzigen Dorfes herumdrückte, abgeschlagen. Ob die Amerikaner mittlerweile in La Blanche standen, war unklar. Zumindest aber schienen deren gepanzerte Kräfte noch weit hinter der Ortschaft zu stehen. Bei Saint-Hilaire-Petitville, einem winzigen Örtchen im Osten Carentans, sammelte sich wohl die Masse der feindlichen Tanks zur Entscheidungsschlacht. Sie blockierten dort den schmalen Zugang nach Carentan, denn nördlich und südlich der Hauptstraße war das Gelände derart versumpft, dass es auch dort für Fahrzeuge unpassierbar war. Die Luftaufklärung ergab weiter, dass in Carentan selbst sowie auf der schmalen Dammtrasse, die von dort durch die gefluteten Felder hinauf nach Saint-Côme-du-Mont führte, weitere motorisierte Kräfte in Bewegung waren, um den amerikanischen Abwehrring zu verstärken, der den Landekopf abschirmte. Der Feind verlegte annähernd sämtliche gepanzerten Einheiten, die nicht im Nordwesten mit der 24. Panzer-Division im Kampf standen, in das Gebiet um Carentan. Eine ungeheure Materialschlacht auf engstem Raum stand beiden Seiten bevor. Dabei schob sich der feindliche Nachschub aufgereiht wie an der Perlenkette kilometerlang über den Zufahrtsdamm – eine einzige, eiserne Schlange. Jeder Jabo-Pilot träumte von solch einem Ziel, doch aus Gründen, die Engelmann nicht bekannt waren, hielt die Luftwaffe ihre Erdkampfkräfte zurück. Leutnant Engelmann hoffte, dass sich wenigstens der zugesagte Jagdschutz blicken lassen würde, denn auch das PzRgt 2 gab auf dem Weg zum Schlachtfeld ein prima Ziel ab.

Quasimodo rumpelte los. Langsam schoben sich seine Ketten auf die Brücke zu. Engelmann überblickte aus der Kuppel das Vorgelände. Unter seinem Monster aus Stahl floss die Vire rauschend dahin. Dort, wo sich die Strömung an den Brückenpfeilern brach, schäumte sie weißlich auf wie ein zerknittertes Brautkleid.

»He da!«, brüllte ihm der Leutnant von den Pionieren nach. Seine markante Friesenstimme wühlte sich problemlos durch das Rasseln der Ketten. Engelmann drehte sich nach dem Offizier um, der wild mit den Armen rudernd seinem Panzer nachjagte.

»Nehmen Sie mich mit rüber?«, rief er.

»Klar, nur zu.« Engelmann ließ seinen Panzer halten. Kurz wunderte er sich, dass kein Murren, kein dummer Kommentar vom Fahrersitz herauf in seine Kuppel drang. Quasimodo stoppte und Engelmann kletterte aus seiner Luke, um dem Pionier mit einem beherzten Griff über die abgeschrägte Flanke des T-34 auf die Wanne zu helfen.

»Gut festhalten«, sagte Engelmann. Der Leutnant nickte, dann ging es weiter. Brücken waren haarige Nadelöhre für Panzermänner, weshalb sie solche gerne mit hoher Geschwindigkeit nahmen. Quasimodo brauste hinüber auf die andere Uferseite, wo Engelmann den Panzer von der Straße runter dirigierte. Er ließ den Kasten neben einer Eiche mit knorrigem Stamm stoppen.

»Danke für den Trip. Ist ja besser als Radfahren«, sagte der Pionier feixend und sprang von der Wanne, wobei er, auf dem Boden aufgekommen, das Gleichgewicht verlor und sich lang hinlegte. Peinlich berührt sprang er auf und stand sofort wie eine Eins. Zwischen den Bäumen grinsten die Landser in ihren Löchern. Engelmann bemerkte, dass die Stellungen der Pioniere durch die Bodenwelle im Vorgelände beinahe einen Hinterhang-Charakter erhielten.

»Will dann mal gucken, was meine Landratten so treiben ...«, murmelte der Offizier in seinen nicht vorhandenen Bart hinein. Er fasste seine MP, strich sich die Hose glatt und stiefelte in Richtung der Deckungslöcher nördlich der Straße los, wo er hinter einem mannshohen Strauch verschwand.

Engelmann blickte dem Leutnant nach, während der vorderste Panzer von Rita an ihm vorüberrumpelte. Eine nach der anderen überquerten die Stahlkästen der 9. Kompanie den Übergang.

»Nicht zu weit auf die Freifläche. Runter von der Straße und Linie bei der Bodenwelle bilden«, lenkte Engelmann seine Wagen.

»Rita verstanden«, knackte die ruhige Stimme des Zugführers aus den Lautsprechern. Seine Fahrer reagierten wie geheißen, fächerten auf und fuhren hinter der Bodenwelle auf, sodass sie La Blanche nur den Turm präsentierten. Die Kommandanten blickten auf zumeist zweistöckige, mit Giebeldächern bedeckte Steinhäuser.

Schließlich rollten Kranz' Fahrzeuge auf die Brücke, der Einheit voran der Wagen des Oberfeldwebels. Kranz hatte den Oberkörper aus seiner Kuppel gestreckt und sondierte mit ernstem Mienenspiel das Umfeld. Wie ein riesiger Wurm schob sich sein Panzer III über die steinerne Brücke. Das robuste Konstrukt vibrierte unter dem Gewicht des Panzers.

Plötzlich dröhnte ein wahnsinniger Knall durch die Szenerie. Zwei weitere folgten einen Wimpernschlag später. Engelmann duckte sich in seine Kuppel hinein, begriff aber erst gar nicht, woher die Detonationen kamen. Kranz brüllte etwas Unverständliches. Engelmann linste über den Rand seiner Luke, fokussierte den Panzer von Kranz. Der Oberfeldwebel schwankte in seinem Turmluk hin und her, sein ganzer Panzer schwankte – die Brücke schwankte! Kranz klammerte sich verzweifelt am Panzerstahl fest, indessen bröckelte der Boden unter seinem Kampfwagen weg. Die ganze Brücke krachte auf einen Schlag in sich zusammen. Der Tank von Kranz verlor den Boden unter den Ketten, kippte seitlich ab und stürzte in die Tiefe, wo das Stahlungeheuer mit dem Turm voran in den Fluss klatschte. Wasser schoss wie eine lodernde Flamme in die Höhe.

Engelmann hatte das Geschehene noch nicht erfasst, da eröffneten feindliche Geschütze das Feuer, verborgen zwischen den Gebäuden von La Blanche. Gewaltige Feuerschläge schepperten gegen die deutschen Panzer, prallten ab, jaulten davon. Wie durch ein Wunder drang keine der Granaten durch die Panzerung. Maschinengewehre schnatterten los. Leuchtspur hämmerte in die Stellungen der Pioniere hinein. Die ballerten in wilder Aufregung zurück, sprangen dabei durcheinander wie aufgescheuchte Rehe. Von rechts der Straße stürzte der Leutnant der Pioniere mit Panik im Gesicht aus dem Dickicht.

In diesem Augenblick knallte es im Süden. Der Schall der Detonation rauschte tosend über Engelmann hinweg. Noch ganz perplex schaute er zur anderen Brücke hinüber. Mit Schrecken stellte er fest, dass sich auch dort rostrote Flammen durch die Stützen fraßen. Einen Augenblick später war dieser Übergang zerschmettert; ein Panzer lag seitlich im Fluss, ein anderer hatte sich dort verkeilt, wo die Brücke abgeplatzt war. Blitzschnell drehte sich

Engelmann zu dem Leutnant der Pioniere um, der verängstigt hinter Quasimodo hockte, Schutz suchend vor dem feindlichen Feuer aus La Blanche. Der Zorn, dieses unbändige, böse Biest, übermannte den Geist Engelmanns mit einem Mal. Er nahm die Zähne auseinander und fuhr den Pionier grob an: »Keine Sprengsätze?!« Engelmann brüllte wie ein verwundeter Bär. »Halt bloß die Schnauze, du Holzkopf!«

Der Pionier schien die Welt nicht mehr zu verstehen, doch Engelmann musste sich anderen Dingen zuwenden.

»Rita, Feuerlinie bilden!«, plärrte er ins Mikrofon seines Kopfhörers. »Schlagt sie mit Spreng zusammen!«

Die vier Panzer von Rita waren unter argen Beschuss geraten, ebenso die Pioniere. Hoch frequentiertes Schnellfeuer aus zig Läufen prasselte auf die Deckungen der Fußsoldaten ein, die es kaum noch wagten, ihre Waffen aus den Löchern zu heben. Derweil wurden Ritas Tanks mit Granaten eingedeckt. Detonationen rissen den Boden zwischen den Panzern auf, warfen kaskadenartig die Erde in die Höhe.

»Hans!«, brüllte Engelmann in seinen Panzer hinein. »Vorfahren! Leg dich vor Rita, diese Mistwanne hält mehr aus als die Dreier!«

Wortlos warf sich Münster in die Hebel, ließ den Gang kommen. Quasimodo beschleunigte.

»Jahnke: Spreng laden! Ludwig: Feuer ohne Befehl! Ebbe: Anna soll sofort Bergung von Anna 1 einleiten, danach Blindmeldung an Brunhilde! Ich bin gleich zurück!«, sagte der Leutnant. Er riss sich die Hörer vom Kopf und kletterte aus seiner Kuppel. In diesem Augenblick jagte sein Panzer über die Bodenwelle. Engelmann verlor das Gleichgewicht, stürzte vom Turm und knallte hart auf der Wanne auf. Ehe er sich irgendwo hätte festhalten können, rutschte er nach hinten ab. Die hintere Schräge der Wanne bot seinem Körper keinen Halt. Engelmann schlitterte an ihr hinunter, schlug klappernd und stöhnend auf den Boden auf. Doch er hatte keine Zeit, sich dem stechenden Schmerz in seiner Schulter und der fies beißenden Schürfwunde auf seinem rechten Handrücken hinzugeben. Engelmann rappelte sich hoch. Halb torkelnd, halb sprintend wankte er der zusammengesackten Brücke entgegen. Fontänen einer Geschossreihe spritzten zu seinen Stiefelspitzen aus dem Boden. Engelmann warf sich hin, schlug hart auf. Er fauchte einen wütenden Laut. Seine Hände wurden zu Fausten. Kriechend zog er sich an die Böschung heran, bis er einen freien Blick auf den Fluss hatte. Kranz' Panzer lag auf dem Kopf, die Ketten ragten gerade eben aus dem schäumenden Wasser. Von der anderen Uferseite eilten schon Pioniere und Panzermänner heran. Sie warfen sich ins Wasser und schwammen dem Panzer entgegen.

Engelmann biss sich auf die Unterlippe. Er biss so fest, dass er Blut schmeckte und Schmerz spürte. Kranz und seine Männer hatten keine Überlebenschance, das wusste er. Seine Rechte verkrampfte sich. Er schlug die Faust hart gegen den Boden. Ein schmerzhafter Stich ging durch sein Handgelenk. Engelmann raffte sich hoch. Er stolperte seinen Panzern nach. Eine von Ritas Wagen spuckte feinen, schwarzen Rauch. Doch noch waren all seine Wagen einsatzbereit, noch feuerten sie alle.

Unter den deutschen Sprenggranaten erzitterte La Blanche, wo gleichfalls Dutzende Mündungsblitze zuckten. Mit jedem Abschuss eines der feindlichen Geschütze blitzten Feuerschlangen zwischen den Gebäuden hervor. Erde und Grasnarben schossen neben den deutschen Tanks empor. Eine Art Schleier aus braunem Staub bildete sich um die Panzer. Er drohte, sie zu verschlucken. Engelmann rannte, was sein Körper hergab. Plötzlich warf sich ihm der Pionierleutnant entgegen und stoppte ihn jäh. Mit beiden Händen Engelmanns Schultern erfassend, schrie der Mann: »Wir müssen eine Kampfgruppe bilden und uns zum anderen Ufer durchschlagen!« Engelmann entriss sich dem Griff des Pioniers. Mit Feuer in den Augen warf er den Mann mit einem kräftigen Stoß zurück.

»Sieh doch zu, dass du rüberkommst!«, raunzte er den Pionier an. »Wir hingegen haben einen Angriff zu führen!«

Der Pionier starrte Engelmann verdattert an, doch das kümmerte den Panzeroffizier nicht. Engelmann ließ seinen Offizierskollegen links liegen, hechtete mit langen Sprüngen seinen Panzern nach. Er sah, dass sich Quasimodo tatsächlich vor die anderen Panzer gesetzt hatte. Der Kampfwagen thronte auf der Bodenwelle, die von langen Feuerrosetten traktiert wurde. Funken schlugen über die gebeutelte Wanne, doch das russische Fabrikat schluckte eine Granate nach der anderen. Querschläger zischten surrend nach allen Seiten weg.

Engelmann sprang von hinten auf die Wanne des T-34. Fast wäre er an der Schräge abgerutscht. Er hielt sich am Griff des Luks fest, zog sich hoch und nutzte jenen Griff schließlich als Stiege. Ächzend drückte er sich hinauf. Eine Bazooka-Rakete zog heulend an Quasimodo vorbei, detonierte weiter hinten in einer Baumkrone. Engelmanns Herz hämmerte wie eine Nähmaschine. Mit beiden Händen ergriff er die Schürzen, die den Turm umspannten. Er krallte sich an ihnen fest, als tödliche Eisenkerne eines MG gegen die Stahlhaut des Panzers tackerten. Funken streckten ihre heißen Finger nach Engelmann aus. In einem Kraftakt zog er sich auf den Turm und verschwand blitzschnell durch den geöffneten Deckel in seiner Kuppel. Der Panzer schüttelte sich unter dem Beschuss.

»Mensch, runter von der Bodenwelle!«, brüllte Engelmann, noch ehe er auf seinem Sitz Platz genommen hatte. Feindliche Schnellfeuerwaffen klopften ohrenbetäubend gegen die Hülle des Panzers. Der beißende Geruch von Pulverdampf vermischte sich mit dem säuerlichen Schweißodem der Panzermänner zu einem aggressiven Gemisch, das Engelmann in die Nase kroch.

»Jawohl, Leutnant«, erwiderte Münster und setzte rückwärts.

»Verdammt, Hans, ...!« Engelmann war auf 180 und fühlte sich durch seinen Fahrer zusätzlich provoziert. Er schluckte den Ärger zähneknirschend runter und versuchte stattdessen, sich ein Lagebild zu schaffen.

Vorne bei La Blanche donnerten die feindlichen Haubitzen. Die Granaten gruben die Bodenwelle um, rissen sie auseinander, bauten Wände aus Erde auf. Engelmanns Panzer fuhren vor und zurück, um dem Beschuss auszuweichen.

Quasimodo setzte rückwärts, verkroch sich hinter der Bodenwelle, über die nur der Panzerturm im Sichtfeld des Gegners lag. Beständig spuckten die deutschen Tanks Sprenggranaten aus, die das winzige Dorf kurz und klein schlugen. Gerade sackte ein Bauernhaus unter der Wirkung mehrerer Explosionen in sich zusammen. Rita meldete in diesem Augenblick den Ausfall eines Bug-MG.

In Engelmanns Kopf überschlugen sich die Gedanken. Sie mussten hier weg! Während sich im Rücken der deutschen Kampfwagen panikartig die Pioniere absetzten, indem sie eilig in den Fluss sprangen, fasste Engelmann einen Entschluss.

»Ebbe!«

»Jawohl!«

»An Meier tasten: Wir sitzen wie die Tontauben vor den feindlichen Pak. Meine Absicht: Absetzen nach Süden, dort Zusammenschluss mit den Teilen der I., die diesseits des Ufers liegen. Dann gemeinsames Ausweichen, der Vire folgend, um uns im Süden mit der Schweren 503 zu vereinigen. Auf uns gestellt sind wir hier keinen Pfifferling wert! Wir müssen gucken, dass wir zu den Tigern kommen!«

»Verstanden! Absetzen nach Süden, Zusammenschluss mit der I. Abteilung, danach Ausweichen in Richtung der Schweren.« Nitz klemmte sich ans Funkgerät.

»Meier soll vorschlagen, dass uns der Rest des Regiments jenseits der Vire folgt, den Südübergang nutzt und zu uns stößt. Ohne das Regiment im Rücken machen wir hier bald die Augen zu!«

Nitz nickte und funkte Engelmanns Forderungen an den Stab der Abteilung. Seine Stirn glänzte in der Hitze, die durch den Innenraum des Panzers waberte. Ein feiner, schwarzer Film hatte sich über das Gesicht des Funkers gelegt, ebenso über die Gesichter der anderen Panzermänner von Quasimodo. Das war der Schmauch, dessen feine Partikel die Lunge reizten und die Poren der Haut verstopften.

»Was ist mit den Pios, Sepp?«, fragte Ludwig, der verkniffen durch die Optik starrte und ein neues Ziel aufnahm.

»Was soll sein?«

»Wir müssen ihren Rückzug decken!«, warf Jahnke schnaubend ein.

Engelmann explodierte: »DIE SOLLEN SELBER GUCKEN!« Er spürte, wie seine Mannschaft ihn entgeistert anstarrte – außer Münster. Der blickte stur durch seinen Sehschlitz.

»Wir können nicht die ganze verdammte Wehrmacht retten«, erklärte sich Engelmann, ohne damit die Verwirrung aus den Gesichtern seiner Männer zu wischen. »Muss jeder selbst zusehen, wie er klarkommt.«

Ludwig feuerte. Die Granate fraß sich bei La Blanche in eine Häuserwand, vor der ein Geschütz der Amerikaner Stellung bezogen hatte. Klirrend warf Quasimodos Verschluss die Hülse aus. Jahnke hielt die nächste Sprengpatrone schon in seinen Händen. Er führte sie in die Ladevorrichtung ein, ließ das Schloss vorschnellen.

»Geladen!«, brüllte er mit heiserer Kehle.

Ludwig korrigierte die Höhenverstellung des Rohrs. Er drückte den Abschussknopf. Krachend zündete die Patrone im Rohr, sprang hinaus, raste dem Gegner entgegen. Beim Feindgeschütz entzündete sich eine orangefarbene Lohe.

Engelmanns Worte jagten einander, als er über Funk Rita anrief. Er hämmerte seine Befehle mit eisenharter Stimme in den Äther: »Ich übernehme Führung, Rita folgt. Absetzen nach Süden. Raus aus dem Feindfeuer!«

Münster ließ den Panzer anrucken. Brüllend quälte sich Quasimodo durch den butterweichen Untergrund. Die Ketten gruben sich in den Boden. Fußballdicke Erdbrocken verklebten zwischen den Gliedern.

500 PS schoben 30 Tonnen Stahl über die Freifläche, immer dem Verlauf der Vire folgend. In diesem Augenblick meldete sich Meier, der sich mit Engelmanns Vorschlag einverstanden zeigte. Die Reste von Anna, die es nicht mehr über die Brücke geschafft hatten, würden für die Zeit der räumlichen Trennung an die 10. angehängt werden, dafür sollte Engelmann das Kommando über die Teile der I. Abteilung übernehmen, die diesseits des Flusses standen. Sechs Panzer IV Ausführung H hatten es herübergeschafft, bevor die Brücke in die Binsen gegangen war.

»Schnecke an Ludwig Emil!«, rief ein Oberfeldwebel der IV-er nur Sekundenbruchteile, nachdem Meiers Stimme abgeklungen war, Engelmann über Funk an. Die Wagen des Leutnants rollten Schneckes Einheit entgegen. Deren Panzer IV lagen ebenfalls unter Beschuss. Feindliche Artilleriegeschosse kleckerten zwischen beide Panzerformationen, während die Bodenwelle nach Süden hin immer ausgeprägter wurde. Engelmanns Panzer nahmen volle Geschwindigkeit auf. Die Bodenwelle hatte sich an dieser Stelle zu einem hohen Damm ausgeweitet, der wie eine unüberwindbare Mauer zwischen den deutschen Panzern und den US-Pak stand, doch die Steilfeuerwaffen des Gegners konnten die Kampfwagen hinter dem natürlichen Wall immer noch erfassen. Erde spritzte haushoch in die Höhe, deckte die Panzer ein, prasselte wie Hagel auf sie hernieder.

»Hier Anna 1«, raunzte Engelmann in sein Kehlkopfmikrofon, »Ich übernehme das Kommando.«

»Schnecke verstanden.«

»Meine Absicht ist es, uns geschlossen zur Schweren 503 nach Süden abzusetzen. Feuer ohne Befehl, aber die Parole lautet: Durchbrechen! Nur kämpfen, wo nötig.«

»Habe verstanden. Durchbrechen!«

»Hals und Bein, Schnecke!«

»Ihnen auch!«

Münster warf sich in die Lenkhebel, holte alles aus dem russischen Fabrikat heraus. Aufheulend presste der Motor das letzte bisschen Leistung aus dem knarzenden Stahlkoloss. Die Ketten des T-34 fraßen sich durch den Untergrund, der mit jedem Meter matschiger und aufgeweichter wurde. Münster prügelte Quasimodo voran.

Der Kampfwagen zog an den zum Keil aufgefahrenen Panzern von Schnecke vorüber und setzte sich an die Spitze. Ritas Kästen folgten. Die Tanks von Schnecke fuhren an und bildeten das Schlusslicht. In einer langen Kolonne zogen die Kampfwagen am Flussufer entlang, begleitet von den Einschlägen der gegnerischen Artillerie.

Engelmann beobachtete über den Sichtblock, dass sich auch auf der gegenüberliegenden Seite der Vire die Panzer und Fahrzeuge des Regiments sammelten. Unzählige Wagen fuhren zu einer schier endlosen Kolonne auf, die sich parallel zu Engelmanns Wagen langsam entlang des Flusses gen Süden quälte. Der Übergang, den die Tiger nutzten, musste nun wohl für das gesamte Regiment herhalten.

Plötzlich entstanden inmitten der ellenlangen Fahrzeugkolonne des Regiments auf der gegenüberliegenden Uferseite erdbraune Ballons, die sich blitzartig aufblähten, ehe sie auseinanderplatzten.

Es herrschte eine bedrückende Stimmung im Panzer Engelmann, in dem sich das Knattern des Motors, das Rasseln der Ketten, das Klackern der Geräte mit dem Gestank von siedendem Öl, dem säuerlichen Geruch von Schweiß und der stickigen Atmosphäre von erhitzter, zäher Luft vermischten. Alle schwiegen. Engelmann spürte, dass etwas zwischen ihm und seinen Männern stand – vor allem spürte er, dass er selbst erregter war als sonst. Innerlich brodelte es in ihm und es kostete ihn Kraft, seine Emotionen unter Kontrolle zu halten. Engelmanns Zunge war angeschwollen, seine Lippen aufgesprungen. Sein Körper sehnte sich nach einem Stückchen Schokolade – doch die rote Dose, die er bei sich trug, war leer.

Die angloamerikanische Artillerie zerfetzte gnadenlos das Ufer der Vire. Triefnasse Sträucher und Dreckbündel flogen zwischen den Panzern in die Luft. Quasimodo wühlte sich ächzend durch den morastigen Boden, der Meter für Meter sumpfiger wurde.

»Kommst du hier durch, Hans?«, schnaufte Engelmann.

»Mal sehen.«

»Nichts *mal sehen*! Wenn wir steckenbleiben, sind wir verloren.«

»Ich muss gucken, Herr Leutnant.«

Münster trug nicht dazu bei, Engelmanns aufgebrachtes Gemüt zu besänftigen. Der Leutnant spürte den Groll in seiner Brust anwachsen. Er trommelte mit den Händen gegen den Stahl der Kuppel. Splitter klopften von außen gegen den Turm. Engelmann nahm die Karte aus dem Turmblechfach, auf die er mit Bleistift die sumpfigen Stellen eingezeichnet hatte. Sie mussten weg vom Flussufer, so viel war sicher. Sie mussten eine Straße finden, sonst würden sie stecken bleiben und im Artilleriefeuer zugrunde gehen ...

Ein wütender Schrei drang durch den Äther. Engelmann hörte an der mit technischem Rauschen durchsetzten Stimme, das es der Hauptfeldwebel der Kompanie war. Der Leutnant riss seinen Kopf herum, schaute durch den schmalen Glasblock am Turm nach hinten. Der Panzer des Hauptfeldwebels hatte Feuer gefangen. Aus dem Motorraum drang fetter Qualm. Feuerzungen leckten nach draußen. Die Luken sprangen auf, doch die Flammen hatten das Munitionslager erfasst. Eine gewaltige Detonation verhinderte das Ausbooten der Mannschaft. Der Turm sprang aus dem Drehkranz, brachte einen Feuerball zum Vorschein. Der stieg pilzförmig in den Himmel, während der Panzer gänzlich unter ihm verschwand.

»Scheiße«, stöhnte Engelmann. Mehr vermochte er beim Anblick der Zerstörung nicht hervorzubringen.

»Hier Rita 3, ich übernehme den Zug!« Das war die Stimme von Feldwebel Bäumer, die aufgelöst klang.

»Verstanden«, lautete Engelmanns knappe Antwort.

Derweil ging es weiter, musste es weitergehen. Die Panzer quälten sich durch den morastigen Untergrund, bis einer von Schneckes Panzern IV plötzlich steckenblieb. Die Ketten drehten auf dem glitschigen Boden durch, sodass der Wagen weder vor noch zurückkonnte. Ein zweiter Panzer IV drehte auf, hielt von hinten voll auf das festgefahrene Gefährt zu, indes drehte sich der Turm, um das Rohr vom bevorstehenden Aufprall abzuwenden. Es schepperte brachial, und der anbrausende Panzer schob seinen steckengebliebenen Kollegen aus der Falle.

»Wir müssen aus diesem elenden Sumpf heraus«, murmelte Engelmann in sich hinein. Er richtete sein Kehlkopfmikrofon, rief seine Männer an. Auf der großen Bodenwelle verlief mittlerweile eine ausgebaute Straße entlang des Flusses. Diese Straße mündete nach drei Kilometer in jener Rollbahn, die die schwere Abteilung 503 zu erreichen suchte. Irgendwo auf dieser Trasse würden sie sich treffen. Es nutzte nichts, Engelmann musste rauf auf die Bodenwelle, raus aus deren Deckung. Er seufzte.

Mit kurzen, abgehackten Worten dirigierte er seine Panzer auf die Straße und endlich griff auch die deutsche Artillerie in das Geschehen ein. Während sich die Tanks unter Engelmanns Kommando auf die Straße quälten, brachen hinter ihnen Sprenggranaten über La Blanche herein. Sekunden später stiegen Werferbatterien in das Konzert des Todes ein. Heulend zischten die augenscheinlich brennenden Geschosse heran, brausten in das geschundene Dörflein hinein. Der Sprengstoff zertrümmerte Gebäude, zerriss Leiber. Ein Wirbelsturm aus Splittern fegte durch die Straßen von La Blanche. Das ganze Dorf wurde in eine gigantische Staubwolke eingehüllt.

Aus La Blanche war zwar jegliches Feindfeuer verstummt, aber die amerikanischen Ferngeschütze trommelten ungebrochen auf Engelmanns Panzer ein. Abermillionen Bruchstücke der krepierenden Granaten regneten gegen die Stahlhäute der Kampfwagen. Neben dem stetigen Prasseln der Splitter donnerte wieder und wieder ein dicker Brummer gegen Quasimodo. Ohrenbetäubend zersprangen Projektile aller Größen an der russischen Panzerhaut, wodurch sich diese bereits gefährlich erhitzt hatte. Stumm blickten die Männer im Panzer Engelmann auf ihre Geräte, stumm starrte der Leutnant hinaus auf das Terrain. Die Weitsicht war gut, Deckungen gab es kaum. Wären da nicht diese vermaledeiten Sümpfe, es wäre das perfekte Panzergelände.

Aus westlicher Richtung preschten mit einem Mal vier winzige Kästen heran. Sie fuhren mit hoher Geschwindigkeit über die Felder, walzten über Hecken hinweg.

»Vier Feindpanzer, 9 Uhr, 1.000 Meter!«, knackte die Meldung aus dem Äther. Die amerikanischen Tanks stoppten unvermittelt im Schutze einer Mulde, nur die Türme blickten noch darüber hinweg.

»Alle Panzer halt!«, knarzte Engelmann ins Funkgerät. »Schnecke, eine Salve abgeben!«

Die sechs Panzer IV feuerten. Die Stahlungeheuer wankten unter dem Stoß der Abschüsse. Vorne bei den kleinen US-Panzern flog die Welt auseinander. Die sogenannten M3 Stuarts, leichte, schnelle Tanks, hatten einem direkten Treffer nichts entgegenzusetzen.

Als sich beim Feind der erdige Vorhang zu verflüchtigen begann, kam ein lodernder Haufen Metallschrott zum Vorschein, der schwarzen Rauch in die Höhe blies. Daneben aber lauerten noch immer drei intakte Stuarts. Blitze zuckten über ihre Türme. Ihre kleinkalibrigen Geschosse klopften gegen die deutschen Panzer. Querschläger surrten zwitschernd in alle Richtungen davon. Mit 37 Millimetern hatten sie keine Chance, die deutschen Wagen auf diese Entfernung zu knacken.

Aber nun legten sich die Stuarts erneut ins Zeug. Sie gaben Gas und rasten aus der Mulde. Sie drehten scharf nach Süden ab und jagten hinfort. Die Jungs von Schnecke schickten ihnen noch eine Packung hinterher, deren Granaten zwischen den flinken Feindpanzern detonierten, ohne etwas zu treffen.

»Alter Schwede, die sind lebensmüde«, wisperte Ludwig. Engelmann aber verstand plötzlich. Instinktiv klammerte er sich mit beiden Händen am Stahl seines Panzers fest. Instinktiv brachte er auch seinen Körper unter Spannung, ehe er den Mund öffnete: »FAHR, HANS!«, brüllte er, so laut er konnte. Seine Stimme tönte durch den Innenraum von Quasimodo, da pfiffen schon die zentnerschweren Granaten der Schiffsgeschütze heran. Überdimensionierte Kanonen hatten das Feuer eröffnet. Über Engelmanns Kampfgruppe brach die pure Hölle herein.

Der Boden schwankte unter den Panzern. Trichter, so tief, dass ein Haus darin hätte verschwinden können, wurden in die Erde geschlagen. Kegel aus Dreck stiegen hunderte Meter in die Höhe. Der Grund brach unter den Panzern weg, die Straße platzte auf.

»Fahrt! Raus hier!«, bellte Engelmann in den Äther, doch den Befehl hätte er gar nicht geben müssen. Die Fahrer der Panzer traten ihre Fahrzeuge, beanspruchten Getriebe und Motor aufs Äußerste. Sie walzten mit Höchstgeschwindigkeit davon, versuchten, den sekündlich über sie hereinbrechenden

Hammerschlägen der Marinegeschütze zu entkommen. Nicht alle schafften es. Ein Panzer von Schnecke erhielt einen Volltreffer. Der Wagen zersprang in seine Einzelteile. Als die Explosion verging, war auch der Panzer weg. Einfach weg. Ein anderer Panzer IV erhielt keinen direkten Treffer, doch an seiner rechten Flanke bohrte sich eines der Mordsprojektile in den Boden, wo es kiloweise Sprengstoff entfesselte. Der Explosionsdruck raste gegen den Panzer, stemmte sich gegen seine Seite. Wie vom Donnergott getroffen, wirbelte der Panzer herum und landete auf dem Turm.

Engelmann beobachtete das ganze Schauspiel der Grausamkeit durch seine Sehschlitze. Der umgestürzte Panzer verschwand in einer Woge aus Erde und Staub. Unaufhörlich klatschten die Geschosse um Engelmanns Einheit in die Erde. Die Panzermänner hatten keine Chance, etwas für die Kameraden der getroffenen Tanks zu tun, falls es überhaupt Überlebende gab. Sie konnten nur flüchten – flüchten und beten, dass es sie nicht auch erwischte.

Engelmanns Panzer schafften es schließlich aus der infernalischen Feuersbrunst hinaus, raus aus dem todbringenden Schussfeld der feindlichen Schiffsgeschütze. Hinter ihnen wurde noch immer die Landschaft umgegraben, wurde tonnenweise Erde in den Fluss geschaufelt und ging alles in einem wirbelnden Cocktail aus Dreck und zu winzigen Partikeln zerfetzten Dingen unter.

Engelmanns Panzer aber rasten davon. Im Westen waren die Stuarts verschwunden, dafür aber tauchten nun ihre größeren Brüder auf. Zwanzig, dreißig, vierzig Shermans zeigten sich am Horizont. Jetzt gab es nur noch eines: Tempo!

Engelmanns Kampfgruppe rollte in Richtung Süden. Die Rohre der Shermans flackerten, dann lagen die ersten Einschläge dicht bei den deutschen Panzern. Fontänen spritzten auf, rissen tiefe Wunden in den Boden. Der Führerwagen von Schnecke kassierte einen Treffer, doch die Panzerung leitete das Geschoss ab, das als Querschläger in den Boden zischte.

Feine Schweißtropfen hatten sich auf Engelmanns Stirn gebildet, die Haare waren durchnässt, als hätte er ein Bad genommen.

»ACHTUNG! FEINDLICHE BOMBER AUS NORDNORDOST!«, schnatterte Bäumers Stimme durch den Funk. Engelmann schaute durch den hinteren Sichtblock und erschrak: Der Himmel im Rücken der deutschen Panzer hatte sich verdunkelt. Flying Fortresses der Amerikaner – gewaltige Bomber – zogen zu Hunderten über das Firmament.

Jenseits der Vire beim Regiment waren schon die feindlichen Jabos zugange. Pulks von ihnen stürzten sich auf die deutschen Fahrzeuge. Raketen rasten in den Boden, wo sie zerplatzten. Bomben gingen zwischen den

Panzern und Trossfahrzeugen nieder. Maschinenkanonen wummerten. Auch die deutsche Flak belferte. Mit jedem Angriff der Jabos aber, mit jedem Mal, wenn die Flieger abkippten, sich der deutschen Kolonne entgegenwarfen und ihre Waffen zündeten, blieben deutscherseits brennende Wracks zurück. Der Rest der Kolonne, diese schier unendliche Eisenschlange, die sich auf der anderen Uferseite über die Straße quälte, schlich unbeirrt weiter.

Halbketten, Lkw und Panzer wurden getroffen, fuhren Schlieren, blieben stehen. Das Regiment hinterließ eine Spur aus Trümmern.

Die feindlichen Jabos griffen an, unaufhörlich. Leuchtspurgeschosse aus Maschinengewehren prallten Funken schlagend von den gepanzerten Rümpfen der Thunderbolts ab. Eine Salve aus einer Flak zersägte einen der heranstürmenden Flieger. Die Maschine spie Feuer, wirkte für einen Moment wie ein Drache aus antiken Sagen. Glühend donnerte sie in die deutsche Kolonne hinein. Einige der Jabos hatten nun auch Engelmanns Kampfgruppe für sich entdeckt. In einem ersten Anflug jagten sie über die Panzer hinweg. Daumendicke Kugeln hagelten gegen den Stahl.

Die wahre Hölle brach drüben beim Regiment aber erst los, als die Flying Fortresses über ihm waren. Bombenschächte öffneten sich, lange Stiele fielen zu Boden. Sie entfachten einen Brand der Vernichtung. Mehr und mehr deutsche Fahrzeuge gereichten zu schmelzendem Metallschrott. Panzer blieben liegen. Männer kreischten, doch niemand hörte sie in dieser Kakophonie des Grauens, in der das Tosen der Feuerschläge zu einem einzigen, gewaltigen Donner verschmolz.

Im Panzer Engelmann herrschte eine Affenhitze. Ein jeder der kleinen Kampfgemeinschaft konzentrierte sich stumm auf seine Aufgabe. Engelmann starrte mit trüben Augen ins Vorgelände. Quasimodos Panzermotor knatterte. Die Ketten wühlten sich beständig voran.

Auch deutsche Fernwaffen griffen weiterhin in die Schlacht ein, gleichwohl sie das feindliche Eisengewitter nicht annähernd aufwiegen konnten. Weit aus dem Hinterland heulten erneut die Nebelwerfer los. Raketen zischten der Formation amerikanischer Shermans entgegen, so dass die US-Tanks in einem Meer aus Detonationen versanken. Hier und da wurden Kettenglieder und Laufräder zersprengt – und kurz wurden die feindlichen Panzermänner durch den Beschuss geblendet. Doch als Feuer und Rauch wieder verzogen waren, als sich der Vorhang aus emporgeschleuderter Erde gelegt hatte, da rumpelte die Masse der Feindpanzer unaufhaltsam Engelmanns Kampfgruppe entgegen. Die Shermans entfachten alsbald einen nächsten Feuerschlag. Wie aus einer Kanone ballerten sie alle gleichzeitig, dass ein gigantischer Knall über die Landschaft zog. Granaten prasselten auf die deutschen

Kampfwagen ein. Es knallte fürchterlich im Panzer Engelmann, als sie einen Treffer erhielten, der wie ein Wirbelsturm an der rechten Schürze zerrte. Doch die Deutschen hatten Glück. Einschläge um sie herum. Einschläge wieder und wieder. In langen Bahnen stieg herausgerissene Erde gen Himmel. Die Panzer aber stießen durch den Beschuss hindurch. Splitter und große Brocken prasselten auf sie ein. Weitere Granaten wurden ihnen entgegengeschleudert. Ein an der Böschung der Vire stehender Baum erhielt einen Treffer. Die Explosion fraß eine dicke Wunde in den Stamm. Kurz knackte das Holz, dann knickte der ganze Baum seitlich weg. Die Baumkrone glitt raschelnd ins Wasser.

Von der See her brauste in diesem Moment der nächste Pulk Bomber heran. Weitere Flying Fortresses, diese gigantischen, fliegenden Monster, diese Drachen aus Eisen, die Bäuche gefüllt mit purem Tod, abgepackt in phallusförmigen Koffern, brummten heran. Im Verbund mit Liberator-Bombern und massivem Jagdschutz schoben sich die feindlichen Flieger wie eine schwarze Schablone zwischen Himmel und Erde. Der Rumpf der Maschinen öffnete sich, der Feuersegen begann.

Noch einmal geriet die Kolonne des Regiments auf der anderen Uferseite in eine bestialische Zerstörungswut. Panzermänner wurden in ihren Kästen gekocht wie Hummer im Kochtopf. Die menschliche Haut war der Hitze – der tausendfachen Hitze der wütenden Explosionen – nicht eine Sekunde lang gewachsen. Sie begann zu blubbern und zu brodeln, während sich die sterbenden Männer in ihren stählernen Särgen die Lunge aus dem Leib brüllten. Die Haut platzte ihnen auf, zerging wie Sahne in der Mittagssonne. Übrig blieben Kadaver, denen das Fleisch von den Knochen hing.

Stahl wurde in dieser Feuersbrunst verbogen. Stahl wurde zerschmettert, schmolz dahin im schier endlosen Reigen der Bomben. Zurück blieben Panzer, deren Rohre verformt waren, als bestünden sie aus Gummi. Das Regiment wurde brutal zusammengeschlagen. Doch es rollte weiter – es rollte das, was noch da war, es rollte, denn bei Carentan musste die Entscheidung fallen, dort mussten die Deutschen die Macht des Feindes brechen, wenn sie diesen Krieg nicht verlieren wollten.

Die Fliegenden Festungen und die Liberator-Maschinen hatten noch nicht abgedreht, da rauschte aus nordwestlicher Richtung schon die nächste Tour feindlicher Bombenflugzeuge heran. Unaufhörlich flogen sie nach Nordfrankreich ein. Die Alliierten wussten ebenso, was auf dem Spiel stand. Und sie wollten diesen Landekopf; sie wollten ihn so sehr, dass sie alles an Stahl und alles Blut, das sie hatten, ins Gemetzel warfen.

Die ganze Schlacht war ein einziger Abnutzungskampf. Wer würde am Ende mehr Menschen, mehr Material in diese Blutmühle schicken können? Welche Seite würde nach Stunden des Bombardements, nach Stunden der zerstörerischen Wut tausender Kriegswaffen noch stehen?

Die Bomber brausten heran. Die Fahrzeuge des Regiments rasten. Wie eine verbrannte Schlange sah die lange Linie der Zerstörung aus, die das Regiment hinter sich ließ. Und die Jagdbomber! Thunderbolts und Doppelschwänze von allen Seiten! Mehrere zwanzig an der Zahl! Sie stürzten sich auf die Deutschen hernieder wie mächtige Adler auf ihr wehrloses Opfer. Irgendwo kleckerte eine deutsche Flak in den Himmel. Es war, als würde man Stecknadeln in einen aufgebrachten Hornissenschwarm werfen.

»JA, WO BLEIBT DENN DER SCHEISS JAGDSCHUTZ?«, donnerte Engelmann in einem Anflug von verzweifelter Wut. Quasimodo bebte unter den Einschlägen der Shermans, die den Panzer nur knapp verfehlten.

Von oben aber brausten die Thunderbolts heran. Bomben lösten sich, fraßen sich zwischen Engelmanns Panzern in den Untergrund, wühlten die Straße und die Felder um. Einer der Panzer von Rita erhielt einen Treffer. Die Kette platzte und riffelte auf. Sofort lenkte der Panzer nach rechts in einer quietschenden Kreisbewegung. Der Motor fing Feuer. Engelmann wollte ihnen helfen. Er wollte wirklich. Aber was hätte er tun sollen? Er konnte seine verbliebenen Panzer nicht opfern – konnte nicht stehen bleiben in dieser Hölle. Nicht für zwei, drei Überlebende. Schließlich griff er mit einer Hand ans Mikrofon.

»Rita, kommen!«, brüllte er aus heiserer Kehle.

»JA?«, kam Bäumers Stimme zurück.

»Raus aus dem Kasten! Absetzen über den Fluss!«

»Wir versuchen's!«

Sie hatten keine Chance. Eine speziell für den Erdkampf konzipierte Version der amerikanischen P-51 Mustang zischte heran. Feuerzungen spritzten aus ihren Tragflächen und der Schnauze mit dem roten Propellerkopf. Das waren die schweren Maschinengewehre, die da belferten. Gleichzeitig hatten auch einige Shermans ihre MG auf die ausbootenden Panzermänner gerichtet. Engelmann starrte stur geradeaus – musste an sein eigenes Überleben denken. Die Angst war in diesem Augenblick allgegenwärtig. Die Enge des Panzers war ihm plötzlich wie der Vorgeschmack auf einen Sarg. Der säuerliche Geruch von Schweiß verklebte ihm die Nase.

Projektile jaulten als Querschläger weg, wenn sie gegen die Panzerung klopften. Jahnke hockte gebannt über der Munition, war zur Untätigkeit verdammt. Hinter ihrem Wagen wurden die Panzermänner von Rita 3 von

Kugeln aller Kaliber zerfressen. Die Eisenkerne zischten durch die weichen Körper hindurch, rissen Eingeweide, Gewebe und Knochen entzwei.

Die dem Tode geweihten Getroffenen sanken schreiend zu Boden. Plötzlich sah Engelmann am Horizont die Rettung. Dunkle, eckige Kästen krochen, riesigen Schildkröten gleich, über einen Buckel und verschwanden in einer Senke. Gleich darauf tauchten sie wieder auf. Das waren die Tiger! Sie stoppten!

Engelmann wunderte sich. Vorne bei den Tigern stieg Rauch auf. Der Knall der Abschüsse donnerte erst über Engelmanns Kampfgruppe hinweg, als die Granaten aus den Tiger-Rohren zwischen ihnen hochgingen. Ein Panzer von Schnecke explodierte sofort. Der Turm verklemmte sich, Flammen spritzten aus allen Öffnungen.

»Einnebeln!«, japste Engelmann. Dann brüllte er ins Funkgerät: »EINNEBELN!«

Die Panzer seiner Kampfgruppe stoppten. Nebeltöpfe zündeten. Eine Kugel aus dichtem, weißem Rauch bildete sich um die deutschen Panzer. Innerhalb der Nebelkuppel verschoben sich die Kampfwagen augenblicklich. Einschläge krachten zwischen die sie. Einschläge von allen Seiten.

Engelmann wirbelte sich mit flatternden Händen den Schweiß von der Stirn.

»Gib mir Meier!«, herrschte er Nitz mit einer Stimme an, die nicht mehr als ein röchelndes Kratzen war. Doch Nitz verstand und stellte sofort das Gerät ein. Engelmann rief den Abteilungskommandeur an. Ohne eine Antwort abzuwarten, plärrte er in den Äther: »Die Schwere 503 hat uns unter Feuer! Sofort Feuer einstellen!«

Es kam keine Antwort. Sekunden vergingen. Die Tiger schienen das Feuer einzustellen. Engelmann atmete auf – einen Moment bloß, einen winzigen Moment. Um seine Panzer herum schepperte und toste und krachte es. Die Welt brannte.

»Ebbe, geh auf unsere!«

»Jawohl! Schon gestöpselt!« Nitz Gesichtsausdruck war ein einziger, schmerzverzerrter, stummer Schrei. Doch er biss sich durch.

»Durchgeben: SCHNECKE! HIER ANNA! Eindrehen nach Nordwest, Feuerlinie! Ihr übernehmt linke Flanke! Raus aus dem Nebel, ran an den Feind!«

Nitz machte ein Gesicht wie ein geprügelter Hund. Er gab den Spruch an Rita durch. Und er dachte mit, denn Rita musste natürlich nach rechts.

»Schieb uns in der Mitte dazwischen!«, krächzte Engelmann zu Münster hinunter. Der führte den Befehl wortlos aus.

Engelmanns Kampfgruppe quälte sich aus dem Nebel. Das Bild, das sich dem Leutnant bot, ließ ihm das Blut in den Adern gefrieren. Shermans, Shermans ... ohne Ende Shermans! Das waren einhundert, die da am Horizont auffuhren. Mindestens! Wie ein fetter Korken aus Stahl verstopften sie mit ihrer bloßen Masse den Weg nach Carentan. Drüben bei den Tigern waren 35 Exemplare der Raubkatzen aufgefahren. Fünf standen schon in Flammen. Jabos kreisten wie Geier über den deutschen Panzern. Doch endlich rollten auch die Spitzen des Regiments heran. Sie hatten in einem Höllentempo den Weg nach Süden genommen, waren über die Brücke hinweg gedonnert und mit aller Kraft dem Gefecht entgegengeeilt. Sie waren dezimiert, unglaublich dezimiert. Und die verbliebenen Tanks waren aufgerissen, verbeult, beschädigt. Doch die Motoren arbeiteten noch, die Elektronik war noch nicht ausgefallen, die Kanonen vermochten noch Panzergranaten auf feindliche Tanks zu schleudern. Und endlich – endlich – preschten deutsche Jagdflieger heran: 24 Maschinen des Typs Bf 109 ... eine Gruppe. Ein Witz! Doch eventuell würden sie die feindlichen Maschinen lange genug im Zaum halten, dass die deutschen Bodentruppen einen Vorstoß wagen konnten.

Hinter der schweren Abteilung rollten weitere Panzer heran. Die Kanonen sprachen. Panzer detonierten. Oberhalb der Stahlungeheuer verwandelten sich Flugzeuge in brennende Fackeln, fielen der Erde entgegen. Ihre Rümpfe wurden in den Boden geschleudert, wo sie lodernde Feuerbälle entfesselten.

Die Shermans zahlten einen gigantischen Blutzoll. Zu Dutzenden wurden sie perforiert im Inferno. Das Stakkato der Feuerschläge verwandelte unzählige der US-Tanks zu Metallklump. Die unerfahrenen, amerikanischen Panzerbesatzungen waren den kampferprobten Deutschen unterlegen, zudem war der Sherman mit seiner vor allem gegenüber den Tigern dünnen Panzerung anfällig für das deutsche Feuer. Doch der Fluss an Feindpanzern brach nicht ab. Mehr und mehr und mehr Shermans strömten aus der engen Schneise vor Carentan auf die Ebene, auf der die Panzerschlacht wütete. Dicke Ausrufezeichen aus Rauch standen über den Amerikanern in der Luft. Panzerwrack um Panzerwrack loderte auf den Feldern. Doch die Masse der feindlichen Panzer erdrückte die deutschen Kämpfer. Ein endloser Strom weiterer Panzer wälzte sich den Deutschen entgegen. Die Tiger verschossen Granate um Granate. Unaufhörlich jagten sie ihre Geschosse zwischen die Feindpanzer, jagten die Shermans zum Teufel. Die Verluste der Tiger hielten sich in Grenzen. Doch das Panzer-Regiment 2 blutete.

Noch mehr Shermans drängten auf das Schlachtfeld. Am Himmel zerbarsten die deutschen Jäger, die, lange Feuerschweife hinter sich herziehend, wie Sternschnuppen zu Boden fielen.

»Das ist nicht zu schaffen«, wisperte Engelmann. »Das ist nicht ...« Er zuckte zusammen, als neben Quasimodo der Panzer von Schnecke einen Treffer kassierte, dass es brachial rumste. Nur eine Millisekunde später flog die Munition des Kampfwagens auseinander, mit ihr der ganze Kasten. Er zerplatzte wie ein Glas, das gegen eine Wand gepfeffert worden war.

Ludwig feuerte unablässig. Engelmann wies ihm Ziel um Ziel zu. Nitz bediente sich immer wieder des Maschinengewehrs, hielt damit auf ausbootende Panzermänner an. Die 5-Zentimeter-Kanone Quasimodos vermochte die Shermans meist nur zu kratzen. Sie mussten schon Glück haben.

Noch mehr Shermans kamen. Und noch mehr. Hundert Stück brannten auf der Ebene. Hundert neue fuhren dahinter auf. Das von Sümpfen umschlossene Freiland vor Carentan war zu einem riesigen Panzerfriedhof geworden. Während aber die Deutschen mit jedem Feuerschlag, mit jedem Abschuss wertvolle Panzer verloren, schienen die Alliierten über grenzenlose Reserven zu verfügen. Schon jetzt waren die Verluste der Sherman-Verbände ungleich höher. Doch ungeachtet solcher Zahlen, ungeachtet der fauchenden Tiger-Panzer, der vordringenden Kampfwagen des PzRgt 2, ungeachtet der Werferraketen, die zwischen die US-Panzer heulten – sie wichen nicht zurück. Die Amis wollten dieses Nadelöhr dicht machen – und sie machten es dicht. Aus immer mehr Kanonen schlug das Feuer auf die Tanks der Wehrmacht ein, so dass der 16. Panzer-Division ihre gepanzerten Kräfte wegbröckelten wie Schwarzbrot.

Da nützte es auch nichts, dass jetzt sogar die Halbketten vorstürmten, dass die Grenadiere aufliefen. Kaum einen Meter kamen sie voran in diesem Armageddon aus den Tiefen der Hölle. Nein, diese Schlacht war eine Panzerschlacht – alles, was keine Haut aus Stahl um sich hatte, wurde zertrümmert, zermalmt und zerfetzt, ehe der erste Schuss abgegeben war. Niemand wusste, wie in diesem Augenblick der Angriff auf der anderen Seite des Sumpfgebietes verlief. Das Flüsschen Taute mit seinen morastigen, schlammigen Böschungen trennte beide Schlachtfelder voneinander. Drüben, jenseits der Taute, stieß die 5. Panzer-Division mit verstärkten Kräften aus südöstlicher Richtung gegen Carentan vor. Auch dort donnerten die Geschütze. Auch dort leuchtete der Himmel unter dem Eindruck der Kriegswaffen.

Engelmanns Panzer kassierte einen Treffer in das rechte Laufwerk. Klirrend stoben die Kettenglieder auseinander. Quasimodo stoppte. Engelmann blickte durch seinen Sichtblock nach draußen. Der Horizont war übersät mit Feindpanzern, vernichteten und kampffähigen. Wie an der Perlenkette aufgereiht besetzten sie die Linie zwischen Himmel und Erde. Engelmann überlegte, den Befehl zum Aussteigen zu geben. Er zögerte. Gerade drückte

Ludwig den Abzug. Die Panzergranate sprang aus Quasimodos Rohr und begab sich auf die Reise. Die Hülse wurde aus dem Verschluss geworfen und landete in der provisorisch in den T-34 eingelassenen Auffangwanne. Die Granate traf einen Sherman zwischen den beiden Frontluks unterhalb des Turms. Funken sprühten, sprangen über die Panzerhaut. Das Projektil vermochte die Panzerung nicht zu durchschlagen.

Hundert Sherman-Rohre schossen. Hundert 75-Millimeter-Kerne jagten der deutschen Stahlfront entgegen. Auf die Panzermänner wirkte es, als würden tausend – zehntausend – sprengstoffbeladene Hohlkörper auf sie einschlagen. Baumhohe Kegel erhoben sich aus der Erde.

Deutsche Panzer zerbarsten. Sie fielen wie die Fliegen.

»Wir schaffen das nicht«, stellte Engelmann fest. Er war plötzlich von einer stoischen Gelassenheit erfasst.

Mit einem Mal aber griff eine neue Kraft in das Geschehen ein – eine Kraft, die die Entscheidung brachte. Shermans detonierten, als die japanischen Amphibienpanzer mit deutscher 7,5-Zentimeter-Kanone plötzlich über den Fluss Taute setzten und aus dem Sumpf brachen. Sie stießen genau in den Rücken der Shermans. Die bootartigen Tanks vom Panzer-Schwimm-Regiment 31 griffen an!

Zwei unterschiedliche Typen dieser seltsamen Schwimmtanks brausten aus dem eigentlich unpassierbaren Moorgebiet: Der eine war klein und wendig, der andere groß und schwerfällig. Fast 100 dieser Panzer schoben sich zwischen die endlosen Shermans und Carentan. Nun saßen die Amerikaner in der Falle einer deutschen Panzerzange. Tiger und das PzRgt 2 im Süden, die Schwimmpanzer im Norden. Aus der Schlacht wurde ein Massaker.

Gleichzeitig drangen die Kampfwagen der 5. Panzer-Division in Carentan ein. Die Vororte waren zum Teil schon genommen. Der feindliche Widerstand brach zusammen.

Engelmanns Hände zitterten. Der Schweiß brannte ihm in den Augen. Seine Männer schwiegen. Die Anstrengung der Schlacht drückte wie eine Betondecke auf sie, doch sie hatten überlebt.

Östl. von Saint-Sauveur-le-Vicomte, Frankreich, 11.06.1944

Private First Class Tom Roebuck drückte den Abzug seines Browning M1919-Maschinengewehrs durch. Glühende Fäden flogen aus dem Lauf, den Germans entgegen, die im Vorfeld aus dem Wald stürmten. Einige der feldgrauen Männer taumelten unter dem Beschuss, ehe sie stürzten. Viele sprangen in Deckung. Kugeln surrten auch den Amerikanern um die Ohren, die auf einer Freifläche in hastig gegrabenen Deckungslöchern lagen.

»Fuckin' Krauts!«, brüllte Pizza, der den nächsten Munitionsgurt bereithielt. Ein Deckungsloch weiter feuerte D'Amico, dem eine Kugel das rechte Ohrläppchen abgerissen hatte, sein BAR-Maschinengewehr ab, ein handliches MG mit Zweibein. Immer wieder wischte sich der Private First Class mit seiner scharlachrotgefärbten Hand über das verletzte Ohr, das nicht aufhören wollte zu bluten.

Captain Morgan hatte den Männern eingebläut, dass sie nicht gegen Rekruten antraten. Ihnen gegenüber lag die 24. Panzer-Division, eine russlanderprobte Einheit der Wehrmacht.

Roebuck hatte wirklich geglaubt, es würde ein Kinderspiel werden. Der Gunny hatte ihnen Dutzende Geschichten aus dem letzten Krieg erzählt; er hatte berichtet, dass die Krauts nichts als Kanonenfutter seien. Wogegen Roebuck und seine Kameraden allerdings seit Beginn der Invasion antreten mussten, war alles andere als Kanonenfutter. Das waren erfahrene, hervorragend trainierte, harte Schweinehunde, diese Krauts. Und das Schlimmste: Sie befanden sich in der Überzahl!

Zu Beginn der Landung hatte man die Germans bei Utah tatsächlich auf dem falschen Fuß erwischt. Doch nun, da überall sonst die Landung gescheitert war und sich sämtliche feindlichen Kräfte Nordfrankreichs auf die winzige Cotentin-Halbinsel konzentrierten, sahen die Truppen von Army und Navy kein Land mehr. Die Deutschen drückten mit ungeheurer Gewalt gegen den noch schmalen und brüchigen Landekopf der Alliierten – der Feind hatte mancherorts schon Einbrüche erzielt, die Amerikaner befanden sich fast allerorts auf dem Rückzug. Auch der massive Einsatz der Air Force hatte die Krauts nicht beeindruckt. Die Germans erlitten enorme Verluste unter dem stetigen Bombardement aus der Luft, doch das hielt sie nicht auf.

Deutsche Rufe drangen zwischen den Feuerstößen der Browning an Roebucks Ohr. Jedes Mal aber, wenn er den Abzug betätigte, krachte seine Waffe so ohrenbetäubend los, dass das Getöse alle anderen Geräusche übertönte.

Aus den benachbarten Schützenlöchern erklangen Garand-Halbautomatikgewehre, schnatterten Grease Guns, klackerten Tommy Guns. Die Company L, die in diesem Abschnitt die Straße zwischen Saint-Sauveur-le-Victomte und Saint-Côme-du-Mont blockieren sollte, warf den Krauts alles an Feuer entgegen, was ihr zur Verfügung stand. Hinter den Stellungen der US-Männer, auf der gegenüberliegenden Seite der Straße, befand sich ein Bauernhaus. Dort drüben war das typische »Ploppen« von Mörserabschüssen zu hören. Die Granaten rauschten bei den Deutschen in den dichten Wald hinein, warfen Erde und Geäst auf. Schreie erfüllten die Luft. Viele Feldgraue lagen bereits auf der Freifläche zwischen den amerikanischen Deckungslöchern und dem Wald. Einige wanden sich hin und her, andere schrien um Hilfe. Roebucks Fäuste umklammerten seine Waffe fester, während er weitere Feuerstöße in Richtung der Krauts abgab. Selbst im Todeskampf höre sich deren seltsam abgehackte Sprache aggressiv und roboterhaft an, fand er. Roebuck hatte nicht viele Tage in Frankreich gebraucht, um zu begreifen, warum die ganze Welt gegen das Deutsche Reich in den Krieg zog. Die Deutschen waren giftige Kriegstreiber, ohne Humor, ohne Gefühle. Sie mussten weg, darin war er sich nun sicher.

Und Roebuck war mittlerweile gut darin, Krauts wegzumachen. Wieder drückte er den Abzug und die letzten Projektile des Gurtes verließen den MG-Lauf. Sofort zog der Private First Class das MG ein und Pizza begann damit, den nächsten Gurt einzulegen.

Noch ehe Roebuck wieder in den Feuerkampf hätte eingreifen können, erstarb der deutsche Ansturm. Noch immer lauerte der Feind am Waldrand und feuerte vereinzelt. Doch nach gut 40 Toten und Verwundeten, die im Gras lagen, schienen die Krauts begriffen zu haben, dass es bei den Marine Raiders kein Durchkommen gab.

Plötzlich kam ein fürchterliches Quietschen auf, untermalt vom Knacken von Ästen und Stämmen. Roebuck verharrte in seinem Loch wie eingefroren. Seine gesamte Einheit verfiel in Schockstarre.

»German Panzers!«, flüsterte Pizza. Dann brüllte rechter Hand der Gunny: »German Panzers incoming! Haltet euch bedeckt!«

Roebuck blinzelte zu dem Bauernhaus in seinem Rücken hinüber, wo Juergens alias Batman zusammen mit den Bazooka-Teams in Stellung lag. Juergens war dem Weapons Platoon der Company zugeteilt worden, um die hohen Verluste dort auszugleichen. Auch Constantin diente dort in einem Bazooka-Team.

Mit einem Mal brachen in braunem Tarnlack gestrichene Stahlkolosse mit weiß-schwarzem Balkenkreuz auf den Flanken aus dem Unterholz. Roebucks

Augen wurden groß, Saviano staunte mit offenem Mund ob der gewaltigen Angreifer. Fünf, zehn, fünfzehn feindliche Tanks rasselten auf die Freifläche. Die eindeutig dem T-34 nachempfundenen schweren Panzer galten unter den Tankisten der Army als überaus gefährlicher Gegner. »Panther« wurden diese Dinger von den Krauts genannt.

Jene Panther ließen umgehend ihre Kanonen und MG sprechen. Gigantische Erdfontänen stiegen zwischen den Löchern der Company auf. MG-Garben umtanzten die Stellungen.

Das Loch von D'Amico verschwand abrupt in einem Inferno aus Feuer und Dreck. Als sich der braune Vorhang lichtete, war nur sein zerrissener Leichnam übrig.

Roebuck stockte der Atem.

»Shit!«, brüllte er in einem Anfall blanken Hasses, der in seiner Brust loderte und ein höllenheißes Feuer in ihm entfachte.

»Friggin' Krauts!«, machte er seinem Ärger Luft. »Die Schweine haben D'Amico umgebracht!«

Trauer und Wut mischten sich unter den puren Hass Roebucks, und irgendwo spielte auch die Sache mit Marie in das wilde Gefühlsgemenge mit hinein, das Roebuck in sich spürte und das ihn zu übermannen drohte.

Saviano stöhnte, den nächsten Gurt aus der Munitionskiste fummelnd.

»Überrollen lassen! Das übernehmen die Bazooka-Boys!«, tönte die kratzige Stimme des Gunnys herüber. Die Panther rollten den Stellungen der Company schier unaufhaltsam entgegen.

»Der ist ein echter Optimist«, stöhnte Pizza, der sich zeitgleich mit Roebuck ins Loch zurückfallen ließ.

Roebuck grapschte nach seinem MG, zog die Waffe samt Dreibein zu sich herab.

Hinter ihnen knallten die Bazookas los. Detonationen echoten über das Schlachtfeld. Motoren ratterten. Quietschenden Ketten fraßen sich durch den Untergrund.

»Ich will sehen, wie unsere Jungs die Tanks ficken!«, ereiferte sich Roebuck. Er streckte den Oberkörper hoch.

»Wenn du draufgehen willst«, kommentierte Pizza wie beiläufig.

Roebuck lugte über den Rand seines Lochs. Die Panther schoben sich unerbittlich über das Schlachtfeld, hatten die Stellungen der Company L beinahe erreicht. Im Schutze der Tanks verließen deutsche Infanteristen den Wald. Doch solange die Panzer das Schlachtfeld dominierten, brauchte keiner der GIs auf die Idee zu kommen, das Feuer zu eröffnen. Ihnen blieb nichts anderes übrig, als sich überrollen zu lassen und die Krauts im Nahkampf anzugehen.

»Fuck«, wisperte Roebuck.

In seinem Rücken knallten ein weiteres Mal die Bazookas. Feststoffraketen, die einen brennenden Schweif hinter sich herzogen, zischten aus dem Bauernhaus heraus, den Panthern entgegen. Einer erhielt einen Treffer auf der Vorderwanne. Der Tank stoppte. Fetter Rauch wurde aus dem handtellergroßen Loch geschleudert, das die Bazooka-Rakete gerissen hatte. Andere Geschosse gingen daneben. Einige Panther hielten, schossen auf das Gebäude. Das alte Landhaus schüttelte sich fürchterlich unter dem Beschuss. Roebuck hielt den Atem an. Würden die Bazooka-Teams ausfallen, konnte die ganze Company einpacken.

Noch einmal spähte er zu dem Landhaus hinüber. Eine explodierende Panzergranate warf im Vorgarten Rosensträucher und kleine Hecken durcheinander. Plötzlich aber sauste etwas aus dem Himmel heran. Roebuck verengte die Augen, blinzelte in den starken Schein der Sonne hinein. Ein schwarzes, bohnenförmiges Ding jagte mit ungeheurer Geschwindigkeit durch die Luft, preschte den Stellungen der Company entgegen. Ein knatterndes Geräusch begleitete diese »Zigarre mit Flügeln«. Das seltsame Gerät berührte die Erde etwa 30 Meter neben dem Landhaus. Eine desaströse, infernalische Explosion folgte. Ein Flammenball schoss hoch in die Luft, fraß alles in seiner Umgebung. Das Landhaus verschwand für Sekundenbruchteile hinter der Feuerwand. Eine gewaltige Druckwelle fegte in alle Richtungen, fegte auch über Roebucks Loch hinweg. Für einen Moment war ihm, als stünde er mitten in einem Tornado. Als der Flammenball in sich zusammensackte, hinterließ er einen beträchtlichen Krater, so groß, dass locker mehrere dieser Panther darin hätten verschwinden können. Selbst die Deutschen – offenkundig ebenso überrascht wie Roebucks Kameraden – hielten inne, starrten mit aufgerissenen Augen auf das Spektakel. Das Bauernhaus aber schüttelte sich noch immer, und plötzlich brach rechts das Gemäuer weg. Binnen eines Wimpernschlages fiel das gesamte Gebäude in sich zusammen. Eine graue Staubwolke wurde zu einer Wand aus Staub.

Kein einziger Bazooka-Schütze jagte danach noch seine Raketen gegen die Panther. Die Krauts aber fanden schnell zu sich zurück – schneller als die Amerikaner. Unter tosendem Feuer stürmten sie weiter vor. Die Panther knallten mit Sprengmunition in die Stellungen der Marines hinein. Deutsche Maschinengewehrschützen waren am Waldrand in Stellung gegangen. Aus einem Gefecht wurde ein Gemetzel. Nach Minuten des Kampfes kraxelten die ersten Marines aus ihren Löchern, versuchten zu fliehen. Viele gingen im Feindfeuer unter.

»Rückzug, Marines! Zurück zur Charlie-Stellung!«, kämpfte sich die Stimme des Gunnys durch den Kampflärm. Danach erstarb jeder Widerstand der US-Truppen. Die Marines rannten um ihr Leben.

Außerhalb von Blosville, Frankreich, 14.06.1944

Nach der Einnahme Carentans schien der Knoten geplatzt, seitdem ging der deutsche Vorstoß ungebrochen voran. Das Ziel dieses Tages hieß Sainte-Mère-Église und langsam wurde die Luft in Frankreich dünn für die Alliierten. Der Landekopf war schon auf wenige Kilometer eingedrückt, allein im Norden konnten die Amis zur Stunde noch Valognes halten. Im Süden aber und im Westen befanden sie sich quasi nur noch auf der Flucht.

Die deutsche Aufklärung war zudem zu dem Schluss gekommen, dass die Westmächte ihre Niederlage eingesehen hatten. Statt weitere Truppen anzulanden, wurden die verbliebenen Kräfte nun wieder verladen und zurück nach England verschifft. Dies galt es zu verhindern. Ein zweites Dünkirchen durfte den Alliierten nicht gelingen!

Engelmann schnaubte bei diesem Gedanken. Mehr und mehr hatte ihn in den letzten Tagen die Wut gepackt. Er wollte die Alliierten nicht mehr aus Frankreich hinauswerfen – er wollte sie vernichten, allesamt! So musste es seiner Meinung nach sein, denn das grausige Morden würde noch ewig weitergehen, würde nicht eine Seite in diesem Krieg klar, deutlich und vernichtend geschlagen werden. Aus diesem Grund sehnte sich Engelmann nach der endgültigen Entscheidung – damit er nach Hause gehen konnte, damit er all das vergessen konnte. Ein Leben als Lehrer und Familienvater führen, das war sein größter Wunsch. Doch zwischen ihm und diesem Wunsch lagen noch unzählige US-Amerikaner. Engelmann spürte, wie der Krieg an seiner Seele zerrte, sie zu verschlingen drohte. Doch eine Zeitlang musste er noch aushalten, musste er sein Menschsein in diesem schrecklichen Konflikt bewahren. Und da der Weg in den Frieden scheinbar nur über die Leichen der Feinde des Deutschen Reiches führte, musste es wohl mit einem grausigen Blutbad enden. Mit dieser Erkenntnis im Hinterkopf war Engelmann bereit, noch einmal die furchtbare Kunst des Tötens anzuwenden, die er bis zur Perfektion erlernt hatte. Falls es nötig werden sollte, würde er sie danach auch noch einmal im Osten anwenden, wo von Mansteins Truppen derzeit vor der anstürmenden Roten Armee zurückwichen. Danach aber musste gut sein! Nach diesem Krieg – dessen war Engelmann sich sicher – durfte sein Land nie wieder etwas von ihm verlangen.

Die Werkstätten hatten einmal mehr Beachtliches geleistet. Die Männer aus dem Ersatz des Regiments saßen darüber hinaus nun fast alle in irgendwelchen Kampfwagen. Knappe 60 Prozent der Sollstärke waren vom Regiment noch übrig – nach allen Zuführungen der letzten Tage. Doch der Knoten war, wie gesagt, geplatzt. Die Alliierten flohen.

Engelmann hauchte leicht in die Membran seines Kehlkopfmikrofons. Das Knacken in seinen Kopfhörern verriet ihm, dass das Funksystem arbeitete.

»Kompanie Marsch, Stoßrichtung Sainte-Mère-Église!«, befahl er dem mickrigen Rest seiner Einheit. Neben seinem eigenen T-34-Umbau war ihm ein weiterer Tank dieser Art geblieben, dazu drei Panzer III. Die einzelnen Kommandanten meldeten Gefechtsbereitschaft. Engelmann hatte seine Züge endgültig aufgelöst und führte die gesamte Einheit selbst. Sie rollten los.

Die 9. Kompanie hatte mit ihren schnellen, leichten Panzer III tatsächlich einmal einen Aufklärungsauftrag auszuführen. Von Burgsdorff hatte Engelmanns Einheit an die Spitze des Regiments gesetzt, von wo aus sie nun, in den frühen Morgenstunden des achten Tages der Invasion, in Richtung Sainte-Mère-Église vorpreschen sollte. Abseits der Hauptstraße sollten sich Engelmanns Panzer durch die Hecken und Obstgärten des Umlandes drücken, sich dem Ort annähern und dort Fühlung zum Feind herstellen. Die Amerikaner hatten einen Pak-Gürtel um die Peripherie der Ortschaft herum gebildet. Diesen galt es auszukundschaften, Art und Zahl des Gegners festzustellen und womöglich eine geeignete Stelle für einen Durchbruch zu finden, in die dann die Kräfte des Regiments hineinstoßen würden. Die Division wollte Sainte-Mère-Église durch eine Umklammerung isolieren, ehe Panzergrenadiere das Dorf Gebäude für Gebäude einnehmen würden.

Engelmann blickte aus der Turmkuppel. Quasimodo hatte die Spitze der kleinen Aufklärungsgruppe übernommen. Die Ketten wühlten sich durch weichen Untergrund, als der Panzer in eine Senke einfuhr und auf der anderen Seite wieder empor rollte.

Die Wagen der Kompanie durchbrachen auf ihrem Weg endlose Linien von Hecken. Sie passierten Felder, auf denen die Gerste in der Sonne leuchtete. Sie wälzten sich über ungezählte Hügel, die die gesamte Landschaft durchzogen. Engelmann blickte in den Himmel. Kein einziges Flugzeug war zu sehen. Das konnte sich jederzeit ändern.

Sie fuhren mehrere Stellen an. Jedes Mal ließ Engelmann seine Kompanie stoppen, stieg aus und spähte zu Fuß das Gelände aus. Vielerorts waren die amerikanischen Stellungen hervorragend befestigt. Manchmal erkannte der Leutnant sogar Fußsoldaten, die jene gefürchteten *Ofenrohre* bei sich trugen.

Endlich erreichten sie einen lichten Kastenwald. Knarzend schoben sich die Stahlungetüme an alten Birken vorbei, deren Stämme weißlich leuchteten, als wären sie von Schimmel befallen.

»Kompanie halt!«, befahl Engelmann, als sie fast das Ende des Waldes erreicht hatten. Die Panzer gingen hinter hohem Buschwerk in Deckung oder rollten in Mulden hinein, sodass sie dem Gegner bei einem etwaigen Angriff möglichst nur den Turm präsentierten.

Engelmann kletterte aus seiner Luke, lief über den Unterwagen und sprang auf das trockene Laub, das den Boden knistern ließ. Mit MP und Fernglas in den Fäusten pirschte er los. Geduckt arbeitete er sich an den Waldrand heran, hinter dem sich eine weite, von neuerlichen Hügeln durchzogene Freifläche auftat. Unweit dahinter lag Sainte-Mère-Église.

Engelmann legte sich neben einer stämmigen Birke ins Unterholz und sah durchs Fernglas. Auf den Hügeln erkannte er deutlich drei Haubitzen der Amis eng beieinanderstehen. Entfernung 1.000 Meter. Die Kanoniere der Geschütze flanierten wie Urlauber neben ihren Geschützen. Einige saßen zusammen, spielten Karten. Manche hatten ihre Uniform bis auf das Unterhemd ausgezogen. Zwei Männer standen weit abseits und warfen sich gegenseitig einen seltsam geformten Ball zu.

Gurkentruppe, war Engelmanns abfälliger Kommentar zu dem Bild, das die Amis abgaben. Rasch suchte er mit dem Glas die Erhöhungen rechts und links der drei Geschütze ab.

Nichts!

Prüfend blickte Engelmann in den Himmel, lauschte in die Ferne. Keine Anzeichen von Flugzeugen.

Die Gedanken des Leutnants überschlugen sich. Hatte er wirklich die Zeit, auf die Reste des Verbandes zu warten? Oder sollte er die Gelegenheit nutzen? Musste er die Gelegenheit nicht sogar nutzen? Immerhin lautete sein oberster Auftrag, diesen Krieg zu gewinnen! Wenn das Deutsche Reich schon nicht durch zahlenmäßige Materialüberlegenheit punkten konnte, ja, war er dann nicht verpflichtet, jeden Moment der Schwäche des Gegners unbarmherzig auszunutzen?

Mit einer ganz bestimmten Idee im Kopf kehrte Engelmann zu seinem Panzer zurück und zwängte sich durchs Turmluk in den Innenraum.

»Ebbel«, sagte er. »An Meier: Dora geeignet.«

Nitz klemmte sich hinter das Funkgerät.

Engelmann aber zog sich die Kopfhörer über und rief seine Kommandanten an. Er erteilte den Befehl zum Angriff.

»Wir greifen an?«, blaffte Münster.

»Jawohl.«

»Nur wir?«

»Ja.«

»Was ist mit der Abteilung?«

»Kommt nach.«

»Wir haben nur fünf Kästen!«

»Weiß ich.«

»FÜNF!«

»Habe ich verstanden.«

»Wer weiß, was die Amis alles noch in der Nähe haben!«

»Hast du dich jetzt ausgeschissen, Hans?«, donnerte Engelmann mit einem Mal. Aus dem Augenwinkel sah er, dass seine Panzer links und rechts von ihm anfuhren.

»Nein! WAS SOLL DAS?«

»Ich glaube wohl kaum, dass ich mich einem Feldwebel erklären muss!«

»Doch! DOCH! Verdammt, wenn mein Scheiß Leben auf dem Spiel steht, Sepp, dann ...«

»HALT JETZT ENDLICH MAL DEN RAND, MÜNSTER!« Engelmann war außer sich. Seine Worte schallten durch den Panzer. Alle erstarrten im Angesicht des tobenden, schnaubenden Leutnants.

Münster stierte seinen Kommandanten und Kompaniechef konsterniert an. »... Sepp, du ...«, wisperte er.

»Ich glaube, ein *Herr Leutnant* ist für Sie vorerst besser angebracht, damit Ihnen wieder einfällt, wo Ihr Platz ist.«

Die verbalen Kontrahenten starrten sich an wie hungrige Haie, so gut die improvisierte Panzerkonstruktion dies zuließ. Sekunden verstrichen. Plötzlich setzte im Gelände vor ihnen ein gewaltiger Donner ein, als die Panzer Engelmanns aus dem Wald brachen und das Feuer eröffneten. Zwei der drei Feindgeschütze wurden gleich im ersten Feuerüberfall zerschlagen. Die Amerikaner wussten nicht, wie ihnen geschah.

»Los, Gas geben und ran an den Feind!«, rief Engelmann.

»Jawohl, Leutnant«, hauchte Münster leise in sein Kehlkopfmikrofon.

»HERR Leutnant. Hier bei der Wehrmacht beginnt die Anrede noch immer mit einem *Herr*!«

Engelmanns Kampfwagen rollte den anderen Panzern der Kompanie hinterher. Ohne eigene Verluste warfen sie die feindliche Stellung. Sie richteten sich bei den zusammengeschossenen Geschützen zur Verteidigung ein. Bald aber rauschten Shermans heran. Nach einem kurzen Schlagabtausch drängten sie die 9. Kompanie zurück in den Kastenwald. Kurz darauf rückte die Abteilung an, die einmal mehr das Hügelgelände einnahm. Engelmanns eigene Bilanz waren zwei verwundete Panzermänner bei keinen Panzerausfällen.

Außerhalb von Picauville, Frankreich, 14.06.1944

Bei dem ostfronterfahrenen Obergefreiten Meinhard, Gewehrführer der MG-Stellung, fühlte sich der Panzerobergrenadier Lucas Klopp sicher. Meinhard war kein Schleifer, auch keiner, der sich für etwas Besseres hielt, nur weil er ein altes Frontschwein war, auf dessen Brust die Nahkampfspange prangte.

Der blonde Meinhard mit der rötlich schimmernden Narbe, die sich von seinem linken Mundwinkel bis hoch zum Ohr zog, zupfte eine zerknitterte Zigarettenschachtel aus der Feldbluse und fummelte zwei Kippen heraus. Er steckte Klopp und sich selbst je eine zwischen die Lippen. Der Panzerobergrenadier zückte sein Sturmfeuerzeug und zauberte eine lange Flamme hervor.

»Verdeck dein Feuerzeug mit der Hand, Kleiner«, belehrte ihn Meinhard, ehe Klopp beide Zigaretten entzündete. »Selbst so eine kleine Flamme kann vom Feind gesehen werden.«

Meinhard war ein echter Kumpel, der sich der jungen Spritzer annahm, zu denen zweifelsohne auch Klopp zählte. Meinhard gab den unerfahrenen Kameraden zahlreiche Überlebenstipps, und da der Obergefreite gut mit dem Spieß auskam, konnte er die Männer in seinem Dunstkreis manchmal sogar vor unbeliebten Arbeiten wie dem Putzen der Latrinen bewahren.

Klopp nickte dankbar ob des Tipps von Meinhard und steckte sein Feuerzeug weg. Genüsslich blies er den Rauch aus seiner Lunge, dabei lugte er beständig über den Rand des schmalen Erdlochs in die Schneise im Nadelwald hinein, die sich vor ihrer Stellung auftat. In der Ferne ertönte wieder und wieder ein heftiger Donnerschlag. Es hieß, die Wehrmacht bombardiere die Amerikaner mit sogenannten Flügelbomben, von denen die Propaganda bereits seit einiger Zeit schwärmte.

Durch die Invasion hatte mittlerweile auch Klopp seine ersten Kampferfahrungen gesammelt, und wahrlich, all die Kriegslust, die ihm die Ausbildung, die Zeit in der organisierten Jugend und die zahlreichen Wochenschauen über die Jahre eingetrichtert hatten, war nach der ersten Feindberührung verpufft. Hier in der Normandie hatte der Krieg nichts Romantisches, nichts Ehrenvolles an sich. Hier lagen die Landser die meiste Zeit in hastig gegrabenen Erdlöchern. Hier krallte sich die deutsche »Herrenrasse« im Boden fest wie die Würmer, während sie den Flugzeugen der Alliierten schutzlos ausgeliefert war. Flying Fortresses schütteten ihre Bombenlast über der 24. Panzer-Division aus, ungehindert durch deutsche Abfangjäger. Schnelle Jabos der Typen Hawker Typhoon und Thunderbolt hämmerten die armen Grenadiere, oft gerade 18 Jahre alt, in die weiche Erde hinein wie Nägel. Tote und Verschüttete blieben nach jedem Angriff zurück. In den endlosen Bombardements, bei denen die stählernen Vögel Welle um Welle über den Stellungen der Schwadron auftauchten, wurde manch einer sogar verrückt. Schon zweimal hatte Klopp beobachten müssen, dass mitten im Luftangriff plötzlich lachende oder rufende Männer, wild mit den Armen rudernd, aus ihrem Deckungsloch stiegen und vor den Stellungen umherliefen. Meist bedurfte es mehrerer Männer, einen Durchgedrehten zurück in ein Loch zu zwängen.

Wahrlich, in der Normandie hatte Klopp die Hölle des Krieges kennengelernt – und wenn die Geschichten, die Meinhard manchmal bei einer Zigarette oder einem Wacholderschnaps über Russland erzählte, auch nur ansatzweise stimmten, so war der Kampf gegen die Amis immer noch ein Sonntag-Morgen-Spaziergang im Gegensatz zum erbitterten Ringen im russischen Winter. Meinhard war dabei gewesen, als Stalingrad geräumt worden war. Der Obergefreite hatte den ganzen langen Rückzug von der Stadt an der Wolga bis nach Shakhty unweit des Asowschen Meeres mitgemacht. Damals hatte die 24. Panzer-Division Seite an Seite mit der 16. Panzer-Division gekämpft, so wie dieser Tage. Wieder vereint unter dem Dach der 6. Armee, waren beide Divisionen in den letzten Tagen von Süden her gegen den amerikanischen Landekopf angerannt, hatten ihn gar empfindlich eingedrückt. Seit 20 Stunden allerdings hockten die Männer der Schweren Schwadron nun schon in ihren Löchern nordöstlich des Örtchens Picauville, während feindliche Maschinen ihnen Bombe um Bombe auf den Deckel warfen. 26 Tote und Verwundete hatten diese 20 Stunden die Schwadron gekostet – die Verluste in den anderen Einheiten lagen teils um ein Vielfaches höher. Latrinenparolen gingen um, wann es endlich weitergehen sollte, doch wie so oft wurde den einfachen Landsern nichts mitgeteilt. Sie wurden einfach verschoben, in den Kampf geschickt, zurückverlegt. Warum und wieso wurde ihnen nicht gesagt.

»Was wohl der Hauptmann will?«, wisperte Klopp. Er hatte Angst, zu lautes Reden könnte erneut die Aufmerksamkeit der Feindflugzeuge auf sie lenken, was natürlich Quatsch war. Vor einer Stunde waren sämtliche Maschinen der Alliierten, warum auch immer, vom Himmel verschwunden. Seit Betreten der Halbinsel vor sechs Tagen war das noch nie passiert; jedes Zucken der Division war von Jabo- und Bomberangriffen begleitet worden. Vielleicht hing das mit dem Gerücht zusammen, die Amis hätten die Flucht ergriffen und würden derzeit ihre Soldaten zurück in die Boote verladen? Klopp konnte nur raten.

»Rittmeister«, brummte Meinhard, der einen tiefen Zug nahm.

»Ah ja«, erinnerte sich Klopp. Er würde sich wohl nie daran gewöhnen, dass einige Dienstgrade in der 24. Division anders hießen. Der Verband wollte dadurch seine Wurzeln als Kavallerieeinheit zum Ausdruck bringen.

»Nenne ihn bloß nicht so, wenn er dabei ist. Der Alte kann fuchsteufelswild werden«, ermahnte Meinhard. Klopp nickte artig. Er sog sowieso alles, was dieser erfahrene Soldat von sich gab, auf wie ein Schwamm. Mitunter waren die Hinweise des Obergefreiten Gold wert, zum Beispiel, dass man die Stiefel nach langen Märschen nicht ausziehen sollte, oder dass man wegen der Läuse sich und seine Klamotten bei jeder Gelegenheit waschen sollte; eben Dinge aus der Praxis, die der Rekrut in der Ausbildung nicht lernte.

»Ja, aber was will der Rittmeister nur?«

»Keinen Dunst.« Meinhard war immer gelassen, selbst im heftigsten Bombardement. Klopp bewunderte ihn dafür.

Mit langen Sätzen hetzte der Rittmeister, ein Mann mit einem Hindenburg-Schnurrbart im Gesicht, von Deckungsloch zu Deckungsloch, bis er schließlich die Stellung von Meinhard und Klopp erreichte. Der Offizier hielt eine Art Schal in seinen Händen.

»Moin, Matrosen«, begrüßte der Rendsburger seine Soldaten.

»Guten Tag, Herr Rittmeister«, gab Klopp ehrfürchtig zurück, so als machte es ihn verlegen, dass ein Offizier sich dazu herabließ, mit ihm zu sprechen. Meinhard nickte nur zur Begrüßung.

»Wie ist die Lage?«, fragte der Rittmeister.

»Alles ruhig. Kein Ami lässt sich blicken, und kein Vogel am Himmel.«

»So muss das sein. Aber lassen wir das Gesülze. Jeden Moment passiert hier etwas Einzigartiges.«

»So? Was denn?« Meinhard schien die Neugier gepackt zu haben.

»Der Herr Eisenhower höchstpersönlich wird hier gleich mit seinem Wagen die Schneise entlangkommen.«

»WAS?«, raunte Meinhard.

Klopp machte große Augen.

»Ist genehmigt durch unseren OB. Ich nehme ihn hier auf und führe ihn in den rückwärtigen Raum.«

Meinhard und Klopp blinzelten ungläubig mit den Augen.

»Also, Glupscher nach vorn, aber nicht ganz so nervöse Zeigefinger heute!«

»Jawohl«, flüsterte Klopp. Darauf richteten sich alle Augen auf die Schneise. Meinhard gab die Neuigkeiten nach rechts und links an die Kameraden weiter. Dann warteten sie ...

Wieder und wieder donnerte es in weiter Ferne. Seit fast vier Tagen mischten sich die Geräusche der explodierenden Flügelbomben unter die üblichen Geräusche der Kämpfe.

Nach gut 40 Minuten erschien tatsächlich ein sogenannter Willy-Jeep in der Schneise. Der an den Flanken offene und mit einer Plane überspannte Wagen hielt im Schritttempo auf die deutschen Stellungen zu. Ein weißer Stern funkelte auf der olivfarbenen Motorhaube. Klopp erkannte zwei Männer darin. Etwas in dem Panzerobergrenadier zwang ihn dazu, seinen Karabiner fester zu umklammern. Der Rittmeister hingegen sprang aus dem Loch und winkte dem Jeep zu. Langsam näherten sich Offizier und Fahrzeug einander. Nun erkannte Klopp auch, dass ein deutscher Oberst den Jeep steuerte. Er konnte nicht wissen, dass es sich dabei um Richard Schmidt handelte, den ehemaligen Kommandeur des Grenadier-Regiment 473. Er konnte ferner nicht wissen, dass sich die Schlinge um die Amerikaner zugezogen hatte, dass sie tatsächlich bereits ihre Truppen verschifften.

Klopp beobachtete, wie die beiden Männer aus dem Fahrzeug stiegen. Der Rittmeister gab beiden die Hand. Eisenhower, dessen Miene ganz ernst war und dessen Brust vor Orden und Auszeichnungen blitzte, hatte ein schmales Gesicht und ausgeprägte Augenringe. Nun zeigte sich auch, wofür der Schal gedacht war: der Rittmeister verband dem amerikanischen General damit die Augen, ehe Schmidt ihm half, sich auf die Rückbank des Willys zu zwängen. Der Oberst klemmte sich hinter das Steuer des Geländewagens, der Rittmeister hingegen setzte sich zu dem Amerikaner auf die Rückbank. So fuhr der amerikanische Jeep an dem Deckungsloch von Meinhard und Klopp vorüber und verschwand im Hinterland.

La Roche-Guyon, Frankreich, 14.06.1944

Der Nachmittag war angebrochen, als die drei Männer in dem amerikanischen Willy-Jeep das Schloss bei La Roche-Guyon erreichten. Nachdem sie einige Wachposten passiert hatten und eine lange Einfahrt hinaufgefahren waren, parkte Schmidt unmittelbar vor der steilen Kalkwand, an die eines der Gebäude des Schlosses angelehnt war. Generalmajor Zimmermann wartete schon vor einer steinernen Treppe, die in das Gebäude führte. Rommels Stabschef übernahm an dieser Stelle den »Gast«, ließ ihn die Augenbinde abnehmen und führte ihn die Treppe hinauf. Schmidt dackelte hinterher, der Rittmeister jedoch hatte beim Wagen zu warten.

Generalfeldmarschall Erwin Rommel befand sich zusammen mit einem Übersetzer in einem großen Saal. Gigantische Gemälde, die vom Boden bis zur hohen Decke reichten, zierten die hellen Wände. Nicht nur der Raum, sondern das gesamte Schloss zeugte von der Klasse und dem Vermögen des deutschfreundlichen Besitzers. Eine der weißen Doppeltüren öffnete sich, durch die sogleich Zimmermann, Eisenhower und Schmidt schritten. Der Oberst salutierte mit ehrfürchtiger Miene beim Anblick des Oberbefehlshabers Frankreich-Benelux.

Rommel erwiderte mit einer zackigen Handbewegung den Gruß, anschließend schüttelten sich die Männer die Hände. Ein jeder blieb freundlich, aber reserviert. Rommel wies auf einen gedeckten Tisch in der Raumecke. Kaffeegeruch strömte von dort in den Saal, feiner Dampf stieg aus einer Kanne auf. Eisenhower winkte ab. Er wolle bloß die Verhandlung führen und danach umgehend zurückkehren. Rommel nickte.

»Zuerst einmal danke ich Ihnen, Herr Feldmarschall, dass Sie meiner Bitte um eine Unterredung nachgekommen sind«, ließ Eisenhower über den Dolmetscher mitteilen. Rommel nickte abermals.

»Ich darf Ihnen sagen, dass Ihre Truppe in den letzten Tagen außerordentlich tapfer gekämpft hat. Sie haben hier in der Normandie hervorragende Männer«, fuhr Eisenhower fort.

»Herr General, ich bin mir sicher, Sie sind nicht gekommen, um mir Honig um den Mund zu schmieren«, konterte Rommel. Eisenhowers Augen verengten sich.

»Sicherlich nicht. Ihnen wird nicht entgangen sein, dass wir die Invasion als gescheitert betrachten. Wir können den ausgebildeten Landekopf nicht halten.« Rommel nickte.

»Ich habe noch 100.000 Mann in Nordfrankreich. Die Truppen sind abgekämpft, übermüdet, erledigt. Viele Verwundete, fast jeder zweite. Ich denke doch, Sie erkennen auch an, dass diese Männer tapfer und ehrenvoll gekämpft haben?«

»Das streite ich nicht ab. Doch fällt es gleichwohl leichter, tapfer zu sein, wenn man nicht jede Sekunde aus der Luft bombardiert wird.« Rommels Worte hatten einen scharfen Klang. Eisenhowers Mundwinkel zuckten.

»Derzeit findet der Abtransport meiner Männer unter heftigstem deutschem Feuer statt«, fuhr Eisenhower fort, »Ihre Artillerie schießt schon bis auf die Strände und minütlich sausen diese Roboter wie aus dem Nichts heran und richten schreckliche Verluste unter meinen eh schon geschundenen Männern an.«

Ein kurzes Lächeln flackerte über Rommels Antlitz. Offenkundig hatte der Feind die Startrampen der Höllenhunde noch nicht aufgeklärt, sonst hätte er diese sicherlich bereits ins Nirwana gebombt.

»Darum bitte ich Sie, von Ehrenmann zu Ehrenmann, stellen Sie das Feuer ein. Meine Männer sind geschlagen, die Invasion ist gescheitert. Da gibt es nichts dran zu rütteln. Gewähren Sie dem abgekämpften Rest eine sichere Heimreise. Schießen Sie nicht noch die Verwundeten und besiegten Männer zusammen, die in den Tagen der Invasion bereits die Hölle durchlebt haben. Seien Sie der anständige Soldat und Offizier, von dem in Ihrer Wochenschau berichtet wird. Stoppen Sie dieses Massaker – im Namen der Ritterlichkeit.«

Rommels Gesichtszüge verdunkelten sich. Seine Stirn geriet in Falten.

Eisenhower setzte nach: »Als Zeichen meines guten Willens habe ich gleich nach Ihrer Einwilligung zu diesem Treffen sämtliche Flugzeuge zu den Stützpunkten zurückbeordert. Vergewissern Sie sich über Ihre Verbandsführer. Kein einziger Angriff findet in dieser Stunde statt. Darüber hinaus will ich Ihnen Oberst Schmidt übergeben, den ranghöchsten Gefangenen, den wir während der Operation aufgebracht haben.« Schmidt schaute etwas verlegen zu Boden.

»Ich appelliere nochmals an den anständigen Soldaten und Ritter in Ihnen. Lassen Sie meine Männer erhobenen Hauptes gehen.«

Damit war Eisenhowers Rede beendet. Er streckte sein Kreuz durch, blickte Rommel direkt in die Augen. Rommel antwortete sogleich:

»Seien Sie kein Narr, von Ritterlichkeit in einem so totalen Kampf zu sprechen! Dafür ist in diesem Krieg kein Platz.« Rommels Hände wurden zu Fäusten. »Erwarten Sie keine Schonung von uns, Herr General. – Jede Flügelbombe und jeden Tiefflieger, der mir zur Verfügung steht, setze ich gegen Ihre Männer in Marsch. Das Bombardement wird erst aufhören, wenn der letzte Amerikaner dieser Angriffstruppe tot in den Feldern der Cotentin liegt. Überdies habe ich Sie weder darum gebeten, die Luftangriffe einzustellen, noch erwarte ich dergleichen von Ihnen.«

Eisenhowers Gesichtszüge versteinerten.

»Wenn Sie Ihre Männer retten wollen, gibt es dafür eine Möglichkeit«, setzte Rommel nach. »Sie nennt sich Kapitulation.«

»Das wäre dann alles«, ließ Eisenhower nach einer kurzen Pause durch den Übersetzer mitteilen.

»In Ordnung. Ich garantiere Ihnen, unversehrt zu Ihren Männern zurückkehren zu können.«

Pointe du Hoc, Frankreich, 17.06.1943

Berning saß etwas abseits der Gebäude im Hinterland des Kliffs. Er lehnte gegen einen Apfelbaum, an dessen Ästen sich kleine Früchte langsam rötlich färbten. Der Unteroffizier starrte einige Briefe seiner Mutter an, die sie ihm im Laufe des Krieges geschrieben hatte.

Er saß ganz still da und sein Kopf war befremdlich leer. Eine leichte Brise wehte ihm um die Nase. Überall auf dem Kliff turnten deutsche Landser herum. Berning blinzelte hin und wieder durch das Geäst einer schmalen Hecke hindurch, die ihm die Sicht auf die Laufgräben nahm. Die Amerikaner jedoch waren längst fort.

Seitdem die Russen ihre großangelegte Offensive im Osten gestartet hatten, herrschte eine Menge Unruhe unter den Landsern. Man erzählte sich, der rote Ansturm sei enorm – unaufhaltsam. Eine Katastrophe bahne sich im Osten an, so hörte man. Ganze Heeresgruppen panisch auf der Flucht! Zehntausende Tote! Hunderttausende Verwundete! Einige wisperten schon hinter vorgehaltener Hand, die Russen könnten im Herbst vor Warschau stehen. Der Iwan rannte mit ungebrochener Macht gegen die Stellungen der Heeresgruppen Mitte und Süd an, zudem hatte er seine Seeherrschaft im Schwarzen Meer, die von Manstein schon immer ein Stachel im Fleisch gewesen war, für seinen Angriff ausgenutzt: Sowjetische Verbände waren in der Karkinitska Bucht nordwestlich der Krim sowie auf der Halbinsel selbst gelandet und fielen der zurückweichenden Wehrmacht gnadenlos in den Rücken. Von Manstein hatte stets mit einer solchen Aktion des Feindes gerechnet, darauf vorbereitet war er dennoch nicht.

Für Berning bedeuteten die schlechten Nachrichten aus dem Osten vor allem, dass es bald wieder dorthin zurückgehen würde. Die Division hatte ihre Marschbefehle erhalten – mitten in der Schlacht um die Normandie. Doch was sollte die Wehrmacht anderes unternehmen, wenn im Osten so dringend kampfkräftige Verbände benötigt wurden?

Alle anderen europäischen Schauplätze waren schon ausgedünnt bis auf wenige Einheiten, deren Kampfwert zudem fraglich war. Zur Genesung abgestellte Soldaten, Fußkranke und Alte bildeten dieser Tage das Fundament der Verbände in Norwegen, in Belgien, auf dem Balkan. Die Lage in Frankreich schien derweil unter Kontrolle. Seit einigen Tagen stand die 253. Infanterie-Division, die durch die amerikanische Landung schwere Verluste hatte hinnehmen müssen, nicht mehr im Kampf. Viele Angehörige der Division, die im Zuge der feindlichen Luftlandung gefangen genommen worden waren, waren wieder frei. Der Kampf um die Normandie neigte sich zweifelsohne dem Ende zu und während Deutschland auf diesem Schauplatz siegreich war, musste es auf der anderen Seite Europas einmal mehr ums nackte Überleben kämpfen.

Also wieder Ostfront, seufzte Berning in sich hinein. Am Vortag hätte die Schwadron eigentlich schon verlegen sollen, doch der Marquis hatte mit einer großangelegten Aktion Bahnhöfe und Stellwerke im ganzen Land lahmgelegt. Also lautete nun die Parole: Warten auf Weiteres!

Nach dem Start der roten Offensive am 9. Juni, war recht zügig ein ganzes Bataillon Fallschirmjäger auf der Pointe du Hoc aufgetaucht, das die Männer der 253. Infanterie-Division herauslösen sollte. Zu dem Zeitpunkt hockten die Amerikaner noch immer in ihren Gräben – harrten eisern aus ohne Nahrung, ohne Munitionsnachschub.

Massiver Einsatz von Leuchtmunition durch hastig herbeigeschaffte Granatwerfer leuchtete nach der ersten Nacht seit der Invasion in jeder weiteren das Kliff dauerhaft aus. Leuchtgranate um Leuchtgranate wurde von den Mörsern in die Luft geschossen, und wenn die Amis versuchten, sich bei den Felsen zu verstecken, griffen gnadenlos die deutschen Panzer mit Sprengmunition ein. Es gab kein Entkommen für den Feind.

Als dann auch noch die Fallschirmjäger anrückten, kapitulierten die Amerikaner. Hege war somit zum letzten Empfänger von amerikanischer Waffenwirkung auf dem Kliff geworden, und Berning wartete noch immer auf eine Nachricht von dem Feldwebel vom Tross, den er gebeten hatte, sich nach dem Zustand Heges zu erkundigen. Berning hoffte, dass sein Kamerad durchkommen würde. Gleichwohl wusste er, dass so ein Bauchschuss kein Pappenstiel war.

Die Fallschirmjäger wuselten vorne auf dem Kliff umher, bauten Stellungen aus, pflegten ihre Ausrüstung und Waffen.

Schließlich steckte Berning die Briefe weg. Er erhob sich, bog um die Ecke des Gebäudes und fand sich auf der kleinen Feldstraße wieder, die vom Kliff weg ins Hinterland führte. Mehrere Obstgärten grenzten daran, einige weitere Gebäude lagen rechts und links der Straße. Mit Freude sah Berning, dass der Verpflegungstross eingetroffen war. Dutzende Männer auf Pferden bevölkerten den Bereich links der Straße im Schatten eines Gebäudes. Der Spieß der 1. Aufklärungs-Schwadron nahm sich der Bottiche an, gefüllt mit Gulaschsuppe. Zusätzlich hatten die Versorger Brot, Wurst, Marmelade, Schokolade, Wasser und Äpfel mitgebracht, außerdem üppige Marketenderwaren, hauptsächlich Tabak und Wein. Die Verpflegung war wahrlich nicht jeden Tag so bombastisch.

Berning aber freute sich aus einem ganz anderen Grund über das sich ihm bietende Bild der durcheinander wimmelnden Soldaten und Gäule. Während nun überall auf dem Kliff die Landser ihre Ohren spitzten und begierig darauf warteten, zum Essen gerufen zu werden, bewegte sich Berning schnurstracks auf »seinen« Feldwebel zu, den er im Getümmel längst ausgemacht hatte. Der blonde Mann Anfang 30 hievte gerade weitere Metallbehälter von einem der Karren. Nun würde Berning hoffentlich gute Nachrichten über Hege erhalten ...

Die Fallschirmjäger verzogen sich mit ihrem Anteil der Verpflegung auf die andere Straßenseite. Berning hatte den Feldwebel fast erreicht, da brach drüben bei den Fallschirmern ein lautstarker Tumult los. Ein Soldat mit strohblondem Haar, einer femininen Lippenpartie und tiefen Glupschaugen zeterte mit einem Mal wie von der Tarantel gestochen los. Ein schmächtiger Kamerad mit Schnauzbart redete stammelnd dagegen.

»EIN SCHMÄHFRASS! Gibt es gar nicht!«, plärrte der Blonde in höchster Lautstärke. Die bizarre Szene zog die Aufmerksamkeit aller Anwesenden auf sich.

»Ja ... ja gut, musst ja nicht fressen ...«, erwiderte der Schmächtige achselzuckend.

»Was sagst du, Vollidiot!?« Der Blonde brüllte aus voller Lunge. Sein Geschrei hallte über das ganze Kliff. Dabei stolzierte er hin und her wie ein Storch, kreiste wie ein Satellit um den Schmächtigen.

»Musst es ja nicht fressen ...« Noch einmal zuckte der Schmächtige mit den Achseln.

»WAS SAGST DU?«

»Friss, was du willst!«

»Du bist ja schlimmer wie ein ... ein ... ein ... Zuchthaus da, DU ARSCHLOCH! Du willst mir bestimmen, was ich zu fressen kriege? Das werden wir ja erleben, dass ...« Der Blonde beugte sich vor, wedelte hektisch mit dem Zeigefinger, ehe er beide Arme in die Hüften stemmte wie ein trotziges Kind.

»Jeden Tag dieselbe Scheiße mit dem«, flüsterte ein Fallschirmer in der Nähe von Berning.

»... dann kriegst du halt nichts mehr ...«, warf der Schmächtige kleinlaut ein.

»... dass ... OCH!« Völlig entgeistert wandte sich der Blonde einem Oberjäger zu, was das Äquivalent zum Unteroffizier bei der Fallschirmjägertruppe war. »Das ist ein Geisteskranker!«, beschwerte er sich und zeigte auf den Schmächtigen. »Hey, komm, Luckie, das ist ein Geisteskranker. Schafft den weg hier ... diese Scheiße hier!«

Der Fallschirmjäger, der eben bereits geflüstert hatte, deutete Bernings entsetztes Gesicht offenbar richtig. Er grinste und erklärte: »Der glaubt, er ist beim Theater statt bei der Armee. Macht so einen Terz, dabei ist er gerade einmal Jäger.«

Ungläubig nickte Berning, wurde sich dann aber wieder seines Anliegens bewusst. Während sich das Geplärre auf der anderen Straßenseite unvermindert fortsetzte, bahnte er sich seinen Weg zum Feldwebel von den Versorgern. Beide sprachen kurz miteinander.

»Ein Wahnsinniger!«, beschwerte sich der Blonde im Hintergrund. »Er sagt zu mir, ich krieg nichts zu essen. Der ist verrückt, dieser Idiot!«

Alldieweil bestätigte der Feldwebel die traurige Nachricht mit zusammengepressten Lippen und einem stummen Kopfschütteln. Berning wurde kurz schlecht, seine Knie wackelig. Im letzten Augenblick bewahrte er sich davor, umzukippen. Der Gefreite Heinz-Gerd Bauer, genannt Hege, war tot.

Berning wandte sich mit trockener Kehle und flauem Gefühl im Magen von der illustren Szene ab, die der blonde Fallschirmjäger noch immer darbot. Tobend und theatralisch brüllte er seinen schmächtigen Kameraden an: »... wahnsinnig, Mensch! Dir muss man die Fresse ... dich muss man einsperren, weil du nicht mehr normal bist!« Der Blonde tippte sich mit aggressiver Gestik an die Stirn, doch das interessierte Berning alles nicht. Er hatte eine so unbändige Wut im Bauch, wie er sie noch nie verspürt hatte. Ein Feuer des Hasses loderte in seiner Brust, straffte seine Muskeln, ließ seine Hände zu Fäusten werden. Erschütterungen durchliefen seinen Körper wie bei einem Erdbeben. Er war zu einem kochenden, kurz vor der Explosion stehenden Vulkan geworden. Die Abscheu gegen diesen Pappendorf ... diesen Menschenfeind ... dieses Arschloch ... platzte ihm aus allen Poren. Hege war tot –

sinnlos verreckt während einer sinnlosen Aktion. Und das nur, weil Pappendorf einmal mehr hatte beweisen müssen, dass er der große Feldwebel war. Doch nun war dieser Mistkerl endgültig zu weit gegangen! Berning würde sich die Schikanen nicht länger gefallen lassen! Er wollte ... er musste Pappendorf zur Rede stellen! Wollte ihm unmissverständlich klar machen, dass er – Unteroffizier Franz Berning – und seine Männer keine Leibeigenen waren. Pappendorfs Art und Methodik waren unangemessen. Unteroffizier Berning würde diesem Drecksack genau das ins Gesicht sagen, er würde ihm sagen, dass er sich diese Behandlung nicht länger gefallen lassen würde. Berning würde seinem Zugführer klar und deutlich aufzeigen, dass er notfalls zum Kompaniechef gehen und von seinem Beschwerderecht Gebrauch machen würde. Berning war bereit, sich zu wehren! Der Unteroffizier aus Österreich schäumte. Kurz schob sich das Antlitz des toten Rudi Bongartz vor Bernings geistiges Auge. Berning wollte endlich anfangen, die Dinge richtig zu machen! Schnurstracks stapfte er auf das Gebäude zu, in dem der Zug untergebracht war und in dem auch Pappendorf seine Stube eingerichtet hatte. Berning riss mit einer solchen Wucht die Tür auf, dass ihn kurz das Gefühl überkam, er hätte das Türblatt aus den Angeln gehoben. Mit festen Schritten stampfte er in den großen Raum hinein, der zwei Gruppen des Zuges als Mannschaftsraum diente. Zahlreiche Betten bedeckten fast jeden Zentimeter der Holzdielen. Dazwischen hockten die Landser des Zuges und zockten Karten, tranken Wein, knabberten Schwarzbrot oder waren in Briefe vertieft. Es stank nach Schweiß und Rasierwasser. Berning bahnte sich einen Weg durch die feldgraue Masse – alle Soldaten des Zuges trugen natürlich piekfein hergerichtete Uniformen. Fast wäre Berning einfach durch die Tür in Pappendorfs Zimmer gestürmt, doch dann zwang er sich dazu, anzuklopfen. Er durfte diesem Schwein nun keine Angriffsfläche wegen Lappalien bieten. Berning klopfte. Und wartete.

»Herein!«, schnarrte erst nach Minuten die Stimme Pappendorfs durch das Türblatt. Die lange Wartezeit hatte bei Berning dafür gesorgt, dass sich die Wut in seiner Brust noch weiter aufbauschen konnte, dass er beinahe platzte vor Zorn. Mit verkrampften Gliedern und zusammengebissenen Zähnen drückte er die Tür auf. Er musste vorsichtig sein, damit er sie vor lauter Zorn nicht beim Öffnen zerschmetterte, so glaubte er ... doch Berning beherrschte sich – noch. Er ging artig in Grundstellung, machte Meldung. Pappendorf erwiderte den Gruß. Er saß hinter einem schmalen Schreibtisch und brütete über einer Vorschrift. Rechts an der Wand stand ein bequemes Holzbett mit dicken Kissen und weich anmutenden Wolldecken. Darüber an der

Wand hingen ein Portrait Adolf Hitlers sowie Pappendorfs Aufnahmeurkunde in die NSDAP.

»Fassen Sie sich kurz, Unteroffizier«, schnarrte Pappendorf, der sich schon wieder seiner Vorschrift zugewendet hatte.

»Der Gefreite Bauer ist tot!«, polterte Berning.

Pappendorf blickte auf, fokussierte den Unteroffizier mit seinen kleinen Augen, nickte und verschwand wieder in seiner Lektüre. »Schade«, murmelte er. »Guter Mann.«

Nicht eine Miene hatte der Gorilla dabei verzogen, dabei war der Gefreite ein verdienter Soldat der Einheit gewesen. Doch Pappendorf hatte die Nachricht zur Kenntnis genommen, so wie er auch Meldungen über den Munitionsverbrauch oder den Ausbildungsstand aufnahm.

»Herr Feldwebel, ich muss mich vehement über Ihr Verhalten mir und meiner Gruppe gegenüber beschweren!«, sagte Berning bestimmt. Fast hätte er geschrien. Pappendorfs Blick aber verharrte weiter über seiner Lektüre.

»Nein«, antwortete Pappendorf gelassen. »An meinem Verhalten gibt es nichts auszusetzen.«

Kurz blickte der Feldwebel auf, starrte Berning direkt an. Pappendorfs Augen verengten sich. Er presste seine Lippen so heftig aufeinander, dass sie weiß anliefen. Ein bedrohlicher Blick traf Berning, jagte ihm Angst ein. Hitze und Schweiß überkamen den Unteroffizier. Seine Achseln nässten.

»Ich ... ich ...«, stammelte Berning. Er rang nach Worten, mit denen er es Pappendorf zeigen wollte. Jene Worte hatten auf dem Weg hierher seinen Geist geflutet, hatten ihn innerlich kraftvolle Reden schwingen lassen, denen Pappendorf nichts entgegenzusetzen hätte. Nun war alles weg.

»Ich ...«, begann er noch einmal, doch sein Kopf war leer.

»Herr Unteroffizier«, zischte Pappendorf, »ich habe jetzt keine Zeit für solchen Humbug. Ohne Meldung raus!«

Berning starrte Pappendorf noch einen Moment lang an, doch der hatte sein Schlusswort gesprochen. Der Feldwebel widmete seine Aufmerksamkeit einmal mehr seinen Vorschriften. Letztendlich, nach langen Sekunden, machte Berning auf dem Absatz kehrt und verließ den Raum.

Nordwestlich von Saint-Marcouf, Frankreich, 17.06.1944

Die Deckungslöcher der Company L zogen sich entlang einer niedrigen Steinmauer, die mehrere Gärten voneinander trennte. Apfelbäume waren in langen Reihen gepflanzt worden. Grün-gelbe Früchte hingen an den schmalen Ästen.

Tom Roebuck hatte sein MG an einem Durchbruch in der schmalen Mauer positioniert. Er spähte über den Lauf der Waffe ins Vorgelände, doch wegen der Obstbäume war die Sicht nicht gut. Würden die Deutschen kommen, würden die Marine Raiders sie wohl erst sehr spät entdecken, doch Shapley, der Kommandeur des Regiments, verweigerte die Genehmigung, das 4th Marine Raider Battalion zurückzunehmen, und das aus gutem Grund: Das von den Alliierten gehaltene Gebiet maß nur noch wenige Meilen in der Tiefe, dann kam bereits das Meer. Und mit jedem Tag drückten die Deutschen die Front weiter ein. Trotz massivstem Einsatz von Jabos und Schiffsartillerie waren die Krauts nicht aufzuhalten. Daher konnte das Bataillon, das als Sperrriegel den Deutschen den Weg nach Saint-Marcouf verwehren sollte, kaum weiter zurückgenommen werden.

»Nichts«, stellte Roebuck mit einem prüfenden Blick fest und ließ sich zurück hinter die Deckung der Mauer sacken. Sein Kumpel Pizza nickte stumm.

Die bedrückende Stimmung, die sich wie ein schwerer Umhang über die meisten Marine Raiders gelegt hatte, hing beinahe greifbar in der Luft. Batman war tot, ebenso Constantin. Captain Morgan war schwer verwundet.

Das Bataillon war auf die Hälfte seiner ursprünglichen Stärke zusammengeschrumpft und in vielen Stellungen hockten Verwundete, die kaum mehr eine Waffe zu halten vermochten. Angesichts der heftigen Verluste, angesichts des Todes guter Kameraden und von Freunden, war es fast schon nebensächlich, dass auch die Schlacht insgesamt als verloren galt. Nun ging es nur noch darum, irgendwie lebend aus Frankreich herauszukommen, während die fliegenden Zigarren der Deutschen wieder und wieder in die amerikanischen Stellungen hineinzischten und dabei Ungeheuerliches anrichteten. Diese Dinger mussten von unten bis oben vollgestopft sein mit Sprengstoff, dem infernalischen Flammenmeer nach zu urteilen, das jede einzelne auslöste. Einige der Marines nannten die Dinger »Roboter«, doch auch der Begriff der »Buzzbomb« hatte sich aufgrund des knatternden Anfluggeräuschs eingebürgert.

Die siegesverwöhnten Marines, die trotz manchmal schwerer Verluste im Pazifik den *Japs* doch immer ein Schnippchen zu schlagen vermochten, hatten hart daran zu schlucken, dass sie von den Jerrys letztlich besiegt worden waren. Nun lag das Bataillon in der Sicherung, nachdem es erst in der Nacht wieder von den Krauts überrollt worden war und fast eine Meile Gelände hatte preisgeben müssen.

Am Tage immerhin wie jetzt, wenn die Wolken nicht zu tief hingen und das Wetter nicht zu stürmisch war, hielten sich die Deutschen bedeckt. Tagsüber bildeten die Flieger der Royal Airforce, der Army Airforce und der Navy eine schützende Glocke um den Landekopf. Auch jetzt röhrten die Motoren von Thunderbolts und Chance Vought-Jägern des Corps über den vermuteten Positionen der Krauts. Die Deutschen versteckten sich.

»Die Arschlöcher sind bloß stark, wenn sie in der Überzahl sind«, murmelte Roebuck und blickte erneut in die Obstgärten hinein, wo bereits die Germans lauerten. »Wenn sie mit einer ganzen Kompanie eine jüdische Familie aus ihrem Geschäft ziehen, dann sind die Hundesöhne stark. Aber kaum ist ein Flugzeug am Himmel, kriechen die Bastarde in ihre Löcher und schlottern mit den Knien. Wenigstens kriegen die gerade in fuckin' Russia mächtig auf die Fresse!«

»Was redest du da?«, fragte Pizza beiläufig, der mehr mit seinen eigenen Gedanken beschäftigt zu sein schien.

Roebuck seufzte. »Ich hatte gedacht, wir kommen nach Paris, weißt du? Ein bisschen Feiern, was Trinken ... Französinnen flachlegen.«

Nun blickte Pizza auf. »Junge«, erwiderte er und legte Roebuck die Hand auf die Schulter. »Mach dir keinen Kopf wegen deiner Frau. Du musst hier nichts beweisen.«

Roebuck seufzte wieder, tief und lang. Dann plötzlich wurden seine Augen glasig. Wie lange vermochte er noch die Fassade des starken und gefühlskalten Marines aufrechterhalten? Nein, er musste sich jemandem offenbaren! Und Pizza war einer der wenigen Überlebenden seiner Einheit, den er als Freund bezeichnen würde.

»Es ist einfach unfair«, klagte er mit brüchiger Stimme. »Marie ist zu Hause und kann tun und lassen, was sie will. Und ich sitze hier in der Scheiße!«

»Glaubst du, sie hat einen Neuen?«

»Keine fuckin' Ahnung.« Roebuck drehte den Kopf weg, presste sich die Hände ins Gesicht. Er wollte nicht daran denken, dass die Möglichkeit bestand, Marie schliefe daheim mit einem fremden Mann. Nicht Marie, seine kleine Marie ...

»Ist das nicht verboten?«, überlegte Pizza weiter. »Gibt doch ein Gesetz, dass du zustimmen musst, wenn sie einen anderen hat?«

»Ach, wer schert sich um Gesetze?«, zischte Roebuck. »Das ist einfach unfair! Sie gibt mir gar keine Chance, stellt mich vor vollendete Tatsachen!« Roebuck hatte die Hoffnung noch nicht aufgegeben. Wut, Hass, Liebe, Trauer, Verzweiflung begleiteten ihn im Wechsel, wenn er an sie dachte. Und er musste dauernd an sie denken.

»Hey, Lads! Wollt ihr noch ein paar Minuten für euch sein, ja?« Eine Stimme, die klar erkennbar einem Briten gehörte, holte die beiden in die Realität zurück. Sie schreckten hoch und blickten in das mit schwarzer Tarnfarbe verschmierte Gesicht eines britischen Mannschafters. Der Kerl hatte sich angeschlichen wie eine Raubkatze.

»Was willst du denn?«, fragte Saviano.

»Ablösung. Ihr Yanks seid an der Reihe, ausgeschifft zu werden.«

Wird auch Zeit, dachte Roebuck.

*

Der Gunny, der nach dem Ausfall von Captain Morgan die Kompanie übernommen hatte, ließ seine Männer im Hinterland der Frontlinie sammeln. Die letzten Tage hatten ihn optisch stark altern lassen. Er wischte sich mit der Hand über seine mit Stoppeln besetzte Kopfhaut, blickte in die Gesichter der angetretenen Männer. 24 Soldaten waren von der Company L noch übrig, kein einziger Offizier darunter.

»Okay, Männer, herhören«, sagte er mit mürber Stimme, in der nichts mehr von jener Zuversicht übrig war, mit der er die Marine Raiders auf dem Weg in die Normandie noch beflügelt hatte. »Teile der 51st Highland Division der Engländer übernehmen hier zusammen mit einer Einheit der Frogs die Sicherung, damit wir uns absetzen können.«

»Wird verdammt Zeit, dass die Franzosen hier mal ein bisschen Verantwortung übernehmen. Ist immerhin deren Land ...«, nuschelte Roebuck.

»Schnauze, PFC Roebuck! Wir werden uns nun schnellstens in Richtung Osten absetzen. Das Regiment hat seinen Sammelraum in den Dünen oberhalb von Saint-Marcouf.«

Der Gunny wühlte ein Halstuch, auf das eine Karte des Utah-Abschnitts inklusive des Hinterlands aufgedruckt war, aus der Tasche an seinem Koppel. Einige der GIs taten es ihm gleich. Den Trick mit den Tüchern hatten sich die Marines von den Airborne-Jungs abgeschaut. Der Gunny zeigte den Sammelort auf seinem Tuch, gab anschließend die Koordinaten durch.

»Von dort aus bekommen wir von Einweisern der Navy ein Schiff und eine Zeit zugewiesen. Also los! Sehen wir zu, dass wir hier wegkommen! Double Time!«

Im Laufschritt begab sich die Company auf den Weg, wobei der Gunny vorwegstürmte. Ungeachtet der ausgezehrten und erschöpften Körper aktivierte das Vertrauen auf ein baldiges Herauskommen aus diesem Schlamassel die letzten Kraftreserven der US-Soldaten.

Gegen Mittag erreichten sie das weißsandige Dünengelände, das mit vorrangig dunklen, knorrigen Büschen durchsetzt war. Immer wieder drückte sich die Sonne zwischen der Wolkendecke am Himmel hindurch. Ein frischer Wind wehte, der den schweißgebadeten Roebuck frösteln ließ, als er im Sand saß und das Treiben am Strand beobachtete. Nach wie vor ruhten Teile der alliierten Flotte auf dem Kanal, scheinbar auf der Linie des Horizonts liegend. Kleine Kähne – Landungsboote, Transporter und Amphibienfahrzeuge – schipperten im ständigen Pendelverkehr zwischen den Schiffen im Hintergrund und dem Strand hin und her. Gigantische Krater in den Dünen deuteten auf die Einschläge der deutschen Zigarren hin. Zerstörte Fahrzeugwracks säumten die Bereiche, die unter Beschuss der Roboter geraten waren. Bombentrichter hatten den Strand regelrecht zerhackt.

Doch mochten die Krauts auch noch so viele dieser Dinger gegen die übriggebliebene Ansammlung alliierter Kräfte in Nordfrankreich einsetzen, mochten die Verluste der Westmächte noch so sehr in die Höhe schnellen, die Alliierten würden noch immer genügend Soldaten und Material über den Kanal retten können. Dafür waren die Roboter einfach zu ungenau, gingen scheinbar ziellos über dem Utah-Abschnitt nieder. Am Tag des Panther-Angriffes hatte Roebuck sogar erlebt, wie eine der Zigarren mitten in eine Formation Deutscher hinein gerauscht war und Dutzende der Krauts getötet hatte.

Roebuck schaute auf das geschäftige Treiben unten am Strand. Um ihn herum lagen seine Kameraden im Sand, einige waren eingenickt. Der Gunny war losgezogen, um den Einweiser zu suchen. Alliierte Jäger patrouillierten in großer Zahl in der Luft. Die Airforce hatte schnell herausgefunden, dass die fliegenden Bomben der Deutschen im Flug abgeschossen werden konnten, wenn ein erfahrener Pilot hinterm Steuerknüppel saß.

Im seichten Wasser des Gestades lagen viele Landungsboote sowie zwei Alligator-Panzer. Männer kraxelten in die Wassergefährte. Offiziere wanderten über den Strand und wiesen wartende Einheiten ein. Seit einigen Tagen waren die Deutschen nah genug an den Utah-Strand herangerückt, um mit massiertem Artillerieeinsatz die Verladeanstrengungen der Alliierten zu stören. Doch jedes Mal, wenn neuerliche Granaten im Küstengebiet hernieder gingen, brausten augenblicklich die Sturzkampfbomber der Air Force los und bereiteten dem Treiben der deutschen Kanoniere ein jähes Ende. Wie gesagt, so lange die Krauts nur mit vereinzelter Artillerie und diesen Robotern angriffen, von denen zahlenmäßig auch einfach zu wenige den Abschnitt der Alliierten erreichten, wurde die Verladung der Invasionstruppen nicht ernstlich gefährdet. Dazu konnten die Deutschen nicht genug Feuerkraft aufbringen.

Ein seltsames Geräusch in der Ferne, in etwa wie das Rattern eines alten Dieselmotors, erfüllte wie aufs Stichwort die Luft. Schon brüllte jemand: »Buzzbombs!«

Die Amerikaner sprangen wild durcheinander, krallten sich in den Sand der Dünen. Roebuck presste seinen Körper gegen den Boden, blinzelte gleichzeitig zwischen einigen Büschen hindurch auf die Wasserlinie, wo ebenfalls alles wild durcheinander rannte. Das Geräusch kam rasend schnell näher. Roebuck erblickte drei der geflügelten Bomben, die in einem Affenzahn heranbrausten. Eine flog viel zu kurz. Sie stürzte hundert Meter vor dem Strand ins Meer. Keine Explosion folgte. Sowieso sprach sich herum, dass diese neue deutsche Waffe mit vielen Fehlern behaftet war. Einige detonierten in der Luft, andere gar nicht. Viele verfehlten das Ziel um Kilometer, krachten dann irgendwo ins Meer. Eine soll sogar in Calais niedergegangen sein und dort mehrere Zivilisten getötet haben.

Die anderen beiden heransummenden Buzzbombs jedoch fanden ihr Ziel. Fauchend zischten sie auf den Strand zu. Eine jagte in einen Pulk Landungsboote hinein. Die Bombe explodierte und setzte einen gewaltigen Flammenstoß frei, der mehrere Boote und viele Männer verschlang. Das Wasser wurde von der Detonation gepeitscht, Wellen wurden entfacht, die aufs Meer hinausliefen. Dort schlugen sie gegen die natürlichen Wogen des Kanals, und beide Strömungen brachen sich aneinander. Als die Flammenwolke vergangen war, war von den Soldaten im Explosionsradius nichts mehr übrig. Ein tiefes Loch, das in den Strand entlang der Wasserkante gerissen worden war, füllte sich mit Wasser. Die Landungsboote lagen verstreut im Schlick, teils auf die Seite gewirbelt, teils zerbrochen und verbogen. Sofort eilten von allen Seiten Hilfskräfte heran.

Die dritte fliegende Bombe aber schien für ein weiter entferntes Ziel bestimmt zu sein. Sie knatterte über die Köpfe der Marines hinweg. Sofort setzten sich mehrere Jäger hinter die Zigarre. Die Tragflächen einer Spitfire spien Feuer. Roebuck sah deutlich, wie Funken über die Haut der Buzzbomb sprühten. Dann plötzlich knallte es furchtbar – und die deutsche Bombe explodierte in der Luft, dass sich ein riesiger Feuerschlund am Firmament bildete. Splitter fetzten in alle Richtungen weg. Die Spitfire geriet in einen wahren Regen kleiner und kleinster Metallteile hinein. Ihr Motor spuckte tiefschwarzen Qualm. Das Flugzeug geriet ins Trudeln, verlor an Höhe. Ehe der Pilot aussteigen konnte, stürzte seine Maschine zu Boden und wurde selbst zu einer Säule aus Feuer, die in den Himmel jagte.

»Gott sei Dank haben die Nazis keine Flugzeuge«, wisperte Roebuck.

*

»Alle Piloten Meldung!«, forderte Staffelkapitän Voss, seines Zeichens Oberleutnant.

»Rot 10 bereit.«

»Rot 7 bereit.«

»Rot 3 bereit.«

»Rot 6 bereit.«

»Rot 9 bereit.«

»Rot 2 bereit.«

»Rot 11 bereit.«

»Rot 5 bereit.«

»Formation halten. Zielzuweisung durch mich«, befahl Voss. *Jetzt darf das Japsen-Gerät mal zeigen, was es wirklich taugt,* fügte er in Gedanken hinzu. Er drückte den Steuerknüppel sachte ein Stück nach vorn und senkte dadurch die Schnauze seiner Fi S2 minimal ab. Die Japaner bezeichneten den einmotorigen Torpedobomber mit den markant nach oben gebogenen Schwingen sowie der langen Glaskanzel auf dem Rumpf, unter der zwei Besatzungsmitglieder Platz fanden, als Aichi B7A Ryūsei, doch wer sollte sich solch einen Namen merken?

Das OKL hatte aus diesem Grund beschlossen, Lizenzproduktionen wie den japanischen Stahlvogel nach den entsprechenden deutschen Fertigungsstätten zu bezeichnen, in diesem Fall die Fieseler-Werke in Kassel.

Oberleutnant Voss hatte schon während der langen Erprobungsphase festgestellt, dass der »Pazifikvogel«, wie ihn die Landser nannten, ein ganz feines Stück Technik war. Die Fi S2 war schnell wie der Blitz, äußerst wendig und lag stabil in der Luft. Sie war überdies in ihrer Geschwindigkeit und operativen Reichweite allen gängigen deutschen Modellen überlegen – und ließ damit endgültig die Kritiker des Halder'schen Transferprojekts verstummen.

Viele Stimmen waren in den letzten Jahren laut geworden, die forderten, dass deutsche Soldaten doch wohl auch deutsche Technik verdient hätten.

Seit Ende 1942 lief das Projekt zum Austausch von Technologien innerhalb der Achsenmächte. Skeptische Offiziere hatten erst lernen müssen, dass nicht nur in Deutschland hochwertige Produkte gefertigt wurden. Die Japaner beispielsweise waren stark auf dem Gebiet der Luft- und Seekriegsführung, da konnten die Deutschen noch Einiges lernen. Neben Amphibienpanzern war unter anderem eben auch der Torpedobomber Fi S2 eine herausragende Entwicklung aus dem Reich der aufgehenden Sonne, für die es im Repertoire der Wehrmacht keinen Vergleich gab. Dabei war in Voss' Augen der wichtigste Aspekt des Transferprojekts gar nicht die Zurverfügungstellung von Blaupausen. Viel wichtiger war seiner Meinung nach der reale Austausch führender Wissenschaftler untereinander, wodurch sich die Stärken der beteiligten Nationen ineinander verzahnten und am Ende das gesamte Bündnis davon profitierte. Nicht einmal die Alliierten pflegten einen solch engen Austausch.

Bei der Aichi zum Beispiel hatten die Japaner einige Probleme mit dem eingebauten Homare-Motor, weshalb eine Verzögerung der Serienproduktion um einige Jahre drohte. Mithilfe der Ingenieure von Valtion lentokonetehdas, der staatlichen finnischen Flugzeugfabrik, konnten die Probleme behoben werden, sodass seit Frühjahr 1944 die Vorproduktion in Deutschland, Japan, Italien und Finnland anlief.

Und Voss freute sich, dass die Produktion lief. Noch war einzig seine Staffel mit diesem hervorragenden Kampfflugzeug ausgestattet. Sollte sich der japanische Torpedobomber im anstehenden Kampfeinsatz bewähren, würde das OKL die Serienreife feststellen – und den Auftrag an Fieseler erteilen. Fernziel war es, mit dem Fi S2 als Rückgrat eine Unterstützungsluftstreitmacht der Kriegsmarine aufzubauen. Bei der Luftwaffe strebte deren Oberbefehlshaber, Erhard Milch, derweil eine radikale Typenreduktion auf einige wenige Modelle an, um die Massenfertigung von Kampfflugzeugen zu verbessern. Darüber hinaus sollten zügig weitreichende Ressourcen auf die Strahlentechnik umgeleitet werden.

Voss blickte über den knatternden Propellermotor auf die Szenerie, die sich in vielen Kilometern Entfernung vor ihm auftat. Selbst von hier oben waren die schwarzen Punkte zu sehen – die immensen Krater, die die Höllenhunde hinterlassen hatten und die den Strand übersäten, auf dem sich allerlei feindliche Truppen tummelten. Voss sah auch deutlich die winzigen Kähne, die zur Küste fuhren oder von dort vollbeladen wieder ablegten. Den kleinen Booten folgend, heftete sich der Blick des Staffelkapitäns auf die gigantische Flotte des Feindes, die nach wie vor bedrohlich in der ruhigen See lag. Auf dem Ärmelkanal hatten sich mehr gegnerische Kriegsschiffe versammelt als das Deutsche Reich, das Deutsche Kaiserreich und das Heilige Römische Reich Deutscher Nationen zusammen je besessen hatten.

Der Anblick der übermächtigen Feindflotte löste in Voss jedoch keine Ehrfurcht oder gar Angst aus. Genug Pervitin strömte durch seine Blutbahnen, dass ihn ein euphorisches Gefühl beim Anblick des Gegners übermannte. Er wollte endlich Schiffe versenken!

Die Dickschiffe lagen ruhig auf dem Wasser, ihre Flak schwieg. Voss machte keine schwarze Pulverwölkchen am Himmel aus. Das bedeutete, feindliche Jäger waren in der Luft. Wäre ja auch zu schön gewesen – und der Illusion, dass der deutsche Angriff bis zuletzt unentdeckt bleiben würde, brauchten sich die Piloten angesichts der überlegenen britischen Radartechnologie gar nicht erst hinzugeben.

Voss' behandschuhte Hände verkrallten sich um den Steuerknüppel. Das folgende Gefecht würde ein Massaker werden. Und es würde nur der Anfang sein, denn die Luftwaffe hatte sich vorgenommen, keinen alliierten Soldaten mehr aus Frankreich entkommen zu lassen. Koste es, was es wolle. So hatte es Rommel in nie gekannter Wut formuliert. Ein zweites Dünkirchen durfte es nicht geben. Dieser Kampf würde demnach erst enden, wenn entweder der letzte alliierte Soldat und das letzte alliierte Schiff von der französischen Küste gefegt worden waren oder wenn das letzte deutsche Flugzeug, das im Kommandobereich des OB Frankreich-Benelux lag, zerstört war. Rommels Weisung, vom Kanzler persönlich genehmigt, war diesbezüglich sehr deutlich.

Eine gewaltige Luftstreitmacht – 800 Flugzeuge – schwebte dementsprechend dem alliierten Landekopf entgegen. Gewaltig für das Deutsche Reich, ja, aber ein Witz nach den Maßstäben der Westmächte, die den Himmel über Nordfrankreich zu jeder Tag- und Nachtzeit mit 4.000 Fliegern aller Gattungen beherrschten.

Voss' acht Staffelflugzeuge bildeten mit seiner Maschine als Spitze einen langen Keil. Hinter ihnen schlossen sich die anderen Staffeln der Gruppe keilförmig an. Über, unter, vor und neben ihnen erzeugten hunderte Motoren ein Konzert aus beständigem Röhren. Stukas, Henschel 129, Focke Wulf 190, Messerschmitt Bf 109, Heinkel 162, Dornier 217 und andere; quasi alle verfügbaren Vögel der Luftwaffe befanden sich in der Luft. In diesem Moment zog Voss' Gruppenkommandeur in seiner japanischen Zero, die den Sprung in die Serienproduktion nicht geschafft hatte, an der 2. Staffel vorüber und setzte sich vor die Keilformation. Er wackelte kurz mit den Tragflächen auf und nieder. Sofort erwiderte Voss den Gruß, dann wackelten alle Flieger der Staffel mit den Tragflächen und schließlich auch die der Staffeln dahinter. Das war das alte Ritual der Gruppe, so wünschten sich die Piloten gegenseitig »Weidmannsheil«.

Der Gruppenkommandeur zog seine Zero hoch, ein schlankes Flugzeug mit Balkenkreuz statt dem roten Kreis Japans auf dem Rumpf, und ließ sich hinter die Staffeln zurückfallen.

Einen Wimpernschlag später jagte ein ganzes Geschwader der neuen Strahljäger von Messerschmitt an dem Pulk deutscher Kampfflieger vorüber und zischte den feindlichen Schiffen entgegen. Die pfeilförmigen Jäger mit den dicken Turbinen an den Flügeln sollten den Erdkampfflugzeugen den Weg freiräumen. Die Me 262 war zweimal so schnell wie die schnellsten anderen Flugzeuge der Luftwaffe, weshalb kein alliierter Jäger ihr das Wasser reichen konnte. Leider war dieses eine Geschwader, knapp 70 Flugzeuge, alles, was das Reich derzeit an Strahljägern aufzubieten hatte. Und die Jäger der Alliierten waren sehr zahlreich am Himmel.

Schon jagten die Messerschmitt in eine Formation britischer Spitfire-Jäger hinein. Blitze schossen über den mit grauen Wolken behangenen Himmel, Flammen stoben auf. Sekunden später stürzten Rauch und Feuer spuckende Spitfires ins Meer. Das Unternehmen *Germanenhimmel* hatte begonnen.

Ein höllischer Luftkampf entbrannte, doch Voss konzentrierte sich ganz auf die feindlichen Schiffe.

»Pelikan voraus«, rief er in sein Mikrofon. »Rot 9, mit deiner Kette mir folgen. Rot 5, ihr bleibt oben und achtet auf Indianer.«

»Viktor«, schallte es zur Bestätigung mehrfach aus den Lautsprechern. Voss steuerte seine Maschine nach rechts, brach aus der Formation der Gruppe aus. Seine beiden »Kettenhunde« folgten ihm. Auch Rot 9 schwenkte zusammen mit den beiden Flügelmännern nach rechts aus.

Von überall brausten feindliche Spitfires und Mustang-Jäger heran. Sie stürzten sich aus den Wolken, zischten in die Pulks deutscher Kampfflugzeuge hinein und feuerten aus allen Rohren.

»Indianer! Indianer!«, gingen die Funksprüche wild durch den Äther.

Der Stahlvogel von Rot 5 bahnte sich seinen Weg durch die feindlichen Jäger. Der zweite Mann im Cockpit klemmte bereits hinter dem MG, ließ glühende Garben durch die Luft surren. Funken sprangen über die Stahlhäute der feindlichen Maschinen. Rot 6 zog plötzlich eine leichte, graue Fahne aus Rauch hinter sich her. Der Pilot drehte ab, während sein Kopilot wie toll mit dem Heck-MG in alle Richtungen ballerte. Mehrere Spitfires warfen sich von oben auf die Fi S2 herab. Glühende Salven durchschnitten das deutsche Flugzeug. Es fing Feuer, bekam mit einem Mal einen starken Drall und verlor rasch an Höhe. Sekunden später klatschte der Flieger ins Meer.

Über der Ostküste der Cotentin, über den Köpfen tausender alliierter Soldaten, war eine gewaltige Luftschlacht entbrannt. Erst blickten die GIs und Briten verdutzt in den Himmel. Zu Fackeln gewordene Jagdmaschinen regneten zu Boden, Raketen und Leuchtspurprojektile wirbelten durch die Luft. Heulend und brummend und fauchend beharkten sich die Kampfflugzeuge verschiedener Bauarten, zogen enge Kreise umeinander und vollführten wahnwitzige Manöver.

Als die Stukas dann über ihre Tragflächen abkippten, als sie aufheulten wie der metallgewordene Satan und der Küste entgegenstürzten, da rannten die Alliierten am Boden nur noch. Bomben fielen auf Landungsboote, auf Panzer und Fahrzeuge. Splitter hagelten über den Strand. Körper fielen in sich zusammen. Von allen Seiten beschossen und bombardierten deutsche Maschinen die Bodentruppen des Feindes. Die Soldaten am Strand und in den Dünen wimmelten durcheinander wie wild gewordenes Vieh. Doch ebenso preschten auch von allen Seiten die Spitfires, die Mustangs, die Warhawks und die Hurricanes heran. Sie schossen gnadenlos Dutzende Flugzeuge aus den Formationen sich hinabstürzender deutscher Tiefflieger heraus. Neben Bomben, Raketen und Projektilen klatschten in kürzester Zeit ebenso die brennenden Wracks der Sturzkampfbomber in den französischen Sand. Deutsche Jäger befanden sich gegenüber ihren alliierten Pendants im Verhältnis eins zu zehn in der Unterzahl. Dennoch scheuten sie nicht die Konfrontation. Die blitzschnellen Me 262 flitzten in die feindlichen Pulks hinein, zündeten die Jäger der Alliierten an. Ein deutscher Pilot hatte die Geschwindigkeit unterschätzt. Als die Spitfire direkt vor ihm war, riss er noch am Knüppel, doch es war zu spät. Die beiden Jäger rauschten ineinander, zerbarsten, als bestünden sie nur aus Glas. Mannsgroße Teile und abgerissene Tragflächen plumpsten zu Boden, erschlugen einige Briten.

Die Piloten beider Seiten bliesen sich gegenseitig vom Himmel. Es war ein Spektakel sondergleichen. Die Wolkendecke blitzte und funkelte, zuckte und flackerte. Flammenbälle tanzten über das Firmament. Unten am Boden löschten Bomben und Kugeln der Maschinenkanonen im Sekundentakt Leben aus. Die Amerikaner, Kanadier, Briten, Franzosen, Polen und Soldaten anderer Nationen, die an den Stränden und in den Dünen keinerlei Chance auf Gegenwehr hatten, rannten um ihr nacktes Leben. Um sie herum ging die Welt unter. Niemand dort unten ahnte, dass die Deutschen noch eine weit bösere Überraschung für sie parat hatten. Neben dem von allen Seiten gegen den Landekopf drückenden Ansturm deutscher Verbände, neben Artilleriebeschuss, neben den infernalischen Höllenhunden und nun dem tödlichen Feuerhagel aus den Rohren der Erdkampfflugzeuge, röhrte langsam und gemächlich eine weitere, grausame Gefahr heran. Bomber! Über 200 schlanke, zweimotorige Heinkel He 177 mit der markanten Glaskanzel im ballrunden Bug schwebten brummend auf den von den Alliierten gehaltenen Strandabschnitt zu. Begleitet wurden sie von einer Handvoll notdürftig umgerüsteter Focke-Wulf Fw 200 sowie Ju 52. In ihrer Wut und ihrem Drang nach Vergeltung hatten die Deutschen jedes Flugzeug, das zur Verfügung stand, bis zum Anschlag mit Bomben gefüllt und gegen den schmalen Oststrand der Halbinsel Cotentin in den Einsatz geschickt. Sofort formierten sich die Jäger der Amerikaner und Briten zum Angriff. Es war für sie eine ungewohnte Rolle, in feindliche Bomberverbände hineinzustoßen und die fliegenden Wale in Nahkämpfe zu verwickeln. Normalerweise hielten sie deutsche Jäger von derlei Vorhaben ab. Auch wenn eine *Tante Ju* schon unter dem ersten Beschuss, der auf den deutschen Bomberpulk einprasselte, platzte, weil eine Bombe in ihrem Bauch getroffen wurde, auch wenn eine der Focke-Wulf-Maschinen beide Motoren der rechten Tragfläche verlor und trudelnd in die Tiefe ging, die Alliierten vermochten nicht zu verhindern, dass sich just in diesem Moment hunderte Bombenschächte öffneten. Dicke Aale mit Leitwerken am Schwanz trudelten der Erde entgegen. Binnen Augenblicken verwandelte sich der Strand in eine Wand aus Feuer. Landungsboote und Lkw wurden umhergeschleudert wie Spielzeug. Die Invasionstruppen erlitten grausame Verluste, doch auch die Deutschen zahlten einen hohen Blutzoll. Schon wackelten weitere Heinkel-Bomber unter feindlichem Beschuss. Piloten sprangen aus stürzenden Maschinen. Flammen schlugen ihnen hinterher.

Während der Himmel brannte, während sich die Strände in ein tödliches Inferno verwandelten, warf sich die Staffel von Oberleutnant Voss der feindliche Flotte entgegen. Ehrfürchtig starrte er auf die Millionen Tonnen Wasserverdrängung, die die Alliierten in den Kanal gebracht hatten. Hier lagen mehr Kriegsschiffe vor der Küste Frankreichs als die Luftwaffe Flugzeuge am Himmel hatte!

»Angriff nach eigenem Ermessen. Passt auf unsere Bienen auf!« Lauter »Viktors« schlugen Voss aus den Lautsprechern entgegen. Seine Maschinen stoben auseinander. Die »Bienen« der Staffel waren ihr Jagdschutz; einige Bf 109, die bereits jetzt Angriffe feindlicher Jäger von allen Seiten abwehrten.

Voss hielt direkt auf ein etwa 150 Meter langes, zum Militärdienst umgerüstetes Linienschiff der Amerikaner zu. Der Rumpf des Kahns war in verschiedenen Schwarz- und Grautönen lackiert, die zusammen ein großflächiges Tarnmuster ergaben. Es handelte sich bei dem Schiff um die *USS Ancon*. Die Piloten hatten die Weisung erhalten, sich auf die Transporter des Feindes zu konzentrieren, denn sie könnten sowieso nicht genügend Schlachtschiffe der Alliierten versenken, um ein Kräftegleichgewicht zur deutschen Kriegsmarine herzustellen. Also lautete das Credo, sich lieber gleich die Transporter vorzuknöpfen. Dieses Vorgehen barg die Chance, möglichst viele an Bord befindliche Invasionstruppen zu vernichten.

Allerorts stürzten sich die Fi S2-Vögel und andere Kampfflieger in die Tiefe, jagten todesmutig den Schiffen entgegen. Bomben und Torpedos lösten sich unter den Flugzeugrümpfen, ehe die Piloten beidrehten. Nun kam auch Leben in die bis dato still daliegende Flotte. Die gewaltigen Schiffsmotoren erwachten aus ihrem Schlaf. Ganz langsam begannen sich die riesigen Kähne zu drehen oder nahmen Fahrt auf, um irgendwie den Angriffen zu entgehen.

Voss war in einen steilen Sinkflug gegangen. Die Kanoniere auf der *USS Ancon* verloren die Nerven. Überall auf dem Deck gingen die Flugabwehrkanonen los. 20-Millimeter-Geschosse rasten Voss entgegen. Die Kanoniere hielten ordentlich vor, bauten somit direkt vor Voss einen Kugelteppich auf – und Voss musste da durch! Er zog die Maschine gerade, als er nur noch wenige zehn Meter über der Wasseroberfläche flog. Im geraden Anflug hielt er auf den Transporter zu. Funken sprühten über sein Flugzeug. Die Tragflächen wurden löchrig. Die Seitenscheibe der Kanzel klirrte und zeigte einen langen Riss. Voss näherte sich der *Ancon* mit wahnwitziger Geschwindigkeit. Alles um ihn herum verschwamm zu einem blaugrauen Dunst, einzig das größer und größer werdende Schiff beherrschte sein Sichtfeld, während rostrote Feuerblitze über das Deck sprangen. Glühender Stahl schoss ihm entgegen. Per Knopfdruck entfesselte Voss den Lufttorpedo, der unter seiner Maschine angebracht war. Der lange, schlanke Aal, halb so lang wie das Flugzeug selbst, klatschte ins Wasser. Sofort schaltete sich der Antrieb ein. Der Torpedo pflügte durch die See, schwamm unaufhaltsam der *USS Ancon* entgegen. Voss schaute über die Schulter, sah den Hinterkopf seines zweiten Mannes, dann sah er durch das Glas nach draußen. Dort unten im Wasser zog der Torpedo, den sie längst überholt hatten, eine lange Bahn. Voss hatte hervorragend gezielt: Der Aal befand sich auf Kollisionskurs. Die japanischen Lufttorpedos waren deutlich effektiver als die deutschen, konnten zudem bei höheren Geschwindigkeiten abgeworfen werden.

Auf einmal ging ein Ruck durch Voss' Flugzeug, als sich ein weiteres Projektil in den Rumpf bohrte. Voss richtete den Blick nach vorne, seine Finger umklammerten den Steuerknüppel mit aller Macht. Ein heftiges Vibrieren zog durch seine Fi S2. Der Flieger begann zu bocken und zu trudeln. Voss raste genau in ein Netz aus Kugeln hinein. Er zog hoch, seine Maschine ruckte vor. Projektile prasselten auf die Tragflächen ein, donnerten gegen den Rumpf, gruben sich tief in den Stahl hinein. Sie verletzten die empfindliche

Mechanik des Motors, dass das Triebwerk zu husten begann, ehe es dicken Qualm spuckte. Die Instrumente drehten durch. Der Motor erstarb. Die Maschine kippte leicht nach vorne, ehe sie an Höhe zu verlieren begann. Voss sah das Deck der *Ancon* vor sich. Der zweite Mann in seinem Rücken schrie auf, als ihm die Geschosse der Flak durch die Beine und durch den Unterkörper schnitten. Voss merkte erst gar nicht, dass auch er getroffen war. Erst, als er das Blut auf seiner Lederjacke erblickte, wusste er, was die Stunde geschlagen hatte. Voss schaute über den Propeller seiner Maschine hinaus auf das scheinbar heranrasende Schiff der Amerikaner. Einen Wimpernschlag später zerschellte er darauf.

Saint-Marcouf, Frankreich, 20.06.1944

Die Szenerie war gespenstisch. Dutzende zerschlagene Landungsboote säumten die Wasserkante. Bombentrichter und riesige Krater durchsetzten den Strand und die Dünen. Die stählernen Gerippe zerstörter amerikanischer Lastwagen, zerschossener Panzer und abgeschmierter Flugzeuge bestimmten das Bild. Mancherorts waren die weißen Dünen von den Flammen des Krieges schwarz versengt. Verkohltes Buschwerk bewegte sich schaurig im Wind. In Küstennähe ragten Brücke und Schornsteine des 100 Yards langen Zerstörers *USS McCook* aus dem Wasser. Seit drei Tagen griffen die Krauts ununterbrochen mit ihrer Luftwaffe an, als wollten sie jedes einzelne Landungsboot zerlegen, das es wagte, Frankreich zu verlassen. In selbstmörderischen Kommandounternehmen waren die deutschen Piloten wieder und wieder zum Angriff übergegangen, hatten sich unbarmherzig in das Getümmel der alliierten Abfangjäger hineingeworfen. Trotz immenser Verluste setzten die Deutschen jedes verfügbare Flugzeug gegen die Absetzbewegungen der Invasionstruppen in Marsch. Welle um Welle brausten die feindlichen Maschinen heran, manche von ihnen schneller als der Blitz, so schnell, dass kein alliierter Flieger mit ihnen mitzuhalten vermochte. Welle um Welle dünnten die britischen und amerikanischen Kampfpiloten die Reihen der Deutschen aus. Welle um Welle wehrten sie die Angreifer ab. Doch die Krauts wurden nicht müde, es weiter zu versuchen. Sie kamen und kamen. Mit jedem Einsatz stürzten mehr von ihnen brennend in den Kanal oder klatschten auf den Boden der Cotentin auf, doch die Überlebenden flogen zu ihren Stützpunkten zurück, tankten und munitionierten auf, und tauchten wieder ein in den Dauerluftkampf über Utah Beach. Man sagte, der deutsche Kanzler ziehe alle verfügbaren Luftkräfte von allen Orten Europas – mit Ausnahme der Ostfront und Italien – ab und werfe sie in die Schlacht über Nordfrankreich. Und so kamen mit jeder Welle neue Maschinen. Tag und Nacht dröhnten ihre Motoren über den Schiffen der Alliierten. Sie schossen auf fliehende Landungsboote und Transporter, griffen die Flotte an und auch die in der Sicherung liegenden Invasionstruppen. Offenbar waren die Deutschen tatsächlich erbost darüber, dass es jemand gewagt hatte, *ihr* Frankreich zu betreten. Und sie hatten Erfolg, wenn dieser Erfolg auch mit dem Verlust der halben deutschen Luftwaffe erkauft wurde. Die Deutschen versenkten Schiffe, sie zerstörten Landungsboote, sie dünnten die ausgemergelten Sicherungskräfte an der Küste empfindlich aus. Mit jedem untergegangenen Schiff wurden unzählige Soldaten mit in den Tod gerissen, die an Bord gegangen waren und sich bereits in Sicherheit gewähnt hatten. Auch die *USS McCook* hatte neben ihren 275 Mann Besatzung 400 Soldaten der 29th US-Infantry Division geladen, als sie ins Visier deutscher Torpedobomber geraten war. Der Kapitän des Schiffs verlor im Beschuss die Nerven, steuerte urplötzlich die Küste an, wo der Zerstörer mehrere Bombentreffer erhielt und sank.

Anfänglich war die deutsche Luftwaffe mit über 800 Flugzeugen gegen den alliierten Landekopf angetreten. Nun, nach tagelangen Kämpfen, hatten die Deutschen noch etwas weniger als 300 Maschinen im Einsatz, doch diese hörten nicht auf, den Strand anzugreifen. Seit Tagen schon war an ein Verschiffen von Truppen kaum mehr zu denken. Die Krauts verloren am Utah Beach vielleicht einen Großteil ihrer Luftwaffenkräfte von Nordeuropa, die Alliierten aber verloren zehntausende von Soldaten im Bombenhagel, im Splittergewitter, im Sturm zerberstender Schiffskörper. Die anfänglich beinahe reibungslose Verschiffung der Invasionstruppen geriet zum Gemetzel.

Auf dem Land verloren die Alliierten derweil weiter an Boden. Die völlig erschöpften Sicherungskräfte vermochten dem Druck der Jerrys nicht mehr standzuhalten. Seitdem der Landekopf auf einen Durchmesser von wenigen Kilometern zusammengeschrumpft war, blieben die fliegenden Bomben des Feindes aus. Dafür feuerten die Krauts nun ununterbrochen mit ihren Geschützen in das winzige Gebiet hinein, das die Alliierten noch behaupteten. Die Reste der Invasionstruppen standen kurz vor dem Zusammenbruch. Schwer verwundete Männer hockten in den Stellungen. Munition war knapp, Verpflegung gab es keine mehr. Nicht mehr lange, und deutsche Panzer würden auf die Landungsboote feuern.

Mit Wut und Hass auf die unmenschlichen Germans im Bauch verteidigten die letzten Einheiten tapfer weiter ein paar Kilometer Dünenlandschaft. Die

Alliierten hatten fast nur noch Verwundete zu verschiffen, doch selbst das schienen die Deutschen nicht zu erlauben. Sie würden wohl erst Ruhe geben, wenn der letzte alliierte Soldat getötet und in den Sand gehämmert worden war. Fast 20.000 Alliierte, vornehmlich US-Amerikaner, befanden sich noch auf französischem Boden. Sie standen mit dem Rücken zum Meer.

Eine neuerliche Schlechtwetterfront zeichnete sich ab. Dicke, grauschwarze Wolken waberten über den Himmel. Ungeachtet der Wetterverhältnisse tobte der Kampf weiter. Glühende Leuchtspurgeschosse flitzten über das Firmament. Flugzeuge verzahnten sich ineinander, lieferten sich Nahkämpfe. Rauchende Maschinen fielen wie Steine vom Himmel. Am Boden wurden sie zu gigantischen Feuerbällen. Auch über der sich auf dem Kanal auffächernden Flotte tobte der Kampf. Getroffene Schiffe warfen dicke Rauchschwaden. Flugabwehrkanonen schossen in den Himmel. Ein Feuerwerk aus langen Fäden und Knäueln rostroter Flammen blitzte über den grauen, wolkenverhangenen Himmeldom.

Und immer wieder tauchten diese seltsamen, schnellen Flieger der Deutschen auf, die den Erdkampfmaschinen sehr erfolgreich Jagdschutz gaben. Zum Glück schienen die Germans nur wenige dieser Düsenjäger zu besitzen.

Die Dünen um Tom Roebuck und Tony Saviano herum wurden in die Höhe geworfen. Die Krauts waren auf dem Vormarsch. Feldgraue Uniformen hüpften zwischen den Bodenwellen umher. Der feindliche Vorstoß wurde durch drei Panzer unterstützt, die die Deutschen als Sturmgeschütze bezeichneten. Beständig feuerten die Dinger mit Sprenggranaten zwischen die Stellungen der Marines und hielten die GIs dadurch erfolgreich nieder.

Von der Company L waren noch zwölf Mann einsatzbereit, das Bataillon umfasste keine hundert Soldaten mehr. Bis zu diesem Tag war es nicht gelungen, das 1st Marine Raider Regiment zu verschiffen. Es war in den letzten Tagen überhaupt nicht mehr gelungen, irgendetwas zu verschiffen. Mit einem Starrsinn, der an Wahn heranreichte, warfen sich die Piloten der deutschen Luftwaffe ununterbrochen zwischen die Flotte und die Küste. Roebuck hasste die Krauts für diesen Fanatismus.

»Können die fuckin' Germans nicht einfach mal hinnehmen, dass die USA nun mal das Sagen auf der Welt haben?«, brüllte er, rasend vor Wut, während er mit seiner Thompson einen ungezielten Feuerstoß in Richtung der grauen Gestalten abgab, die mit jedem Sprung näher an die Marines heranrückten. Eine Explosion zerfetzte die Düne, an die sich die Stellung von Roebuck und Pizza anlehnte. Sand, Sträucher und Dreck regneten auf die beiden Amerikaner hernieder, die schützend die Hände über den Helm hoben.

»Sind halt Deutsche!«, schrie Pizza, auf den dicke Erdbrocken herniederprasselten. »Guck in die Geschichte! Scheinbar brauchen die ständig auf die Fresse! Wahrscheinlich würden die verdammten Germans gar nicht mehr klarkommen, wenn plötzlich Frieden wäre!«

Roebuck schoss sein Magazin leer, im Vorfeld taumelte ein deutscher Soldat. Ein MG 42 bellte. Einschläge spritzten knapp vor Roebuck über den Sand. Feine Partikel sprangen ihm ins Auge.

Er ließ sich in seine Stellung hinabgleiten, riss das Stangenmagazin aus der Waffe.

»Mein letztes!«, schnaufte er und lud seine Waffe nach. Das MG hatte er am Vortag verloren. Roebuck streckte seinen Oberkörper aus dem Loch und schoss.

»Mann sollte diese Dreckssäcke ausrotten!«, wütete er. Schon musste er sich wieder in sein Loch zurückfallen lassen. Deutscher Beschuss prasselte in allen Kalibern auf die Linie des Bataillons ein. »Sonst müssen wir noch zwei Weltkriege führen, weil die Engländer und die Frogs zu blöd sind, vor ihrer eigenen Haustüre zu kehren!«

Im Vorfeld ballerten wieder die Sturmgeschütze. Eine deutsche Vierlingsflak stimmte in das Konzert des Todes ein. Fontänen aller Größen schossen aus dem Boden. Marines wurden getroffen, schrien auf. Einem Mann rissen die Flakgeschosse den Arm ab. Das ganze Stellungssystem der Company L wurde umgepflügt, die Marine Raiders wie Insekten am Boden ihrer *Foxholes* festgenagelt. Es sah aus, als würden die Dünen zu brodelndem Wasser werden, so sehr schüttelte sich der Sand.

»Die Arschlöcher ficken uns von hinten!«, brüllte der Gunny, als er seinen blutigen Kopf aus einem der Löcher streckte. »Willis, Teller! Deckungsfeuer! Wir setzen uns ab!« Einer der Angesprochenen, ein glatzköpfiger Mann mit nichtssagendem Gesichtsausdruck, nickte zustimmend. Doch zum Deckungsfeuer kam es nicht mehr. Ein bedrohliches Fauchen erfüllte die Luft, dann stürzten aus allen Richtungen die Geschosse der deutschen Raketenartillerie, der Nebelwerfer, heran. Unzählige der langen Raketen schlugen beim 4th Battalion ein. Brennende Splitter schnitten durch die Luft, drangen in Gewebe und Organe ein, entstellten und töteten Menschen. Aus den einschlagenden Geschossen fetzten nicht nur Fragmente in alle Richtungen fort, sondern es bildete sich rasch auch eine dichte Nebelwand.

Sekunden vergingen; Roebuck sah kaum noch die Hand vor Augen, während Pizza, nur einen Meter von ihm entfernt, gänzlich in der weißen Suppe verschwunden war. Der aggressive, künstliche Rauch drang Roebuck in Mund und Nase, zog in seine Lunge. Er musste heftig husten. Irgendwo plärrte der

Gunny Befehle. Deutsche Stimmen ertönten, dann brachen die Krauts, die sich Gasmasken über das Gesicht gezogen hatten, aus der Nebelwand. Die Deutschen sahen aus wie Monster. Pizza hastete aus dem Loch und rannte weg. Er stieß mit einem Kraut zusammen. Beide ließen vor Schreck die Waffe fallen und benutzten nun die Hände. Augenblicklich verkrallten sie sich ineinander, warfen sich zu Boden, rangen um Leben und Tod. Weitere Deutsche kamen heran, zerrten den tapfer kämpfenden Saviano von seinem Gegner, schleuderten ihn in den Sand. Stiefel sausten dem Amerikaner gegen den Leib und gegen den Kopf. Er konnte sich bloß noch zusammenkrümmen wie ein Säugling, die Hände schützend vors Gesicht halten und hoffen, dass die Deutschen ihn am Leben lassen würden.

Roebuck brachte seine Waffe in Anschlag, drückte den Abzug durch. Der Sand ringsum färbte sich rot. Roebuck sprang aus seiner Stellung, stürmte los. Er musste Pizza helfen! Er riss die Waffe wieder hoch. Krauts überall! Sie kamen aus dem Nebel! Von allen Seiten! Männer rollten im Nahkampf über den Boden. Eine Explosion in Roebucks Rücken holte ihn von den Beinen. Er schmeckte Blut. Er schmeckte Sand. Als er seine Augen öffnete, lag er rücklings in einer Mulde und blickte in die Fratze einer deutschen Gasmaske und in den kalten Lauf eines deutschen Maschinenkarabiners.

Südlich von Carentan, Frankreich, 21.06.1944

Der leuchtende Mond stand über der Normandie, der 21. Juni näherte sich seinem Ende. Die Invasion war abgeschlagen. Mehrere zehntausend Körper toter Amerikaner, Briten, Franzosen, Polen, Luxemburger, Belgier, Niederländer, Kanadier, Südafrikaner, Neuseeländer, Australier, Tschechen, Griechen und Norweger lagen an der Küste. Noch mehr Überlebende waren in deutsche Kriegsgefangenschaft geraten. Für sie würde nun ein Leben der Arbeit in den Diensten des Deutschen Reichs beginnen.

Die Soldaten der III. Abteilung des Panzer-Regiments 2 waren bei einigen Bauernhäusern untergekommen, wo ein zuvorkommender Franzose ihnen einen warmen Schlafplatz in einer großen mit Stroh ausgelegten Scheune angeboten hatte.

Engelmann hegte die Hoffnung, der zweite Sieg über die Westmächte auf französischem Boden würde zu einem Umdenken bei den Franzosen führen. Die Untergrundbewegung Résistance war den Besatzungstruppen ein schmerzlicher Stachel im Fleisch. Die Landung in der Normandie hatte letztlich bewiesen, dass organisierte und aufeinander abgestimmte Attacken aus dem Untergrund einen hohen militärischen Stellenwert innehaben konnten. Eine mit der Wehrmacht kooperierende Bevölkerung wäre imstande, der so schädlichen und gefährlichen Untergrundbewegung jeden Nährboden zu entziehen.

Engelmann hatte sich von seinen Männern abgesetzt, die den Sieg mit Wein begossen und dabei Landserlieder trällerten. Er sehnte sich einmal mehr nach ein bisschen Privatsphäre, doch er ertrug auch die ausgelassene Stimmung seiner Kameraden nicht. In Engelmanns Brust tobte ein zermürbender Kampf um moralische Werte.

Hatte er nicht immer gedacht, integer genug zu sein, um einen Krieg zu überstehen, ohne seine Seele zu verlieren? Hatte er sich gar selbst zum Verbrecher gegen die Menschlichkeit gemacht? War er schlicht zu weich für diese harten Zeiten? Waren christliche Werte und der Glaube an eine gute Macht fehl am Platze in Zeiten, in denen sich die Menschen gegenseitig an die Gurgel gingen?

Schmerzlich blieb Engelmann seine erste Konversation mit Kranz in Erinnerung. Nun war Kranz tot. So viele waren tot. Engelmann seufzte. Er wollte die Minuten der Einsamkeit nutzen, um einige Fürbitten zu sprechen.

Die Nacht war still, in der Ferne kläffte ein Hund. Eine kühle Brise wehte Engelmann um die Ohren. Das lichte Birkenwäldchen, in dem er sich befand, bot keinen Schutz vor dem Wind. Engelmann rang im Geiste um Worte, die er an den Herrgott richten konnte. Verzweifelt überlegte er sich eine Formulierung, einen Anfang ... Engelmann konnte nicht. Er konnte nicht beten. Er fühlte sich so falsch und verlogen als Christ. Nicht einmal um Schutz für seine Familie konnte er bitten. Er seufzte, machte auf dem Absatz kehrt und marschierte zurück zu den Gehöften, in denen seine Einheit untergebracht war. Auf halbem Wege traf er Nitz, der einsam an einem Zaunpfahl lehnte und sich allein eine Flasche Schnaps reinzog.

»Oberfeldwebel?«, sprach er seinen alten Kameraden mit gedrückter Stimme an.

»Oh, Herr Leutnant?« Nitz hob die Hand, die die Flasche hielt, zum Gruß. Seine Bewegungen wirkten ungelenk und seine Stimme leierte ein wenig.

»Ist was passiert?«

»Nö, nö.« Nitz winkte heftig ab. »Ich sitze hier und trinke so lange, bis meine scheiß Schmerzen verschwunden sind.«

»Ich habe Ihnen gesagt, Sie hätten im Lazarett bleiben sollen.«

»Ach, das ist das Alter. Da können die blauen Flitzpiepen auch nichts dran ändern. Wollen Sie einen Schluck?« Nitz hielt Engelmann die Flasche unter die Nase.

»Ich? Nein, ich ... ach, warum nicht.« Der Leutnant nahm einen kräftigen Schluck und ließ sich neben Nitz zu Boden sinken. Er gab dem Oberfeldwebel die Falsche zurück, der sogleich wieder an ihr nuckelte.

»Was halten Sie von der russischen Offensive?«, fragte Engelmann nach einiger Zeit. Das war so ein Thema, das ihn wurmte. Die Wehrmacht hatte sich in den Bereichen der Heeresgruppen Süd und Mitte hinter den Dnjepr zurückziehen müssen beziehungsweise versuchte in einem Wettlauf mit ihren Verfolgern, die Flussübergänge rechtzeitig zu erreichen. Orel, Kursk, Charkow ... alles wieder in sowjetischer Hand. So viele Männer waren elendig krepiert, um diese Städte zu erobern – und nun?

»Was ich davon halte?«, prustete Nitz in seinem Leipziger Dialekt. »Mist! Mist ist das! Mal ehrlich, Leutnant, wir kennen die Ostfront. Der Russe ist über kurz oder lang nicht aufzuhalten.«

»Warum kämpfen wir dann überhaupt noch weiter?«

Nitz schüttelte sich. »Weil es befohlen ist.«

Das darauffolgende Schweigen hielt nur kurz, denn Nitz sprach bald ein anderes Thema an, nachdem er Engelmann noch einmal zu einem Schluck aus der Flasche genötigt hatte.

»Sie haben sich verändert, Herr Leutnant. Ist den Jungs auch schon aufgefallen.«

»Verändert dieser Krieg uns nicht alle?«

Nitz lachte schallend auf. »Uns alle? Nein! Mich nicht! Der Große Krieg hat meinen Geist und meine Seele bereits zerstört, da ist für diesen hier nicht mehr viel übriggeblieben.«

»Warum nennt man den letzten Krieg eigentlich den *Großen*?« Engelmann entriss Nitz die Flasche und setzte an. »Ist dieser hier nicht der größere Krieg?«

»Mag sein. Mögen andere bewerten.«

»Wissen Sie, Oberfeld, nach meinem Studium habe ich mich freiwillig gemeldet, als es um das Sudetenland ging und Hitler sich auch anschickte, die schmerzliche Polenfrage zu lösen. Ich wollte natürlich Lehrer werden, irgendwann, aber zuvor kam es mir als meine Pflicht vor, meinem Vaterland zu dienen. Ich hatte die Heimat beschützen wollen, meine Familie – ich war damals noch nicht verheiratet, wissen Sie? Alles hatte sich so edel angefühlt ... aber die Realität holt einen ein, schätze ich.«

Nitz lachte erneut auf. »Was reden Sie da?«, machte er sich über Engelmann lustig. »Sie haben doch noch gar nichts erlebt. Wir sitzen die ganze Zeit in einer Büchse wie die Heringe und bekommen vom grausigen Sterben um uns herum nichts mit. Im Großen Krieg, da habe ich das Grauen erlebt. Dieser Krieg hier ist ein Spaziergang dagegen.« Nitz breitete die Arme aus.

Die Worte des Oberfeldwebels trafen Engelmann dort, wo es weh tat.

»Aber man sieht manche Dinge«, murmelte der Leutnant mit einem Mal, »schreckliche Dinge, die einen so tief erschüttern, wie man es nie für möglich gehalten hätte.«

»Sie reden von der Sache mit dem Franzosen?«

»Sie wissen davon?«

»Machen Sie Witze? Die ganze verdammte Kompanie weiß davon.«

»Und Ihnen gehen solche Dinge nicht nahe?«

Nitz wischte sich über das mit Stoppeln besetzte Kinn. »Es herrscht Krieg, Herr Leutnant. Da geschehen schreckliche Dinge. Und diese Marquis-Kämpfer sind ganz üble Burschen. Wir sollten einfach froh sein, dass unsere Jungs befreit werden konnten. Wer weiß, was die Partisanen den Kameraden von der Infanterie angetan hätten.«

Pointe du Hoc, Frankreich, 23.06.1944

Leutnant Beppo Klauser vom Propagandazug der Propagandakompanie 649, ein dürres Männlein mit filigranen Gliedern, wirkte in seiner Uniform, als wäre sie zwei Nummern zu groß. Dennoch hielt er seinen Vortrag vor den angetretenen Soldaten mit feuriger Leidenschaft. Die Worte sprudelten quasi aus ihm heraus, untermalt mit wechselnden Bildern, die ein Unterfeldwebel per Knopfdruck auf eine vor den angetretenen Männern aufgestellte Leinwand warf. Sämtliche Verteidiger der Pointe du Hoc mit Ausnahme einiger Alarmposten waren bei der Vorführung anwesend. Die Männer der Propagandakompanie waren, seitdem sich die Ereignisse an der Ostfront überschlugen, im gesamten Einzugsbereich der Armee im Dauereinsatz.

Es dämmerte längst, die Sonne schickte sich an, hinter dem Horizont zu verschwinden. Im flackernden Zwielicht des Projektors hatte der Leutnant beinahe etwas Bedrohliches an sich. Was er aber den Soldaten berichtete, war alles andere als bedrohlich. Die Männer hörten dem Offizier aufmerksam zu und die Begeisterung stieg mit jeder Silbe Klausers. Die Zuschauer des

Spektakels hatten sich interessiert vorgebeugt, sie tuschelten untereinander. War das, was der Leutnant da erzählte, der Anfang vom Ende des Krieges? Hatte das Deutsche Reich tatsächlich den politischen Coup des Jahrhunderts gelandet? Eine Anspannung, die man fast hätte greifen können, lag über den anwesenden Landsern.

Berning blinzelte ununterbrochen. Das grelle Licht, das die Leinwand gegen die Soldaten reflektierte, stach im Zwielicht der Dämmerung unangenehm in seinen Augen. Dennoch wagte er es nicht, sich zu rühren. Pappendorf, der abseits des Zuges stand, wachte mit Argusaugen über seine Männer. Während die Kameraden der anderen Einheiten mehr oder weniger herumlümmelten, stand der 2. Zug der 1. Aufklärungs-Schwadron wie eine Eins. Berning schmerzten die Füße, was seine Konzentration zu beeinträchtigen begann, dabei mochte er die Propagandaveranstaltungen der Truppe grundsätzlich. Die Offiziere der Propagandaeinheiten verstanden ihr Handwerk; jedes Mal nach solch einer Veranstaltung fühlte Berning sich deutlich besser, war gemeinhin zuversichtlicher.

Dieses Mal aber perlten die euphorischen Worte Klausers an Berning ab wie Regentropfen an einer Glasscheibe. Böse Gedanken umnachteten den Unteroffizier, denn dieser Abend würde sein letzter in Frankreich sein – jenem Frankreich, das nach der abgeschlagenen Invasion wieder zu einem Paradies für die Soldaten geworden war. Da war es auch ganz egal, wie sehr Pappendorf den Zug geschunden hatte. Am kommenden Morgen würden die Männer der Abteilung in den Zug steigen und den Weg in Richtung Ostfront antreten, wo derzeit der Teufel los war.

Berning wollte nicht zurück nach Russland.

»Vor zwei Tagen«, sagte Klauser nun, »am 21. Juni, ist die Kaiserlich Japanische Armee gemeinsam mit chinesischen und mandschurischen Kräften in den Kampf gegen die Bolschewiken eingetreten.«

Der Projektor warf eine Karte Ostasiens an die Wand. Deutlich war der japanische Marionettenstaat Mandschukuo zu erkennen, dessen Südgrenze an den von Japan besetzten Teil Chinas heranreichte. Mandschukuo teilte sich im Westen eine Grenze mit der Mongolei und berührte im Norden das Territorium der Sowjetunion.

»58 Divisionen und divisionsähnliche Verbände beteiligen sich an der Attacke der Japaner, die sich in zwei Angriffsflügeln gegen das Gebiet Russlands als auch gegen die Mongolei richtet. Ein starker Stoß im Norden gegen die russischen Linien entlang der Grenze zwischen Mandschukuo und der Sowjetunion«, sagte Klauser und wies mit einem Zeigestock auf die angesprochenen Gebiete, »soll die Masse der russischen Kräfte binden, während sich der Südflügel der Offensive direkt gegen die Mongolei richtet.«

Ein Landser pfiff durch die Zähne, andere murmelten aufgeregt. Berning aber interessierten die Details einer japanischen Offensive nicht sonderlich – und so ging es wahrlich vielen hier. Interessant waren einzig die Auswirkungen auf die eigene Ostfront. Immerhin stand Deutschland nun nicht mehr vollkommen allein gegen die Rote Armee da, denn Verbündete wie Italien oder Finnland zählten in den Köpfen der meisten deutschen Soldaten sowieso nicht. Viele Landser hatten tatsächlich das Gefühl, der Krieg im Osten sei ein rein deutscher Kampf. Das japanische Kaiserreich allerdings war eine echte Hausnummer, auch wenn es durch die Amerikaner mehr und mehr in Bedrängnis geriet.

Klauser ließ das Gesagte einen Augenblick lang wirken. Freude, Erleichterung und Zuversicht breiteten sich schlagartig im Publikum aus. Endlich hatte das Reich einen richtigen Verbündeten im Kampf gegen die gigantische Rote Armee! Niemandem der Anwesenden war dabei bewusst, welch starke innere Kämpfe innerhalb des Japanischen Kaiserreichs dieser Offensive vorausgegangen waren. Die immer schon sehr eigensinnige Kwantung-Armee, die durch den japanisch-sowjetischen Grenzkonflikt 1939 in Tokio in Misskredit gefallen war, war letztlich doch noch einmal deutlich aufgerüstet und aufgebläht worden, um diesen Angriff führen zu dürfen, sehr zum Missfallen anderer Armeen sowie der Marine. Für einen Deutschen waren die Verhältnisse in Japan nur schwer nachvollziehbar – auch, dass militärische Teilstreitkräfte und sogar lokale Kommandos quasi eigenständig agierten. Vor Pearl Harbor war es sogar einmal fast zum Krieg zwischen der japanischen Marine und dem japanischen Heer gekommen, ein für Deutschland undenkbares Szenario.

»Zwei Kriegsziele gehen mit der japanischen Offensive einher«, fuhr Klauser fort. »Erstens: die Einnahme und Besetzung der Mongolei, um eine starke Basis für Angriffe gegen das Zentrum Russlands zu schaffen. Zweitens: Vormarsch nach Sibirien, um Zugang zu den Ressourcen dort zu erhalten, die Japan dringend im Kampf gegen die USA benötigt.«

»Niemals bestehen die gegen die Iwans«, stöhnte ein Oberfeldwebel aus der ersten Reihe. Klauser blinzelte den Störer freundlich an.

»Mag sein«, gab der Leutnant nach einer kurzen Kunstpause zu. »Doch das entscheidende Moment ist, dass der Japaner mit seinem Angriff starke Kräfte des Feindes bindet. Damit gibt er uns die Möglichkeit, mit einer Offensive gegen Moskau die Entscheidung in diesem Konflikt zu erzwingen. Ist

Russland erst einmal geschlagen, verfügt Japan über die nötigen Rohstoffe, um im Kampf gegen die Angloamerikaner zurückschlagen zu können.«

»Bei allem Respekt, was interessieren uns die Japsen?«, fragte selbiger Oberfeldwebel. In anderen Armeen wären Vorträge der Truppenbetreuung sicherlich mit der drakonischen Hand eines unbelehrbaren Lehrmeisters durchgeführt worden. In der deutschen Wehrmacht aber hatte sich eine gewisse Diskussionskultur etabliert, die es sogar erlaubte, Kritik zu äußern. Das war mitnichten eine Schwäche Deutschlands, sondern eine ungeheure Stärke, die die Wehrmacht erst zu dem gemacht hatte, was sie jetzt war. Klauser räusperte sich, dann strich er die Ärmel seiner Uniform glatt.

»Glauben Sie mir, Herr Oberfeldwebel, das Schicksal Japans sollte uns alle etwas angehen. Fällt Japan, wird die zweite Hälfte der alliierten Streitkräfte frei, um in Europa einzugreifen. Eine solche Macht zu bekämpfen, würde unserem Vaterland furchtbare Verluste abfordern. Solange also Japan aushält, lenkt es gewaltige Kräfte auf sich, die sonst gegen uns wirken würden.«

»Lange machen die es doch eh nicht mehr. Mit dieser Offensive laufen die direkt in den Tod.«

»Nein, das kann ich so nicht unterschreiben. Die Japaner verlieren im Pazifik Insel um Insel, das mag sein. Dies aber nur, weil sie ihre Marine und Luftstreitkräfte zurück in die Heimat beordert haben. Die Japaner haben erkannt, dass sie den alliierten Flotten nicht gewachsen sind, darum verschanzen sie sich auf jeder kleinen Insel, die sie bis zum Letzten verteidigen. Schon jetzt haben sie den Amerikanern grausame Verluste beibringen können, denn die Japaner haben sich als außerordentlich wehrhaftes und opferbereites Volk ausgezeichnet. Gleichzeitig machen sie ihre Hauptinseln wehrfähig, ziehen dort starke Kräfte zusammen. Wir gehen derzeit davon aus, dass die Amerikaner im Winter 1945/1946 die japanischen Heimatinseln erreicht haben werden. Doch wollen sie diese stürmen, steht ihnen ein Blutbad bevor. Glauben Sie mir, ich durfte mit einem Verbindungsoffizier sprechen, der bereits vor Ort war. Er war überaus beeindruckt von den Maßnahmen, die die Japaner derzeit treffen.« Klauser lächelte selbstbewusst. »Die Angloamerikaner brauchen schon ein Wunder, um Japan zur Kapitulation zu bewegen.« Der Propagandaoffizier klatschte kräftig in die Hände. »Die Besitznahme der Mongolei aber – um darauf noch einmal zurückzukommen – ist unerlässlich, wollen wir die Bolschewisten niederringen. Nach unserem Präventivschlag im Jahre 1941 verwendete Russland große Anstrengungen darauf, seine gigantische Rüstungsindustrie mit Mann und Maus hinter das Ural-Gebirge zu verlegen, unerreichbar selbst für unsere Luftwaffe. Ungestört kann der Russe dort Panzer und Kanonen produzieren. Die Achsenmächte haben es sich zum

Ziel gesetzt, die Rüstung der Bolschewisten empfindlich zu stören. Ausgangspunkt dafür muss die Mongolei sein. Auch unser im deutsch-japanischen Verbund entwickeltes, stetig steigendes Sortiment an Sonderwaffen wird von der Mongolei aus gegen die gegnerische Rüstung eingesetzt werden. Der Höllenhund ist bereits erfolgreich gegen die Amerikaner hier in der Normandie eingesetzt worden, ebenso der Düsenjäger von Messerschmitt. Die Japaner haben mit dem Höllenhund testweise Chongqing bombardiert, das dieser Tage kurz vor der Kapitulation steht.« Klauser zeigte Chongqing auf der Karte, die provisorische Hauptstadt sämtlicher chinesischer Gegenkräfte, die sich in einer wackeligen Allianz gegen Japan verbündet hatten. In einem überraschenden Raid im ersten Quartal dieses Jahres war Japan weit gen Westen vorgestoßen. Dem Yangtze folgend war die Kaiserlich Japanische Armee bis in die Provinz Sichuan vorgerückt, wo sie Chongqing eingekesselt hatte und seitdem belagerte. Gleichzeitig war es gelungen, die Regionen Hunan, Jiangxi und Fujian zu erobern, wodurch endlich eine Landbrücke zu den besetzten Gebieten an der Südostküste Chinas geschaffen worden war.

»In Bälde dann wird der Gegner auch die Macht des Höllenhund II zu spüren bekommen, auch wenn Näheres dazu natürlich noch geheim ist«, schloss Klauser mit einem kecken Lächeln auf den Lippen.

»Ja, ist immer geheim ... wir sind doch nicht blöde!«, moserte eine Stimme mit Berliner Dialekt aus der Mitte der Formation. Klauser klimperte mit den Lidern, dann fragte er: »Wie darf ich das verstehen?«

»Na, es wird immer erzählt von wegen *ist geheim, ist geheim*. Das kann man zu allem sagen! Bloß Gerüchte werden gestreut, doch Beweise gibt es keine für diese ach so kriegsentscheidenden Sonderwaffen.«

Klauser lächelte erneut. »Warten Sie es ab«, forderte er. »Der Höllenhund, über den wir seit Beginn dieses Jahres berichten, ist nun im Einsatz. Und er wirkt! Unsere Strahlenjäger ebenso. Also haben Sie Vertrauen in unsere Führung, dass auch der Höllenhund II keine Finte ist. Der Höllenhund II ist seinem Vorgänger in Reichweite, Geschwindigkeit, Treffsicherheit und Schlagkraft weit überlegen. Er wird die Entscheidung in diesem Krieg herbeiführen.«

Das wäre zu schön, flehte Berning innerlich, bedeutete das Ende des Krieges doch, dass er sich endlich aus den Fängen Pappendorfs befreien konnte.

Einen Moment lang blickte Klauser in die Runde, dann strich er sich erneut die Ärmel seiner Uniform glatt. Anschließend fuhr er fort: »Aber das soll heute nicht das Thema sein.«

Klauser nickte dem Unterfeldwebel am Projektor zu. Der drückte einen Knopf und das nächste Bild sprang auf die Leinwand. Ein einziges Raunen ging durch die Reihen der Soldaten. Das Tuscheln begann von Neuem. Die

Leinwand zeigte einen Tiger-Panzer in Großaufnahme, der sich durch hohes Gras schob. Fremdländisch wirkende Soldaten mit Repetiergewehr und Büscheln im Helmnetz stürmten im Schutze des Panzers voran. Doch zierte kein Balkenkreuz den Tiger, dafür war der Wagen mit einem seltsam verschlungenen Tarnmuster lackiert.

»Mal Butter bei die Fische«, sagte Klauser und hob die Arme. Er genoss die Reaktionen des Auditoriums sichtlich.

»Die Gerüchte schwirrten schon lange durch den Buschfunk, doch gestern machte unser Herr Reichskanzler in einem Aufruf an die Truppe eine Verlautbarung bezüglich der deutsch-japanischen Zusammenarbeit. Wir Propagandaeinheiten haben den Auftrag erhalten, die Truppe schnellstmöglich über die Entwicklungen zu unterrichten. Sie alle sollen wissen, dass unsere asiatischen Verbündeten den Iwan nicht mit Stöcken und Steinen angreifen. Verlassen Sie sich darauf, dass der Japaner über kampfkräftige, hochmotivierte und bestens ausgebildete Verbände verfügt. Für den Technologietransfer, den wir mit all unseren Verbündeten betreiben, spielte Japan stets eine entscheidende Rolle. Unter Führung des im letzten Monat zum Generalfeldmarschall beförderten Walther Nehring hat eine Delegation der Wehrmacht maßgeblich daran mitgewirkt, die japanische Panzerwaffe zu stärken und das japanische Heer insgesamt zu motorisieren und an die Grundsätze der schnellen Kriegführung heranzuführen. Ein Baustein dieses Plans beinhaltet die Herausgabe wichtiger deutscher Rüstungslizenzen, namentlich Panzer IV, Tiger, Panther, Sturmgeschütz III, Ferdinand sowie im Fliegerischen unter anderem den Messerschmitt-Strahlenjäger. Daneben aber konnten unter dem Einfluss deutscher Militärs einige veraltete Elemente der japanischen Konzeption des Feuerkampfes zumindest aufgebrochen werden. So schafften wir es, dass Japan endlich mehr auf Feuerkraft setzt, statt bloß auf die überlegene Motivation des individuellen Soldaten. Allerdings ließen sich die Japaner in vielen Dingen überhaupt nicht reinreden, da prallen mit dem deutschen und dem japanischen Verständnis von Kriegführung dann doch Welten aufeinander. Nichtsdestotrotz kann die japanische Delegation für das Reich, die unter dem Kommando von General Itagaki Seishirō steht, der Wehrmacht ebenso wertvoll zur Seite stehen. Vor allem in puncto Nahkampf und Auslegen eines Hinterhalts betreiben die Japaner erstklassige Ausbildung in Deutschland, darüber hinaus sind vor allem ihre Erfahrungen in der maritimen Kriegsführung Gold wert für die unsere Kriegsmarine. Vielleicht ist ja sogar schon jemand von Ihnen in den Genuss japanischer Ausbilder gekommen? – Die Japaner, das kann ich Ihnen außerdem flüstern, haben sich zu exzellenten Panzermännern gemausert. Eine japanische Besatzung in einem deutschen Tiger ist die kampfkräftigste kleine Kampfgemeinschaft, die Sie östlich des Uralgebirges finden werden.«

In Bernings Magen bildete sich ein ungutes Gefühl.

Die haben diesen Affen unsere Panzer gegeben?, wütete er innerlich. Bilder, auf denen er gegen Tiger-Panzer unter japanischem Kommando kämpfen musste, materialisierten sich vor seinem geistigen Auge.

Im Publikum herrschte insgesamt eine gemischte Stimmung. Viele schienen Bernings Ansicht zu teilen, andere wirkten geradezu enthusiastisch. Leise Diskussionen brachen erneut los. Einzig der 2. Zug der 1. Aufklärungs-Schwadron blieb stumm. Pappendorf beobachtete das Treiben der anderen Einheiten mit lauerndem Blick.

»Tokio konnte in der kurzen Zeit nun schon zwei japanische Divisionen gänzlich mit deutschen Panzern ausstatten, darunter zwei schwere Abteilungen.« Klauser ließ die aufkeimenden Diskussionen anscheinend bewusst gewähren. Er tat zumindest nichts, sie zu unterbinden. Stattdessen lächelte er siegessicher. Schließlich erhob der Propaganda-Offizier seine Stimme, um das Gemurmel zu übertönen. Er zeigte dabei auf das Foto auf der Leinwand: »Diese Aufnahme stammt gewiss nicht aus der kürzlich losgetretenen Offensive. So schnell sind nicht einmal wir.« Klauser grinste, als hätte er einen Witz gerissen. »Diese Aufnahme ist Ende März bei einem Angriff auf die Bahnlinie Lingling-Liuzhou entstanden. Die damalige Offensive sowie der Raid gegen Chongqing waren die Generalprobe für Nehrings Pazifikpanzer – und die haben sie mit Bravour bestanden! Zu beachten ist nun natürlich, dass der japanische Kriegseintritt bereits seine Wirkung auf unsere Ostfront hat. Der Iwan ist in eine Starre verfallen. Seine Offensive gegen uns steht still. Ich sage ...« Klauser verstummte, als drüben auf dem Kliff plötzlich die neu herbeigeschaffte Vierlingsflak losdonnerte. Im nächsten Augenblick stürzten sich aus den düsteren Abendwolken zwei Jagdbomber herab. Maschinenkanonen dröhnten. Dann eine Explosion bei der Flak. Die Jabos drehten bei. Die Flugabwehr war verstummt. Die metallenen Rümpfe und Schwingen weiterer Maschinen blitzten am Himmel auf.

»Fliegeralarm!«, krakeelten die Soldaten durcheinander, ehe sie panisch auseinanderstoben. Berning wurde hart an der Schulter getroffen, als Soldaten an ihm vorüber sausten. Viele warfen sich zu Boden, denn es war zu spät, irgendeine Stellung zu erreichen. Schon waren die feindlichen Vögel über den Landsern. Im Sturzflug brausten sie der Erde entgegen. Ihre MK wummerten. Männer schrien. Getroffene torkelten. Projektile, so dick wie Kinderarme, fetzten fleischige Klumpen aus den Leibern deutscher Landser. Vereinzelt ertönten Gewehre. Berning küsste den Boden, presste sich mit aller Macht gegen den Untergrund. Instinktiv öffnete er den Mund. Er sah noch, wie sich vor ihm auch Pappendorf zu Boden warf und beide Hände über den Kopf nahm. Manchmal verhielt sich sogar der Feldwebel wie ein normaler Mensch.

Einen Wimpernschlag später klinkten die stürzenden Stahlvögel ihre Bomben aus. Berning blinzelte unter seiner Feldmütze hindurch in das Gemenge der Kameraden. Er wünschte sich tunlichst, einen Helm auf dem Kopf zu haben. Männer rannten um ihr Leben, andere pressten ihren Leib gegen die Erde wie Würmer. Berning sah Weiß und Reuben panisch davonlaufen.

Legt euch doch hin, ihr Deppen, brüllte er sie in Gedanken an.

Doch Weiß und Reuben rannten, flohen in Richtung der Gebäude. Mit einem Mal rasselte eine Bombe dazwischen. Ein Flammenball, umwölkt von Erde und Staub, bauschte sich zwischen den beiden auf, verschluckte sie, verschlang sie. Der ohrenbetäubende Krach der Explosion brannte sich in Bernings Gehör. Er brüllte verzweifelt auf. Als sich die Wand aus Erde und Feuer legte, war von Weiß und Reuben nichts mehr übrig. Einen Herzschlag nur hatte es gedauert, und der Krieg hatte Berning zwei weitere gute Kameraden genommen. In einem Anflug von Verzweiflung sprang Berning auf. Er wollte hin zur Stelle der Detonation, wollte seinen Männern helfen – seinen Freunden, die sich in den Flammen der Fliegerbombe buchstäblich aufgelöst hatten. Hoch oben zwischen den Wolken kippte eine weitere Welle feindlicher Tiefflieger ab. Ihre Projektile gruben Tunnel durch die Körper der deutschen Landser, fraßen sich ins Erdreich. Dann fielen weitere Bomben. Berning stand auf weiter Flur. Um ihn herum zersprang die Welt. Feine Splitter hagelten auf ihn ein. Ein winziges Metallplättchen zischte durch seinen rechten Uniformärmel und brannte sich in seinen Arm. Berning spürte davon in diesem Augenblick nichts. Er stürmte los, wollte Weiß und Reuben suchen. Irgendwo tief in seinem Hirn wusste er bereits, dass sie nicht mehr da waren. Er wollte es nicht wahrhaben. Ohne Weiß und Reuben hatte Berning doch niemanden mehr in dieser verdammten Schwadron!

Der Unteroffizier rannte und rannte. Um ihn herum war das Chaos perfekt. Soldaten sprangen durcheinander, Verwundete kreischten. Der Boden war blutig rot, mit Körperteilen übersät. Plötzlich rauschte eine Bombe knapp vor Berning ins Erdreich. Der Unteroffizier stolperte, riss die Arme vors Gesicht. Fast wäre er gegen den phallusförmigen Metallkörper gestoßen, dessen Spitze in der Erde steckengeblieben war. Berning verharrte in einer Schockstarre, glotzte auf die Bombe, die vor ihm im Boden steckte. Der kleine Propeller im Leitwerk drehte sich noch.

Blindgänger!, zischte Berning in Gedanken. Er konnte seine Augen nicht von der Bombe nehmen. Sein Herz klopfte, pochte, hämmerte; hämmerte ihm bis in den Kopf hinein. Eine höllenheiße Hitze übermannte ihn. Berning wagte es nicht, sich zu rühren. Das Rotieren des kleinen Propellers am Leitwerk erstarb langsam, die Bombe steckte in völliger Ruhe in der Erde. Der scharfe Geruch von Urin erfüllte die Luft. Bernings Hose war nass, doch er merkte in diesem Augenblick nichts von seinem Malheur.

Moudon, Schweiz, 24.06.1944

Bundesrat Karl Kobelt, Vorsteher des Militärdepartements, warf einen letzten Blick in das Krankenzimmer, in dem ein einziger Patient lag. Jener Patient, bewacht von zwei Soldaten, war an einen Tropf angeschlossen und über und über mit Verbänden bedeckt. Der leitende Arzt der Station, ein älterer Mann mit einer schmalen Nickelbrille auf der Nase, schloss die Tür und blickte die beiden Herren erwartungsvoll an, die auf dem Flur warteten. Neben Kobelt war das der stellvertretende Kommandant der Berner Polizei, Martin Durant.

»Die Chancen stehen gut, dass er vollständig genesen wird«, bemerkte der Arzt wie beiläufig.

»Es ist ungeheuerlich.« Kobelt schüttelte entschieden den Kopf. »Einfach ungeheuerlich, wie die Kriegsparteien ihre Kämpfe auf unserem Territorium austragen, als hätten wir da kein Wort mitzureden! Und jetzt haben auch noch die Amerikaner Interesse an dem Gefangenen angemeldet, als würde das Bedürfnis des Schweizervolks nach Gerechtigkeit nicht existieren.«

»Immerhin haben wir nun die Option zu zeigen, dass solche Angriffe nicht ohne Konsequenzen bleiben«, gab Durant mit Feuer in den Augen zurück.

»Und das müssen wir auch tun! Die Amerikaner dringen in unseren Luftraum ein, wie es ihnen beliebt. Die Russen haben ein Spionagenetzwerk in Bern aufgebaut und die Deutschen ziehen schießend wie die Wahnsinnigen durch unsere Städte.« Kobelt schüttelte erneut den Kopf. »Ich dachte wirklich, es wird besser unter diesem Halder. Immerhin hat er die Sanktionen gelockert. Leider scheint mir Strenge das Gebot der Stunde zu sein statt Versöhnung. Ungeachtet der deutschen Macht, uns noch einmal in die Zange zu nehmen, dürfen wir ein solches Verhalten nicht dulden!« Kobelt räusperte sich. »Ich bin jedenfalls froh, dass der Deutsche endlich transportiert werden konnte, denn hier im Internierungslager ist er am besten aufgehoben.«

Aufgrund des politischen Hin und Her zwischen der Schweiz und dem Deutschen Reich war lange Zeit unklar gewesen, wie die Schweizer mit ihrem aggressiven Nachbarn aus dem Norden verfahren sollten – und noch immer lagen die politischen Kräfte im Lande darüber im Streit. Immerhin, nach Hitlers Tod hatte sich die Situation für das neutrale Land erheblich gebessert, denn Halder hatte einen Kurs der Verständigung eingeschlagen. Noch immer befanden sich internierte Deutsche, darunter einige über der Schweiz abgestürzte Kampfpiloten, in Schweizer Gewahrsam. Halder hatte auf Kosten wirtschaftlicher Zugeständnisse zumindest dafür gesorgt, dass für die Internierten mit Geld aus Deutschland ein großes Sammellager errichtet werden konnte. Auch die Verköstigung der deutschen Insassen wurde mittlerweile vom Reich finanziert, während hinter den Kulissen Verhandlungen über erste Freilassungen liefen.

Durant und der Arzt nickten. In Moudon, eine Ortschaft im französischsprachigen Teil des Landes, war jenes Lager für die deutschen Gefangenen im Eilverfahren hochgezogen worden.

»Ich bin aus einem ganz anderen Grund froh, dass er hier ist«, zischte Durant schließlich und leckte sich über die Lippen.

Kobelt bedeutete dem Polizisten fortzufahren. Durant ergänzte mit scharfer Stimme: »Unsere Justiz kann ihm bloß Zuchthaus aufbrummen.« Der stellvertretende Polizeikommandant warf einen wütenden Blick gegen die Tür des Krankenzimmers. »Die Militärjustiz aber wird den Schwaben zum Tode verurteilen.«

Kobelt und der Arzt stimmten dem zu.

»Und umso besser, dass er wieder vollauf genesen wird. Der soll wach sein und mitbekommen, wenn er sein Urteil erhält – und erst recht, wenn es vollstreckt wird!«, sagte Durant und vergaß offenbar, dass er einem Bundesrat gegenüberstand.

»Bleiben Sie bitte sachlich, Herr Durant«, äußerte Kobelt trocken.

»Entschuldigen Sie, Herr Bundesrat, aber angesichts von drei Toten, darunter ein Kamerad aus Luzern, sowie zwei Schwerverletzten fällt es mir schwer, sachlich zu bleiben. Und ich meine, Herr von Steiger sieht die Dinge ebenso.«

»Das mag sein.« Kobelt verlor sich in den eigenen Worten. Tausende Gedanken prasselten auf seinen Verstand ein. Die kleine, aber wehrhafte Schweiz hatte jahrelang im Würgegriff der deutschen Nationalsozialisten ausgehalten, hatte unzähligen Forderungen der Achse nicht nachgegeben und dafür den bitteren Preis der wirtschaftlichen Isolation gezahlt. Brot, Zucker, Butter, Treibstoff, quasi alle lebenswichtigen Ressourcen waren zeitweise bedrohlich knapp gewesen und mussten eisern rationiert werden. Hinzu kam, dass der Aktivdienst der Armee sämtlichen Wirtschaftsbranchen die Männer entzog. Es war schließlich zu politischen Beschlüssen gekommen, wie sie eine Demokratie nur in äußerster Not fällen kann: Die Behörden schrieben den Bauern vor, wo sie wie viel von was anzubauen hatten; aus Fußballfeldern und Parks wurden Äcker. Die Zusammensetzung von Brot wurde gesetzlich festgeschrieben, um keine Zutaten zu verschwenden. Überall im Land wurde der passive Luftschutz geübt, wurde trainiert, wie man Flammen mit Löschdecken erstickt, wie man Schwerverletzten hilft.

Seitdem allerdings dieser Halder in Deutschland an der Macht war, ging es den Eidgenossen spürbar besser. Halder hatte im Gegensatz zum größenwahnsinnigen Hitler erkannt, dass das Deutsche Reich angesichts der schwierigen Kriegslage zur Abwechslung wieder damit anfangen musste, sich Freunde in der Welt zu machen. Immerhin hatte der deutsche Kanzler den Druck reduziert, der auf der Schweiz lastete. Truppen der Wehrmacht hatten sich von der Schweizerischen Grenze zurückgezogen und deutsche Flugzeugführer provozierten nicht mehr durch dreiste Überflüge. In letzter Zeit waren es tatsächlich eher die Briten und Amerikaner, die die Schweizerische Neutralität nicht achteten und Bomben auf Schweizer Städte warfen.

War ja klar, dass die Schwaben uns nicht lange in Ruhe lassen, dachte Kobelt mit einer aufbrausenden Wut in der Brust.

Bénouville, Frankreich, 25.06.1944

Schneider klopfte gegen den Türrahmen zu dem Raum, in dem der bekloppte Hauptmann seinen Gefechtsstand eingerichtet hatte.

Die britischen Luftlander waren zusammen mit den anderen Invasionstruppen besiegt worden. Am Vortage erst hatten die Fallschirmjäger östlich der Orne kapituliert. Nach der Zerschlagung des Landekopfes bei Caen war für sie jede Hoffnung auf eine Evakuierung verloren. Es war davon auszugehen, dass einzelne Soldaten sowie Spezialausrüstung und Waffen bei der Résistance untergekommen waren, doch für den Moment war die Gefahr gebannt.

Auf Schneiders Feldbluse glänzte das Eiserne Kreuz, das ihm jüngst für das kühne Nachfassen gegen die zurückweichenden Briten in der Nacht der Invasion verliehen worden war.

Der bekloppte Hauptmann, der hinter seinem Schreibtisch saß, die Füße auf die Tischplatte gelegt hatte und eine Pfeife stopfte, blickte auf, als Schneider den Raum betrat. Der Offizier grinste wie ein Honigkuchenpferd.

»Ah, Feldwebelchen!«, freute er sich. Der Hauptmann sprang auf, strich sich die Uniformhose glatt.

»Nett, dass sie mich in meinem kleinen Domizil besuchen kommen«, sagte er, Schneider einen Stuhl hinschiebend. Der Feldwebel setzte sich. »Und ich habe gehört, die Schreiberlinge von der Presse waren gestern hier und haben ein Foto von deinem Haufen gemacht?«

»Ja.« Schneider schmunzelte. »Die Helden an der Orne!«, zitierte er die Überschrift des an diesem Tage erschienenen Artikels mit gekünstelter Stimme.

»Ich glaube, dieser Kerl vom VB wusste gar nicht, wer wir wirklich sind. Ist vielleicht auch besser so. Schon blöde genug, dass die Division diesen Pressetermin überhaupt zugelassen hat.«

»Ah, ja! Ja, ja, ja, ja ... Plätzchen?« Der Hauptmann hielt Schneider eine aufgerissene Packung aus einem britischen Verpflegungssatz unter die Nase. Dankend langte der Feldwebel zu. Er hatte in diesem Krieg gelernt, dass man Essen nicht ablehnte, wenn man die Chance erhielt, welches in die Finger zu bekommen. Mampfend folgte er mit seinem Blick dem Hauptmann, der sich die Pfeife anzündete und genüsslich den Tabak paffte. Stahlblauer Qualm erfüllte die Stube.

»Also, was kann ich für Sie tun?«, erkundigte sich der Offizier nach dem Grund für Schneiders Erscheinen, wobei er sich ausdrückte wie ein Verkäufer, der einen Kunden ansprach.

»Ich wollte mich verabschieden.«

»Oha. Sie gehen fort?«

»Ja. Wir haben unsere Marschbefehle.«

»Und? Wohin wird es Sie verschlagen?«

»Sie wissen, dass ich darüber nicht sprechen darf ...«

»Bestimmt nach Russland, he? Da ist derzeit ja die Hölle los ...« Nachdenklich nuckelte der Hauptmann an seiner Pfeife. Schneider jedoch wurde für einen kurzen Augenblick von dem eingeholt, was er bisweilen über die Lage im Osten gehört hatte. Von Manstein hatte noch Anfang des Jahres massig Truppen an die Westfront abtreten müssen. Nun war der Russe von Orel bis Charkow auf voller Breite durchgebrochen. Die Russen waren erst zum Halten gekommen, als die Japaner in den Krieg eingegriffen hatten; von Manstein ließ seine Truppen dennoch weiter zurückgehen, um vorteilhaftes Gelände zu erreichen. Die Heeresgruppe Süd rettete sich mit Sack und Pack über den Dnjepr. Die Ausdünnung der Osttruppen zugunsten der Verteidigung Frankreichs war ein notwendiger, dennoch vielleicht zu teurer Preis gewesen, um sich im Westen eine weitere Landfront vom Hals zu halten.

Schneider jedenfalls sah die Lage optimistisch. Die Wehrmacht war in der Vergangenheit auch mit anderen Brocken fertiggeworden. Darüber hinaus lag der Hauptmann mit seinem Tipp daneben. Es würde für Schneider und seine Männer nicht nach Russland gehen; die Kameraden dort würden selbst schauen müssen, wie sie klarkamen.

Schneider lächelte daher nur als Antwort auf des Hauptmanns Frage, während er den letzten Rest vom britischen Hartkeks hinunterschluckte. Lecker waren die Dinger nicht, aber besser als Flaute im Magen.

»Ah!«, freute sich der Hauptmann und wedelte mit dem Zeigefinger. »Also doch! Russland! Ich lese aus Ihnen wie aus einem Buch!«

»Wie sie meinen«, unkte Schneider, ehe er das Thema wechselte. Er spürte, dass der Hauptmann ihn von Kopf bis Fuß musterte.

»Weißt du ... jemand wie du täte mir gut in den Kram passen.«

»Wie meinen Herr Hauptmann?«

Der Offizier schmatzte genüsslich, zog sich die Pfeife samt eines Speichelfadens aus dem Mund.

»Ich unternehme einen Vorstoß. Bereit, Feldwebel?«

»Bereit ... für was?« Schneider verschränkte die Arme.

»Wie allgemein bekannt ist, habe ich vor dem Krieg den Beruf des Heringsbändigers erlernt. Du weißt, was das ist?«

Schneider schüttelte den Kopf.

»Was bringen die euch denn heutzutage in der Schule bei?«

»Hauptsächlich, dass wir die Herrenrasse sind. Also nicht ich, ich bin Grieche oder so etwas, aber die anderen eben.«

»Ah ja.« Der Hauptmann kniff kurz das rechte Auge zu, was ihm den Anschein eines Piratenkapitäns verlieh. »Ist schließlich auch wichtig«, entschied er nach kurzer Überlegung und nickte zufrieden. »Also, die erzählen euch in der Schule nichts über den Heringsbändiger?«

»Nö.«

»Dann mal aufgemerkt und zugelauscht, Junge: Lebensmittelkaufmann ist Ihnen ein Begriff?«

»Jawohl.«

»Ja, siehst du! Heringsbändiger heißt das bei uns. Und ich habe da so eine Idee im Hinterstübchen. Jetzt ... jetzt wird es spannend, lieber Feldwebel!«

Jetzt erst?, grinste Schneider.

»Sie kennen Nordsee?«

»Nordsee?«

»Ja, Nordsee.«

»Das Meer?«

»Nein, das Lokal!«
»Aha.«
»Die verkaufen Fisch.«
»Aha.«
»Aus der Nordsee.«
»Gut ... gut ... hab' ich verstanden.«
Schlagartig hielt der Hauptmann inne, rieb sich das Kinn. »Aber ich glaube, auch aus anderen Gewässern«, murmelte er. Schneider überlegte, wie zurechnungsfähig dieser Mann, der immerhin das Kommando über Dutzende Soldaten innehatte, tatsächlich war.
»Der Punkt ist: Nordsee geht einen völlig neuen Weg, den die Amerikaner schon seit Jahren zelebrieren: Viele Geschäfte unter einer Führung. Diese Idee ... stellen Sie sich nur mal einen Kaufmannsladen dieser Art vor ... sie gedeiht in mir, seit ich während der Vierten Flandernschlacht in den Schützengräben Belgiens lag.« Die Augen des Hauptmanns wurden glasig. »Hab' ich Ihnen je von der Vierten Flandernschlacht erzählt, Herr Feldwebel?«
»Ja, haben Sie.«
»Wann?«
»Na, ähm ... damals ... am Tag der Invasion.«
»Ha! Goldrichtig! Ich will mich auch nicht wiederholen. Jedenfalls habe ich diese Idee seit damals. Und nun habe ich genug Geld zusammen. Wenn der Krieg aus ist, werde ich meine Läden eröffnen.«
Plötzlich ging Schneider ein Licht auf.
»Sie zielen auf Rabatte ab, weil Sie in größeren Mengen einkaufen als die ganzen kleinen Lädchen, wodurch Sie die Waren zu günstigeren Preisen unter die Leute bringen können, richtig?«
Erst hielt der Hauptmann inne, schien über das Gesagte nachzudenken. Dann wandelte sich sein Antlitz zu einem einzigen, fetten Grinsen.
»Ja, ja, ja! Ganz genau, Feldwebelchen! Ich wusste doch, Sie sind helle im Kopf!«
»In Ordnung«, lachte Schneider, der an seinen Uniformärmeln zupfte. »Nun denn, Herr Hauptmann, ich denke, ich muss los.«
»Kann ich verstehen, mein Junge. Ich bin übrigens Dieter.«
Schneider starrte die Hand an, die ihm der Hauptmann plötzlich entgegenstreckte. Bot der fremde Offizier ihm gerade tatsächlich das Du an? Ungläubig ergriff er die alte, faltige Pranke und schüttelte sie.
»Pantelis. Pantelis Schneider.«
»Pantelis?«
»Ja, Pantelis.«

»Was ist das denn für ein Name?«

»Griechisch.«

»Ach, richtig, du erwähntest das. Ja, wie auch immer. Weißt du was? Ich könnte jemanden wie dich gebrauchen für meine Läden. Jemanden mit Grips und dem ganzen Kram.«

»Aha.«

»Gib mir mal deine Adresse. Ich melde mich nach dem Krieg. Vermutlich nächstes Jahr. Ah ... wenn der Russe sich noch ein bisschen sträubt, dann übernächstes.« Der Offizier griente, sodass seine Gesichtszüge unter einem Berg freundlicher Falten verschwanden. Schneider kramte Meldeblock und Stift hervor, kritzelte seine Adresse auf das oberste Blatt, riss es ab und überreichte es dem Hauptmann. Anschließend verabschiedeten sie sich. Schneider verließ das Gebäude in der festen Überzeugung, nie wieder etwas von dem verrückten Dieter zu hören.

Dnjepropetrowsk, Sowjetunion, 09.07.1944

Dnjepropetrowsk hatte 1941 große Zerstörungen erlitten. Gebäude waren zu Ruinen geworden, viele Menschen geflohen. Unter den Gebliebenen hatten die Schergen der Nationalsozialisten Schlimmes angerichtet. Dementsprechend waren die Sowjets bei ihrem Einmarsch in die Osthälfte der Stadt vor einer Woche von der zerlumpten und hungernden Bevölkerung als Befreier gefeiert worden, nachdem sie die Deutschen drei Jahre zuvor ähnlich empfangen hatten.

Nach der durch den Angriff der Japaner versiegten roten Großoffensive, mit der die Sowjets die gesamte Südhälfte der Ostfront von Tula bis Rostow überrollt hatten, waren die Deutschen kämpfend bis hinter den Dnjepr ausgewichen. Von Manstein konnte dem feindlichen Angriff nichts entgegensetzen. Ein Jahr lang war es an der Ostfront ruhig gewesen – ein ganzes Jahr lang hatte der Iwan hinter der Front seine Verbände zusammengezogen, sie aufgefrischt und neue aus der Taufe gehoben. In diesem einen Jahr hatte der Feind knapp 26.000 neue Panzer produziert, außerdem 37.000 Flugzeuge, alles exklusive der enormen Lieferungen aus dem Lend-Lease Act.

Diesen Zahlen standen fast 13.000 Tanks und etwas mehr als 30.000 Flugzeuge auf deutscher Seite gegenüber; Kriegsgerät, mit dem allerdings nicht allein die Ostfront versorgt werden konnte, sondern das über ganz Europa verteilt werden musste. Die Russen hatten demnach über eine brachiale

Übermacht an Mensch und Material zu Beginn ihrer Offensive verfügt. 17.345 Tanks, 4.200.000 Mann und 21.480 Flugzeuge hatten, unterstützt durch mehr als 38.000 Geschütze, gegen die deutschen Linien gedrückt; das waren 263 Divisionen. Sie hatten die deutschen Stellungen einfach überschwemmt, jeden Widerstand in den Boden gewalzt. Kompanien erloschen binnen Minuten, Regimenter wurden zu Zügen, Divisionen verschwanden im russischen Feuer. Einen Tag lang hielt das tiefgestaffelte Stellungssystem der Deutschen, das diese in einjähriger Arbeit mühsam gegraben und aufgebaut hatten, dem Ansturm stand, ehe die Sowjets mehrere Durchbrüche erzielen konnten. Selbst die stärksten Bunker und die weitesten Grabensysteme waren zur Wirkungslosigkeit verdammt, als feindliche Divisionen gegen die Abschnitte deutscher Kompanien oder Züge geworfen wurden. Als die ersten Einbrüche in die Linien der Wehrmacht gelangen, drohte der Russe, die gesamte Front einfach seitlich aufzurollen. Von da an ging es für von Mansteins Osttruppen ums nackte Überleben. Die Deutschen flüchteten, rannten um ihr Leben. Sie ließen Ausrüstung, Waffen, manchmal sogar Fahrzeuge und Panzer zurück, wenn diese für die Absetzbewegung nicht geeignet waren. Die Rote Armee hatte wahrlich alle ihr zur Verfügung stehenden Mittel in diese eine Offensive gepackt, hatte dazu den Norden der Ostfront und auch die Grenzregionen zu den von Japan besetzten Gebieten gefährlich ausgedünnt. Für von Mansteins *Schlagen aus der Nachhand* war angesichts der gewaltigen Übermacht kein Platz mehr, viel eher ging es schon in der ersten Woche der feindlichen Offensive ausschließlich darum, irgendwie die Heeresgruppen Mitte und Süd vor der Auflösung zu bewahren und Ordnung in die chaotischen Rückzüge zu bekommen. Kursk fiel, Tula ebenso, Orel, Belgorod, Charkow folgten.

Von Manstein reagierte sofort, baute entlang des Westufers des Dnjepr eine vorsorgliche Verteidigungslinie auf, genannt Moltke-Linie. Bis dorthin sollte ein geordneter Rückzug stattfinden. Die zurückströmenden Verbände sollten die Übergänge über den Fluss nehmen, in die Verteidigungsstellungen einsickern und von dort aus schließlich den Abwehrkampf führen. Der OB Ost wollte kein Risiko eingehen, denn der Russe startete bereits einen Wettlauf zum großen Fluss, ließ seine schnellen Kräfte weit vorstoßen. Hätten die Sowjets die wenigen Übergänge über den Dnjepr genommen, ehe die ausweichenden Verbände der Wehrmacht den Fluss erreicht hätten, Millionen deutscher Soldaten wären samt Waffen, Panzern und Geschützen eingeschlossen worden. Das wäre die Katastrophe des Krieges geworden, die die deutsche Niederlage besiegelt hätte. Aus diesem Grund wollte von Manstein kein Risiko eingehen. Er befahl der Masse seiner Osttruppen den Rückzug hinter den Dnjepr. Lieber verlor der OB Ost 400 Kilometer Land als die Hälfte seiner Soldaten.

Es war dem Heldenmut, der Aufopferungsbereitschaft und schließlich dem cleveren Taktieren tausender deutscher Führungskräfte und ihrer Männer geschuldet, dass sich der sowjetische Angriff nicht in eine deutsche Katastrophe verwandelte. Sie schafften es, die kopflos flüchtenden Verbände zu beruhigen, neu zu organisieren und zum geordneten Rückzug zu bewegen. Nur so konnten Millionen Landser vor Tod oder Gefangenschaft bewahrt werden, nur so verhinderte das Reich im allerletzten Augenblick, dass der Russe gewaltige Löcher in die Aufstellung der Wehrmacht riss.

Als der Angriff der Japaner gegen die Sowjetunion begann, befand sich der Russe bereits auf halbem Weg zum Dnjepr, die Wehrmacht noch immer unbarmherzig vor sich hertreibend. Doch der unerwartete, im Vorfeld vollends geheim gebliebene Angriff der Japaner versetzte dem Iwan einen Schock. Seine Offensive versiegte und er begann, Truppen an seine neue Ostfront zu verlegen, wo die Japaner mit einer ungeahnt starken Panzerwaffe tatsächlich einige Anfangserfolge erzielen konnten.

Von Manstein jedoch wollte den Moment der russischen Verwirrung nicht ausnutzen, fuhr sogar weiter fort mit dem deutschen Rückzug hinter den Dnjepr, der schließlich bis Anfang Juli andauerte. Die Russen folgten den Deutschen nur noch zögerlich. Von Manstein hätte sicherlich lieber zurückgeschlagen, doch allein dazu fehlten ihm die Kräfte. Erst langsam strömten die Verbände von der Invasionsfront zurück in den Osten.

Und einmal mehr wollte von Manstein auf Sicherheit spielen, wollte zuerst aus den sicheren Stellungen hinter dem Dnjepr heraus die Lage sondieren und seine Kräfte sammeln, ehe er zum Angriff übergehen würde. Erneut begannen beide Seiten damit, sich einzugraben.

*

Die Sonne knallte erbarmungslos auf die staubigen Gemäuer der großen Industriestadt Dnjepropetrowsk herab, ein Ort, der durch den Lauf des Dnjeprs zweigeteilt war. Unteroffizier Berning vernahm von seiner Position aus das Rauschen des Wassers. Zusammen mit seiner Gruppe hatte er Stellung in einer zusammengeschossenen Fabrikhalle bezogen, die direkt am Ufer des Dnjepr lag. Berning hockte auf einem Laufsteg aus Metall, der an einigen kriegsbedingten Durchbrüchen an der Außenwand vorüberführte. Von seiner Position aus musste er sich nur leicht vorbeugen, um das andere Flussufer überblicken zu können, wo die Russen in Stellung lagen. Die neuen

Uniformen, die bei der Ankunft seiner Einheit an der Front ausgegeben worden waren, fühlten sich bei der herrschenden Hitze etwas angenehmer auf der Haut an. Die Feldblusen und Hosen, bedruckt mit dem sogenannten Leibertarndruck, sollten in Sachen Tarnung wahre Wunder vollbringen, wenn man der Wochenschau Glauben schenken durfte. Vor allem im Wald und im hohen Gras sollte der Soldat in der schwarz-grün-braun gescheckten Uniform augenblicklich mit seiner Umgebung verschmelzen. Die Infanterie-Division 253 war einer der allerersten Verbände überhaupt, der mit den neuen Uniformen ausgestattet worden war. Nach und nach sollten sie in der gesamten Wehrmacht das klassische Feldgrau ersetzen. Mit den neuen Klamotten, die nicht so filzig und kratzig waren wie das alte Zeug, war Berning jedenfalls sehr zufrieden. Nun musste die Führung nur noch zusehen, ordentliche Karabiner mit Automatik zu beschaffen.

Berning blickte gegen die düstere Decke der Halle. Die Stimmen einiger Landser schallten durch das zerschossene Fabrikgebäude, sie erzählten Geschichten aus der Heimat. Zwei Gefreite spielten Karten.

Berning war mittlerweile sehr zuversichtlich, dass Deutschland diesen Krieg gewinnen würde. Die neuen Uniformen zum Beispiel waren sogar mit Kohlestofffasern durchsetzt, um einer Aufklärung durch sogenanntes Infrarot zu entgehen, was auch immer das war. Da zeigte sich für Berning wieder die technische und geistige Überlegenheit des Deutschen Reiches, und darum musste es einfach den Endsieg erringen ... eine eigentlich einfache Rechnung. Nur, wie lange das noch dauern würde, wie lange Berning noch in dieser Scheiße sitzen würde, das vermochte er nicht abzuschätzen ... das wagte er vielmehr nicht abzuschätzen.

Berning seufzte. Er lehnte gegen die aufgeheizte Steinwand der Fabrik. Weiter den Gang hinunter hielten zwei Landser mit ihren K98k einen Alarmposten besetzt, blickten aus einem großen Durchbruch hinaus auf den gigantischen Fluss, der an dieser Stelle mehrere hundert Meter breit war. Das Maschinengewehr hatte man Bernings Gruppe weggenommen und stattdessen in die neu aufgestellte MG-Schwadron eingegliedert. Doch das war fast schon egal, denn so schnell würde sich nichts rühren. Die Japaner waren tatsächlich weit auf sowjetisches Territorium vorgestoßen und die Rote Armee verschob panisch Menschen und Material von ihrer Westfront an ihre Ostfront. Bernings Hoffnungen ruhten nun auf einer neuerlichen langen Phase des Stillstands an der Front, so wie vor der großen Offensive des Feindes. Zwar lauerte auch im Stellungskrieg der Tod hinter jeder Ecke: Granatwerfer beförderten den täglichen Segen zum Feind, den der Russe gerne auf gleiche Weise beantwortete. Maschinengewehre schossen Störfeuer über den Fluss.

Doch im Grunde war das Leben im Stellungskrieg – wenn man auch noch das Glück hatte, in halbwegs intakten Gebäuden zu hausen – ein vergleichsweise gutes Leben. Wie bescheiden Berning doch geworden war!

Früher einmal hatte er von einem Leben als Staatsbediensteter im Burgenland geträumt, mit einer Frau und einer Kinderschar, die auf ihn warteten, wenn er von der Arbeit heimkehrte. Mittlerweile jedoch genügte es ihm vollkommen, auf ruhige Tage an der Ostfront hoffen zu dürfen, um so etwas ähnliches wie glücklich zu sein. Wie fast alle Landser hatte auch Berning die Erwartungen an sein Leben mächtig zurückgeschraubt.

Berning nestelte sich mit zittrigen Fingern eine Kippe aus der Brusttasche, eine sogenannte Aktive, weil er sie nicht selbst drehen brauchte. Er steckte sie zwischen die Lippen und zündete sie an. Genüsslich sog er den Rauch in seine Lunge, blies ihn dann in langen Bahnen hinaus. Am Ende war er also doch noch zum Raucher geworden – doch warum auch nicht? Er erwartete nichts mehr vom Leben, also konnte er im Hier und Jetzt ruhig allen Lastern erliegen, die der Augenblick ihm bot. Den Tag überleben, etwas in den Magen bekommen, in der Nacht ohne Rückenschmerzen und ohne Albträume ein paar Stunden schlafen, und irgendwann, wenn sich ihm die Gelegenheit bot, mal wieder mit einem Mädel schlafen, egal ob Gretel oder sonst wer – solche Banalitäten waren zu Bernings Lebenszielen geworden. Mehr brauchte er nicht mehr.

»Franz!«, tönte eine Stimme vom Boden der Halle herauf. Mit müden Augen erhob sich Berning und blickte über den Rand des Laufstegs hinab in die große Halle, in der einst Teile von Straßenbahnen produziert worden waren. Von der Produktion zeugten nur noch große, verstaubte Maschinen und stillstehende Fließbänder, die die Soldaten der Schwadron als Sitzbänke nutzten.

Berning erkannte Obergrenadier Schwarz als den Urheber des Rufes, einen der unzähligen Neuen. Dem Unteroffizier war, als hätte sich seine alte Einheit in Luft aufgelöst und wäre durch eine neue ersetzt worden. Und er hatte fast recht. Außer Pappendorf und Balduin gab es hier nicht mehr viele, die schon in Kursk dabei gewesen waren.

Der Krieg machte aus den Soldaten kurzlebige Gestalten. Berning hatte dies begriffen – und verinnerlicht. Warum noch an irgendetwas Gedanken und Gefühle verschwenden, wenn es ihn sowieso jeden Tag erwischen konnte?

»Du sollst zu Balduin.« Obergrenadier Schwarz blickte mit verkniffener Miene zum Laufsteg herauf.

Mühsam raffte Berning sich auf. Was wollte der Chef bloß von ihm? Der Unteroffizier griff nach seinem Karabiner, ehe er den Laufsteg hinunter zu der schmalen Leiter schritt, die in die Halle hinabführte. Während Schwarz schon wieder zwischen den Maschinen verschwunden war, kraxelte Berning mit leisen Flüchen auf den Lippen die Stiege hinab. Er musste ein ganzes Stück laufen, um den Gefechtsstand des Chefs zu erreichen.

Welch eine Tortur bei der Hitze!

Wahrlich, eine drückende Gluthitze waberte durch die Ruinen von Dnjepropetrowsk. Berning schwitzte, seine Klamotten klebten ihm an der Haut. Doch es nutzte nichts. Wenn der Chef ihn sehen wollte, wollte der Chef ihn sehen.

Schließlich erreichte der Unteroffizier eine schwere Metalltür, die in einen kleinen Nebenbau der großen Fabrikanlage führte. Berning klopfte und Balduins Stimme erklang auf der anderen Seite.

Vorsichtig schob Berning die Tür einen Spalt weit auf und drückte sich hindurch. In dem Raum dahinter, der einmal ein Aufenthaltsraum für die Fabrikarbeiter gewesen war, standen Tische mit Kartenmaterial darauf. Ein Tornisterfunkgerät lag auf dem Boden. Inmitten der Karten, inmitten von Papieren, Schreibutensilien und Blechgeschirr mit angetrockneten Essensresten befand sich Oberleutnant Balduin, der ein ziemlich bedröppeltes Gesicht machte, als er Berning erblickte. Wortlos zeigte er mit einer schwachen Handbewegung auf eine Holztür, die angelehnt war und in ein winziges Zimmer führte, das als Vorratsraum diente.

Berning stockte einen Moment, blickte fragend seinen Chef an, doch dessen Augen flackerten bedrohlich. Schließlich senkte der Unteroffizier sein Haupt, marschierte zur Tür und öffnete diese.

In dem Nebenraum saßen zwei finstere Gestalten hinter einem Tisch, auf dem eine große Aktenmappe ruhte. Eine schwache Deckenleuchte schaffte es kaum, den Raum zu erhellen. Sie warf groteske Schatten in die Gesichter der fremden Männer.

»Schließen Sie die Tür, Herr Unteroffizier«, forderte eine kratzige Stimme. Berning tat, wie ihm geheißen. Mit einem lauten Klacken fiel das Türblatt ins Schloss.

»Ich bin Oberst Trzewik, zu meiner Linken sitzt Hauptmann Doktor Kirsch«, fuhr die kratzende Stimme mit bitterernstem Tonfall fort. »Wir sind von der Feldpolizei, Sonderkommando Kriegsverbrechen.«

Berning verstand kein Wort, doch er fühlte sich mit einem Mal ganz unwohl. Die strenge Stimme des Obersts sagte blechern: »Kennen Sie einen Viktor Mintz?«

Langsam schüttelte Berning den Kopf, ahnungslos, was dieser Auftritt sollte.

»Also nein?«, raunte plötzlich der, den Trzewik als Hauptmann Kirsch vorgestellt hatte.

»Nein, ich kenne keinen Viktor Mintz«, stotterte Berning mit brüchiger Stimme.

Der Hauptmann, ein breitschultriger Kerl, dessen Gesicht von der Dunkelheit verborgen blieb, nickte bedächtig, dann schob er langsam seine rechte Pranke, die auf der Tischplatte auflag, ins Licht. Die dicken, kleinen Finger umklammerten einen blauen Füllfederhalter.

Kirsch öffnete die Mappe, zog ein Blatt Papier heraus und begann, sich etwas zu notieren. Mit geschwungenen Linien schrieb er eine einzige Zeile, danach verschwanden Füllfederhalter und Hand wieder in der Dunkelheit. Berning meinte, seine gerade getätigte Aussage in verkürzter Form auf dem Papier wiederzuerkennen. Sein Unwohlsein steigerte sich.

»Das haben wir uns fast gedacht«, sagte Trzewik und beugte sich vor. Seine Stimme hatte plötzlich etwas Dunkles, etwas Bedrohliches. Schlagartig erfasste eine Höllenhitze Bernings Leib. Feine Schweißperlen bildeten sich auf seiner Haut. Berning wollte hier weg, denn er spürte, dass von den beiden Gestalten nichts Gutes ausging.

Trezwik warf den Kopf in den Nacken, dann erhob er sich halb und streckte sein Gesicht vor in den schwachen Schein der Deckenleuchte. Berning erkannte deutlich die hervorstehenden Glupschaugen des Obersts.

»Dann helfe ich Ihnen mal auf die Sprünge, Herr Unteroffizier«, sagte Trezwik, ehe er seine Lippen auseinanderschob. Gelbliche Zähne blitzten auf. Trezwik leckte sich über die Oberlippe, stierte Berning dabei mit seinen Glupschaugen an. Es war, als läge auf den Augäpfeln des Obersts ein gewaltiger Druck, der mit aller Macht versuchte, diese aus dem Schädel zu quetschen.

»Unteroffizier Franz Berning ...« Trzewik plusterte sich auf wie ein Gockel. »... hiermit gebe ich Ihnen zur Kenntnis, dass wir Ermittlungen gegen Sie anstellen. Ihnen wird vorgeworfen, am 10. Februar dieses Jahres bei Velikiye Luki den Kriegsgefangenen Viktor Mintz heimtückisch und ohne Grund oder Befehl erschossen zu haben.« Trezwik ließ seine Worte einen Moment lang auf den Angeklagten wirken – und wie die Worte wirkten!

Berning zitterte nun am ganzen Körper. Ein ekelhaftes Gefühl grub ihm den Magen um. Seine Lippen bebten, seine Augen ebenfalls. Berning vermochte in diesem Augenblick nichts zu erwidern, konnte nur den Kopf schütteln. Dies tat er vehement, während er die Lippen aufeinanderpresste.

»Am 10. Februar 1943 gegen 17:10 Uhr hat Ihr Zugführer, Feldwebel Pappendorf, den sowjetischen Kriegsgefangenen Viktor Mintz in Ihre Obhut übergeben. Ist das so richtig?«, herrschte Trzewik Berning an.

»Ich ... ich ...«

»IST DAS SO RICHTIG!?«

»Ich ...« Bernings Hand wischte über seine Stirn. Sie flatterte wie ein dürres Blatt im Sturm. »Ich weiß nicht, wie er hieß, aber ...«

»Natürlich«, murmelte Kirsch kopfschüttelnd, während er fleißig notierte. »Was interessieren einen Mörder schon seine Opfer, he?«

»Aber ... der Pappendorf ... Herr Feldwebel Pappendorf ... er hat mir befohlen, den Mann zu erschießen.«

»Ach?« Trzewik machte eine lange Kunstpause. »Ist das so?«

»Jawohl, Herr Oberst.«

»Die Aussage des Herrn Pappendorf liest sich etwas anders.«

Trzewik rupfte ein Dokument aus der Mappe und legte es auf die Tischplatte, ehe er mit dem Zeigefinger mehrfach darauf tippte.

»Lesen!«, befahl er.

Berning tat, wie ihm geheißen. Der Kopf des Dokuments war mit einigen persönlichen Daten Pappendorfs versehen: Dienstgrad, Geburtsort, Familienstand. Darunter stand in gedruckten Lettern die Aussage des Feldwebels. Berning las:

(Kirsch: Herr Pappendorf, bitte schildern Sie uns die Ereignisse des besagten Tages).

Ich, Feldwebel Pappendorf, schildere Ihnen hiermit nach bestem Wissen und Gewissen die Ereignisse vom 10. Februar 1943, die zur Erschießung des Kriegsgefangenen führten. An besagtem Tag hatte ich den Auftrag, eine Gruppe Kriegsgefangene zu einer Stelle westlich von Velikiye Luki zu führen, wo eine Finte vereinbart war. Der Mann Viktor Mintz befand sich bei dieser Gruppe. Mich begleiteten der damalige Grenadier Bailzer sowie der Gefreite Lenz. Etwa kurz vor 10 Uhr bemerkte ich, dass besagtem Mintz unser Trick aufgefallen war. Es war kein Offizier vor Ort, also musste ich selbst eine Entscheidung treffen. Ich nahm dabei an, dass das Unternehmen von solcher Wichtigkeit war, dass es auf keinen Fall gefährdet werden durfte. Ehe besagter Gefangener seine Kameraden über die Finte informieren konnte, isolierte ich ihn von der Gruppe und führte ihn fort, sodass ich bei den anderen den Eindruck erweckte, Mintz erschießen zu wollen. Ich nahm Mintz dann mit zurück, als die Gefangenen unseren Trick geschluckt hatten und sich absetzten.

(Kirsch: Warum haben Sie den Gefangenen mit zurück zu Ihrer Kompanie genommen?)

Ich konnte ihn schließlich nicht gehen lassen. Also nahm ich ihn mit, um mit Oberleutnant Balduin abzusprechen, wie weiter mit dem Gefangenen zu verfahren sei. Ich nahm an, Mintz würde zurückgeführt werden in ein Gefangenenlager oder zu einem Arbeitskommando. Wir sind dann zurück zu unserem Verfügungsraum, wo ich den Gefangenen abseits der Gruppenplätze warten ließ.

(Kirsch: Warum verbrachten Sie Herrn Mintz an einen Ort abseits ihrer Einheit?)

Mein Auftrag war streng geheim. Unter keinen Umständen durfte die Finte zu den Russen durchsickern. Darum wollte ich nicht, dass unnötige Augen den Gefangenen sehen. Als ich einen guten Platz weit abseits gefunden hatte, ging ich los, um Herrn Unteroffizier Berning zu holen.

(Trzewik: Obwohl sie zwei Soldaten zur Bewachung des Mannes vor Ort hatten? Wieso?)

Herr Unteroffizier Franz Berning erwies sich mir gegenüber stets als sehr loyaler und vorbildlicher Unteroffizier. Allein die Erfahrung fehlt ihm. Ich erachtete es für richtig, ihn in die Sachlage einzuweihen. Er hatte mir oft genug bewiesen, dass ich mich auf ihn verlassen kann. Da er noch jung und unerfahren ist, und erst ein Mal mit Kriegsgefangenen zu tun hatte, fasste ich den Entschluss, ihn mit der Bewachung des Gefangenen zu betrauen, bis Herr Oberleutnant Balduin über den Russen entscheiden würde.

(Kirsch: Mintz soll in der Schlacht um Olchowatka im Mai 1943 in Kriegsgefangenschaft geraten sein. Ihre Einheit war ebenfalls in diese Kämpfe verwickelt. Sind sie Mintz dort bereits begegnet?)

Das mag sein, aber ich erinnere mich nicht an eine solche Begegnung.

(Trzewik: Warum schickten Sie die Landser fort? Warum sollte Berning allein den Gefangenen bewachen?)

Zum einen, da die beiden Soldaten müde waren und ihren Auftrag mit außerordentlicher Leistungsbereitschaft erfüllt hatten. Sie hatten sich in meinen Augen eine Erholung verdient. Zum anderen, weil ich der Meinung war, würde der Herr Unteroffizier Berning den Gefangenen allein bewachen müssen, würde diese Erfahrung seinen Geist ganz besonders formen.

(Kirsch: Was geschah, als Sie zusammen mit Herrn Berning den Gefangenen antrafen?)

Zuerst schickte ich meine Soldaten fort. Anschließend ging alles sehr schnell. Kaum waren meine Männer verschwunden, hob Berning seinen Karabiner und schoss auf den Gefangenen. Er gab unmittelbar darauf einen zweiten Schuss auf den am Boden liegenden Russen ab.

(Trzewik: Haben Sie einen Schießbefehl erteilt?)

Nein, das habe ich nicht.

Der Bericht ging noch weiter, doch Berning stoppte abrupt. Mit tränenden Augen blickte er auf. Die beiden Offiziere saßen wie schwarze Steine in der Dunkelheit.

»Das ... das ... ist nicht wahr. Pappendorf gab mir den Befehl zu schießen.«

»Herr Pappendorf sagt etwas anderes.«

»Haben ... haben Sie Bailzer befragt?«

»Selbstverständlich.« Trzewik zupfte wieder an der Mappe herum. »Wollen Sie seine Aussage lesen? Herr Bailzer bekräftigt Pappendorfs Version. Demnach hat auch er nichts von einem Schießbefehl mitbekommen, obwohl er noch in Hörreichweite gewesen war. Und ... nun ja ... Herrn Lenz können wir leider nicht mehr befragen. Die Luft wird also ganz schön dünn für Sie, Herr Berning.«

Trzewik legte das Dokument, das Bailzers Aussage beinhaltete, auf den Tisch und strich es mit den Händen glatt. Berning jedoch rührte sich nicht, starrte bloß auf die schriftliche Aussage in seinen Händen, die mit Feldwebel Adolf Pappendorfs Unterschrift versehen war. Neben der Signatur war das Datum vermerkt: 1. Juni 1944.

Stumm blickte Berning auf. So viele unterschiedliche Emotionen jagten durch seinen Körper. Er war wie versteinert.

»Ich verstehe diese ganze Aufregung nicht«, sagte er schließlich vollkommen gefasst, »ist doch schließlich nur ein Slawe gewesen.«

Kirsch seufzte lange und betont, während Trzewik seine Finger knetete, dass sie knackten. Die beiden ließen sich mit einer Antwort Zeit. Schließlich erklärte der Oberst: »Gemäß der Beck-Doktrin vom 13. Dezember 1942 mit dem Zusatzprotokoll vom 23. April 1943 droht Ihnen unmittelbar das Kriegsgericht.« Trzewik trug seinen Text genüsslich vor, schnalzte von Zeit zu Zeit mit der Zunge.

Berning brachte kaum mehr eine Silbe über die Lippen.

»Beck-Doktrin?« Natürlich wusste Berning von den Beck-Doktrinen, doch in seinen Augen waren das alte Regeln, verpackt in neue Weisungen. Zu Zeiten Hitlers hatte sich bloß niemand für die Existenz dieser Regeln interessiert. Und auch dieser Tage schienen sie kaum jemanden zu jucken ... mit Ausnahme dieser beiden Arschlöcher von der Feldpolizei.

»Sie kennen die Beck-Doktrin nicht?« Trzewik verschränkte die Arme. »Haben wohl so viel Zeit damit verbracht, wehrlose Menschen abzuschlachten, dass Ihnen der Politikwechsel im Reich entgangen ist, was?«, schnappte der Oberst und zeigte seine gelben Zähne.

Bernings Blick flackerte. Seine Hände ballten sich zu Fäusten. Er öffnete den Mund – und brüllte los: »Wollen Sie mich eigentlich verscheißern!? Menschen abschlachten? MENSCHEN ABSCHLACHTEN?! Sie zwei Witzfiguren! Ich wollte diese ganze Scheiße nicht! Ich wollte keinen abschlachten! Und ständig kriege ich den Arsch aufgerissen, weil ich nicht auf die anderen schießen will! Also fang ich an auf die zu schießen. Weil die beschissene Wehrmacht das so will! UND JETZT SOLL DAS AUCH FALSCH SEIN? Was ist bloß los mit dieser Welt?«

Bernings Geschrei ließ die beiden Offiziere völlig unbeeindruckt. Stattdessen setzten sie die Vernehmung betont sachlich fort; sie überhörten die »Witzfiguren« einfach.

Nach 40 Minuten schärfster Befragung und des ständigen Hinterfragens jedes Wortfetzens, den Berning von sich gab, lehnte sich Trzewik schließlich zurück. Seine Zähne leuchteten im Licht des Raumes abermals gelblich.

»Nun gut, Herr Berning«, eröffnete er dem mit zuckenden Fäusten dastehenden Unteroffizier die weiteren Maßnahmen, »die Dinge nehmen nun wie folgt ihren Lauf: Bis zum Abschluss unserer Ermittlungen verlieren Sie jegliche Privilegien und Rechte eines militärischen Vorgesetzten. Die Schulterklappen werden Ihnen Ihrer Ehre wegen gelassen – vorerst. Doch Sie erteilen keinen Befehl mehr, führen keine Gruppe mehr et cetera. Für die nächste Zeit ist Ihr Status dem eines Rekruten vergleichbar. Ihr Chef ist darüber bereits informiert. Des Weiteren: Sie erhalten von uns im Laufe der nächsten zwei Wochen das abgetippte Protokoll dieser Befragung zur Gegenzeichnung. Sie erhalten im Laufe der nächsten neun Monate eine Ladung vor das Sondergericht Berlin für schwere Verbrechen gegen die Menschlichkeit, oder – unwahrscheinlicherweise – einen Bescheid über die Einstellung des Verfahrens.« Trzewik schüttelte mit einem Grinsen im Gesicht den Kopf. »Nein, mein Lieber, machen Sie sich mal keine allzu großen Hoffnungen. Für Sie kommt es ganz dicke.«

Berning brannte innerlich.

»Im Falle einer Verurteilung sieht die Beck-Doktrin gemäß Paragraph 5 Absatz 31 als Mindeststrafmaß acht Jahre Zuchthaus vor. Aber, da Ihr Fall besonders heimtückisch ist ... mhm ...« Trzewik vollführte eine skeptische Bewegung mit der Hand. »... ich sag mal so: Der Genickschuss auf den liegenden, verwundeten Mann wird wohl auch Ihr Genick brechen – wortwörtlich. Glauben Sie nicht, dass die Wehrmacht Schweine wie Sie davonkommen lässt.«

Berning sagte kein weiteres Wort mehr. Er war zu sprachlos, zu wütend, zu hasserfüllt. Er machte auf dem Absatz kehrt und marschierte aus dem kleinen Kämmerchen. Purer, blanker Hass flutete seinen Geist.

Westlich von Cairon, 09.07.1944

Die III. Abteilung des PzRgt 2 war schließlich in ihren ursprünglichen Verfügungsraum westlich von Cairon zurückgekehrt. Der Verband sollte noch eine ganze Zeit lang in Frankreich verbleiben, um einmal mehr Kräfte und Material aufzufrischen. Darüber hinaus machten Gerüchte die Runde, die diesen verfluchten Panzer III betrafen. Der veraltete Kampfwagen sollte nun doch endlich aus der kämpfenden Truppe ausgemustert werden, die Abteilung stattdessen auf einen anderen Typ umsatteln. Die neuen Panzer waren schon im Zulauf – und alle rätselten, was man ihnen nun unter den Hintern schieben würde.

Die gesamte Abteilung war auf einer großen Wiese angetreten, abseits der Panzer. Lichte Wälder umschlossen den Platz, auf dem die klein gewordenen Kompanien, die jeweils als Rechtecke aufmarschiert waren, im Gesamten ein U bildeten. Am Kopf der Formation befanden sich Major Meier und Generalmajor Sieckenius, Divisionskommandeur der 16. Panzer-Division, der sich die Verleihungsprozedur innerhalb seines Kommandos nie entgehen ließ. So war er dieser Tage quasi mit nichts anderem beschäftigt, als von Einheit zu Einheit zu fahren und Auszeichnungen zu verteilen.

Was in der Folge geschah, war eine einzige Massenauszeichnung fast aller Soldaten der Abteilung. Reichskanzler Halder hatte zur erfolgreichen Abwehr der Invasion den Orden „Abwehrschlacht Normandie 1944“ gestiftet, dessen Verleihkriterien derart weit gefasst waren, dass quasi jeder während des alliierten Angriffs in Nordfrankreich stationierte deutsche Soldat damit ausgezeichnet wurde. »Motivation der Truppe« nannte das die Führung. Darüber hinaus wurden Dutzende weitere Orden verliehen, hauptsächlich um Soldaten der Invasionsfront zu ehren, aber auch für länger zurückliegende Ereignisse, denn manchmal ließ sich der Bürokratieapparat der Wehrmacht Zeit mit der Bearbeitung der Anträge.

Eiserne Kreuze, Deutsche Kreuze, Kriegsverdienstkreuze und Panzerkampfabzeichen aller Klassen wurden munter unter den Soldaten der Abteilung verteilt. Engelmann erhielt das Panzerkampfabzeichen IV. Stufe, ebenso Nitz, Münster und Ludwig.

Im großen Finale des Auszeichnungsmarathons verlieh der Divisionskommandeur zwei Ritterkreuze. Das erste ging an einen Obergefreiten der 10. Kompanie für die Vernichtung von sage und schreibe elf feindlichen Panzern im Nahkampf. Hauptmann Stollwerk war der Empfänger des zweiten Ritterkreuzes. Der Offizier erhielt die hohe Auszeichnung zum einen für seinen laut Urkunde heldenhaften Einsatz bei Mont Fleury, zum anderen für das Aufspüren der vom französischen Untergrund verschleppten Unteroffiziere. Leutnant Engelmann konnte darüber nur den Kopf schütteln, doch was sollte er tun? Wenn der Kanzler der Meinung war, Stollwerk verdiente das Ritterkreuz, dann verdiente er das Ritterkreuz wohl auch.

Als sich der Divisionskommandeur schließlich verabschiedete und die Veranstaltung wieder in die Hände Meiers legte, waren eineinhalb Stunden vergangen. Die Soldaten waren längst unruhig, hatten sie doch die ganze Zeit über stillstehen müssen. Doch es war noch nicht vorbei, denn Beförderungen standen an. Etliche Mannschaften und Unteroffiziere wurden im Dienstgrad heraufgesetzt.

Danach rief Meier Stollwerk und Engelmann noch einmal vor die Front. Ohne große Umschweife verlas er die Beförderungen beider Soldaten. Der Abteilungskommandeur erklärte den verdutzt dreinblickenden Soldaten, dass mit sofortiger Wirkung der 9. Juli vom Kanzler persönlich zum *Tag der Normandieschlacht* erklärt worden war. Damit kam dieser Tag zu den wenigen anderen festgelegten Tagen hinzu, an denen überhaupt Beförderungen von Offizieren ausgesprochen werden durften. Der Abteilungskommandeur trat vor Engelmann, dem er freudestrahlend die Hand schüttelte.

»Herr Engelmann«, sprudelte es aus Meier heraus, »das war mehr als überfällig. Nein wirklich, ich freue mich sehr für Sie.«

Engelmann wurde etwas verlegen und bedankte sich artig. Anschließend nahm Meier ihm die Schulterklappen herunter und befestigte ihm stattdessen die Rangabzeichen eines Oberleutnants.

»Ich darf noch hinzufügen, dass Sie selbstredend bald Ihre eigene Kompanie erhalten werden«, frohlockte Meier. Er ergriff abermals Engelmanns Hand. Über das Antlitz des frischgebackenen Oberleutnants zog sich ein breites, ehrliches Lächeln. Engelmann freute sich aufrichtig. Je mehr Verantwortung er besaß, desto besser konnte er seinem Vaterland dienen. Überhaupt lief derzeit doch alles wie am Schnürchen: Die Invasion war abgeschlagen, womit man den Westmächten hoffentlich für immer die Lust auf Mitteleuropa genommen hatte. Auch in Süditalien saß der Feind unweit seiner Landeköpfe fest. Darüber hinaus schien der japanische Angriff auf die Sowjetunion genug Schlagkraft zu entwickeln, um die Entscheidung im Osten zu herbeizuführen, so meinte Engelmann. Das Ende des Krieges lag quasi in Sicht.

Engelmann spürte, wie die Zuversicht ihn beflügelte. Kaum zu glauben, aber das Deutsche Reich war drauf und dran, diesen Krieg zu gewinnen. Vor einem Jahr noch hatte Engelmann fast nicht mehr an einen deutschen Sieg glauben wollen. Jetzt kam es natürlich darauf an, dass die Amerikaner und

Briten sich auf Verhandlungen einließen, statt einen ewigen Sitz- und Luftkrieg zu führen. Engelmann aber konnte sich nicht vorstellen, dass den Alliierten an einem immerwährenden Kriegszustand gelegen war. Irgendwann musste dieses leidige Schlachten doch ein Ende haben ... Engelmann schätzte die Westmächte als vernünftig genug ein, dies ebenso zu sehen. Josef wollte einfach an ein baldiges Kriegsende glauben. Er spürte außerdem, dass er der Front und dem Kämpfen Lebewohl sagen musste, solange er noch einen letzten Fetzen Seele in sich trug, den es zu retten lohnte. Er vertrat aber weiterhin die Meinung, dass niemand irgendwelche Tricks probieren durfte, um dem Kriegsdienst zu entkommen. Nur das Kriegsende oder der Tod vermochten Engelmann zu erlösen. Alldieweil der frischgebackene Oberleutnant in Glücksgefühlen schwamm, hatte Meier Stollwerks Schultern mit den Achselstücken des Dienstgrades »Major« versehen. Im Nachklang an die Beförderungen wandte sich der Abteilungskommandeur an die Truppe: »Ich möchte diese Gelegenheit nutzen, bekannt zu geben, dass Herr Stollwerk mich um meinen Posten als Abteilungskommandeur beerben wird. Ab dem 1. August.«

Ein Raunen ging durch die angetretenen Soldaten. Sicherlich, diesbezügliche Gerüchte wurden schon seit geraumer Zeit durch den Buschfunk verbreitet und die Offiziere der Einheit waren zumindest über Major Meiers Abschied in Kenntnis gesetzt. Doch Stollwerk sollte sein Nachfolger werden? Das überraschte Engelmann – nicht unbedingt positiv. Schon erhielt seine überschwängliche Zuversicht wieder erste Risse. Stollwerk würde seine harte Linie als Kommandeur problemlos fortführen können – genug Anhänger hatte der Mann innerhalb der Abteilung. Engelmann seufzte. Er konnte ohnehin das Ende dieses Antretens kaum abwarten. Nitz hatte ihm kurz zuvor ein Paket von Elly in die Hände gedrückt, und Engelmann wollte endlich lesen, was sie geschrieben hatte. Vor allem wollte er ihr rasch antworten. Er wollte ihr seine ganze Zuversicht mitteilen, wollte sein Glück zum Ausdruck bringen. Und er verspürte den dringenden Wunsch in sich, Elly zu schreiben, wie wichtig sie und Gudrun für ihn waren. Die schlimmen, die beißenden Gefühle jedoch, die ihm dieser Tage mehr zusetzten als je zuvor, würde er für sich behalten.

Leutnant, 23.6.1944

Josef Engelmann
F.P. 34444

Mein Sepp!
Danke für Deine Zeilen, auch wenn sie kurz und sachlich waren. Ich kann verstehen, daß Du in den Tagen der Invasion kaum Zeit hast, Deiner Frau zu schreiben und sicherlich ist auch alles wieder geheim, daß Du gar nicht darfst. Aber jedes Lebenszeichen von Dir ist mir eine ungeheure Erleichterung! Immer, wenn mich ein Schreiben erreicht, das wie von der Wehrmacht wirkt, dann wird mir ganz schummrig und wackelig in den Beinen und ich kann mich kaum noch halten dann. Hoffe bloß, Du willst kein Held werden! Gib Dein Leben nicht für ein Stück Land achtlos her, mein Sepp! Denke immer daran, in Bremen ist Deine Familie, die Dich braucht und Gudrun braucht doch einen Vater, der ihr beim Aufwachsen zuschaut und ihr später die Verehrer vom Halse hält! Bitte schreibe bald wieder, wenn Du kannst. In der Wochenschau heißt es, wir haben in Frankreich gesiegt, also bist Du außerhalb der Gefahr oder schon wieder woanders unterwegs? Hast wohl eine ganz schöne Reise hinter Dir, wenn Du irgendwann nach Hause kommst! Ich hoffe, das ist bald. Wir können doch nicht nur Krieg haben ein Leben lang!
Gudrun sagt schon ein paar Dinge, und manchmal sogar Papa. Sie vermißt Dich sehr. Ich hoffe, daß ihr beiden bald Zeit bekommt, euch kennenzulernen!
In Liebe
Elly

Perham Down, Großbritannien, 10.07.1944

Winston Churchill, ein kleiner, dicklicher Mann mit zerknautschtem Gesicht und einem weißen, lichten Haarkranz auf dem Kopf, wartete vor einem großen Klapptisch, auf dem allerhand Handfeuerwaffen ausgelegt waren. M1 Carbine, M1 Garand, M1917 Enfield, Lee-Enfield, Thompson Gun, De Lisle-Spezialkarabiner und andere Bleispritzen waren für den hohen Besuch herbeigeschafft worden. Neben Churchill waren anwesend: der Oberbefehlshaber aller alliierten Streitkräfte Nordwesteuropas, General Dwight David Eisenhower, und dessen Stellvertretender, General Montgomery. Im Hintergrund hielt sich außerdem eine Traube hoher Offiziere der alliierten

Armeen auf, doch niemand wagte es, die drei Herren zu stören. Alles wartete auf eine Regung der hochrangigen Gäste.

Die Sonne schien kräftig an diesem Tag. Der Himmel war wolkenlos und die Sicht gut. Der Schießstand für Handfeuerwaffen umfasste ein weitläufiges Areal, eingegrenzt von Mischwäldern und Stacheldraht. Die allgemeine Stimmung schien sich wie eine erdrückende Decke über die Szenerie zu legen.

Seit der gescheiterten Invasion war die Moral der alliierten Expeditionstruppe schlecht, und während die Führung über das weitere Vorgehen beriet, trieben die Geschehnisse der vergangenen Wochen spürbare Keile zwischen die einzelnen am Anti-Deutschland-Pakt beteiligten Nationen. Unter den überlebenden Männern der Invasionstruppe breitete sich das Gefühl aus, man hätte sie auf den Stränden Nordfrankreichs verheizt – hätte sie wider besseren Wissens ins deutsche Feuer rennen lassen. Vor allem die amerikanischen Soldaten fragten sich zunehmend, was sie in England überhaupt sollten, wo die Alte Welt sie doch eigentlich gar nichts angehe. Weiter wirkte sich belastend auf die Truppe aus, dass es kaum einen alliierten Soldaten in Großbritannien gab, der keinen guten Freund oder Bekannten in der Normandie verloren hatte. Die allgemeine Stimmung war am Tiefpunkt angelangt. Gerade deshalb hatte die oberste Führung, allen voran Eisenhower, der von Roosevelt alle Freiheiten bezüglich Europas genoss, und Churchill eine Charmeoffensive sondergleichen gestartet.

Die hohen Politiker und Militärs wollten Präsenz zeigen, wollten den Männern vermitteln, dass sie vor Ort waren, um sich die Sorgen und Nöte der Soldaten anzuhören. Dennoch, auch über Churchills, Eisenhowers und Montgomerys Köpfen schwebten düstere Wolken. Die drei waren sich nicht einig über die zukünftige Strategie. Die politische Lage war dieser Tage überaus schwierig, die am Bündnis beteiligten Nationen argwöhnten einander.

Allen voran schien die Sowjetunion jedes Vertrauen in seine westlichen Partner verloren zu haben. Stalin tobte ob der gescheiterten Invasion, fühlte sich durch den Westen betrogen. In dem sowjetischen Führer schien der Gedanke zu keimen, die Amerikaner und Briten würden absichtlich auf Zeit spielen, bis Deutschland und Russland sich gegenseitig zerfleischt hätten. Doch auch die Briten lagen mit den Amerikanern im Clinch.

Eisenhower hatte bei der Invasion den britischen Sektor Gold Beach aufgegeben, Omaha und die Pointe du Hoc allerdings unter hohen Verlusten zu evakuieren versucht. Roosevelt beließ Eisenhower im Amt, obwohl der US-General seinen Rücktritt angeboten hatte. Das alles färbte auf das britisch-amerikanische Verhältnis ab.

Churchill ergriff schließlich einen M1 Carbine, einen kleinen, halbautomatischen Karabiner. Der englische Premierminister, ein bekennender Waffennarr, wandte sich an seine Gefährten: »Ike, Monty. Was haltet ihr davon, euch von einem alten Engländer zeigen zu lassen, wie man richtig schießt?«

Eisenhower grinste. Sein amerikanischer Stolz befahl ihm, auf die Herausforderung einzugehen. Montgomery blieb zurückhaltender, gab es an diesem Tag doch Wichtigeres zu tun, doch auch er willigte ein. Eine Handbewegung Eisenhowers genügte und die britischen und angloamerikanischen Offiziere im Hintergrund begannen zu rotieren. Drei Karabiner mit Munition wurden herbeigeschafft, das Zielgelände blitzschnell geräumt, Zielscheiben herangekarrt und aufgebaut. Churchill, Eisenhower und Montgomery ergriffen jeweils einen Carbine, stellten sich in einer Reihe nebeneinander auf, sodass die Entfernung zu den Scheiben 25 Meter betrug. Schon hatte Churchill seine Waffe fertig geladen. Der englische Premierminister legte an – und feuerte. Der Rückstoß ruckte mit jedem Schuss in seinen massigen Körper, indessen jagte er die Kugeln in schneller Folge in die Zielscheibe. Nach wenigen Sekunden ertönte ein metallisches Klicken statt eines Schusses.

Nun legten auch Eisenhower und Montgomery auf die Scheiben an. Während Eisenhower seine Munition ebenso schnell verschoss wie Churchill, nahm sich Montgomery mehr Zeit beim Zielen und legte nach jedem Schuss neu an. Die beiden Herren mussten beinahe eine Minute warten, bis auch der britische General seine Munition verschossen hatte. Wie bestellt applaudierten die Offiziere im Hintergrund, nachdem der letzte Schuss gefallen war.

»Meine Freunde, so sehr ich das Schießen mit euch auch schätze, fürchte ich, gibt es dringliche Angelegenheiten, deren Besprechung keinen weiteren Aufschub dulden«, drängte Monty leise.

Die drei Herren kamen etwas näher zusammen, denn niemand brauchte zu hören, was sie zu besprechen hatten. Montgomerys Antlitz war verdunkelt. Churchill nickte stumm und zog seine Stirn in Falten.

»Ike,« begann Churchill, der seinen Blick auf Eisenhower gerichtet hielt. Die Miene des Amerikaners verfinsterte sich zunehmend. »Ich habe mich mit meinen Militärs ausgiebig beraten. Mit King George habe ich lange Gespräche geführt.« Weiterer Worte bedurfte es nicht. Eisenhower schien zu verstehen. Er warf Montgomery einen fragenden Blick zu. Der frischgebackene Field Marshall mit dem schlanken Gesicht und dem schmalen Oberlippenbart nickte bestätigend.

»Ich trage diese Idee ebenso mit«, bekräftigte er Churchills Standpunkt.

Nun war es Eisenhower, der entschlossen nickte.

»Also gut«, begann der US-General. »Ihr seid euch bewusst, dass ihr bei dieser Sache auf euch gestellt seid? Der Commander in Chief war diesbezüglich deutlich. Ich kann diese Offensive nicht unterstützen.«

»Sind wir gewohnt«, kommentierte Montgomery säuerlich.

Eisenhower überhörte die Bemerkung.

Im Hintergrund räumten britische Soldaten die Zielscheiben weg. Der zuständige General war diesbezüglich auf Zack, denn eine Auswertung der Schießergebnisse war aus politischen Gründen nicht erwünscht.

»Das bedauern wir zutiefst«, gab Churchill zu, »aber das Empire ist bereit, diesen Kampf notfalls allein fortzuführen.«

»Ihr kämpft nicht allein!«, stellte Eisenhower mit Nachdruck klar. »Die Vereinigten Staaten von Amerika stehen an eurer Seite bis zum Schluss. Wir halten uns exakt an die für den Fall des Scheiterns der Invasion ausgearbeiteten Direktiven: die totale Zerstörung des Deutschen Reichs aus der Luft, weiter die festen Einkesselung Deutschlands sowie Abschnürung von Ressourcen und Nachschub aus Norwegen, Dänemark, Finnland. Wir schnappen der Achse nach und nach den nordeuropäischen Raum weg und unterbinden endgültig die Lieferungen aus Schweden. Außerdem Verstärkung der Anstrengungen in Italien. Überall sonst sind die Krauts zu stark. Ein weiterer Invasionsversuch mit Tausenden von Toten würde die amerikanische Öffentlichkeit nicht hinnehmen.«

Montgomery ahnte, dass die im November anstehende Wahl zur Triebfeder für Roosevelts Handeln geworden war, nachdem die fehlgeschlagene Invasion der Popularität des Präsidenten geschadet hatte.

»Das wird nicht reichen«, warf Churchill brummend ein.

Montgomery nickte.

»Wir bombardieren sie seit Jahren, ohne nennenswerte Effekte. Berlin ist zu 65 Prozent zerstört, Köln zu 55 Prozent, Hamburg zu 50 Prozent. Doch die verdammten Deutschen machen einfach weiter.« Churchill regte sich hörbar auf. »Und wir wollen nicht bis Dezember warten, bis ihr Amerikaner quasi wieder entscheidungsfähig seid.«

Auf diese Aussage hin verzog Eisenhower das Gesicht, ohne jedoch zu protestieren. Stattdessen erwiderte der Amerikaner: »Wir müssen in diesem Konflikt einen langen Atem beweisen. Haben wir das Deutsche Reich erst einmal in der Umklammerung, werden die Krauts in die Knie gehen wie schon im letzten Krieg.«

»Ihr Amerikaner habt gut reden!«, geiferte Churchill und wurde so laut, dass die Umstehenden peinlich berührt das Gesicht verzogen. »Eure Städte, eure Familien liegen nicht in Reichweite ihrer Bomber. Und jetzt diese neuen Roboterwaffen! Was, wenn die Deutschen sie auf zivile Ziele richten?«

»Unsere Experten können sich nicht vorstellen, dass die Reichweite dieser Dinger dazu ausreicht ...«

»Ja, ja! Von der Lage in Russland will ich gar nicht erst anfangen«, wetterte der englische Premier weiter. »Niemand hat den Angriff der verdammten Kwantung-Armee vorhergesehen. Unsere Intelligence hat auf ganzer Linie versagt! Jetzt ist die russische Sommeroffensive bereits am Dnejpr zum Erliegen gekommen. Am verdammten Dnejpr! Was ist aus Stalins großspurigen Reden geworden? Er wollte im Oktober in Warschau stehen! Ha! Die Deutschen haben unsere Invasion abgeschlagen und nun verlegen sie alles, was eine Waffe halten kann, nach Osten. Die werden bald zum Gegenschlag ausholen, und dann stehen sie im Oktober in Moskau, so sieht es aus!«

Eisenhower blieb fast eine ganze Minute lang stumm, ehe er zu einer wohlüberlegten Antwort ausholte: »Die Japs haben jeden Bezug zur Realität verloren. Gegen uns geraten sie mehr und mehr ins Hintertreffen und nun haben sie sich selbst einen weiteren Kriegsgegner auf den Hals gehetzt.«

»Nein, mein Freund, du verkennst die Japaner. Sie agieren äußerst clever. Ihre Kraft mag nicht ausreichen, die Russen zu besiegen. Niemand erwartet ernsthaft, dass sie bis nach Moskau durchmarschieren. Aber sie entlasten die Deutschen, damit diese die Kommunisten niedermachen können. Unsere Feinde versuchen, die Russen aus dem Spiel zu nehmen, mit deutschen Panzern, wohlgemerkt!«

»Selbst wenn. Die Japaner können diesen Krieg nicht mehr gewinnen.«

»Es geht einzig um Zeit, Dwight! An der Ostfront würden zwölf Millionen deutsche Soldaten frei – und zig Millionen Japaner. Die Deutschen kommen nicht über den Kanal, dafür ist ihre Marine zu schwach. In Europa entsteht eine Pattsituation, also werden sich die Deutschen in Asien engagieren, wo die Japaner zumindest potenziell über starke Marinekräfte verfügen. Sie werden sich uns gemeinsam vorknöpfen. Deutsche Soldaten, verschifft von den Japanern. Japanische Flugzeuge am Himmel, deutsche Panzer am Boden.«

Nun lachte der US-General auf. »Lieber Winston, das ist ein bisschen sehr weit hergeholt.«

»Das sehen wir Briten anders. Deutschland in seiner jetzigen Form ist uns ein mächtiger Dorn im Auge. Eine dauerhafte Gefahr für das Empire und für Europa! Darum muss Deutschland zerstört werden – restlos! Ein und für alle Mal müssen wir diese Nation zerschlagen! Durch die geplante Umklammerung aber gehen wir das Risiko ein, Deutschland bloß zu isolieren. Dann sind die Bastarde zwar angeschlagen, in ihren Möglichkeiten eingeschränkt, aber eben nicht beseitigt. *Nur* durch Bomben werden wir das Reich nicht zu Fall bringen.«

»Aber wir können sie so weit zurück in die Steinzeit bomben, dass nie wieder eine Gefahr von ihnen ausgeht.«

»Was ist mit dem Technologietransfer? Die Japaner bauen Tiger-Panzer und deutsche Maschinengewehre! Laut der Aufklärung bilden japanische Offiziere deutsche Soldaten in Bayern aus. Ihr Amerikaner solltet euch nicht zu sicher in eurer Haut fühlen. Vielleicht richten schon bald die Japaner Roboter gegen eure Küsten?«

Plötzlich verfinsterte sich Eisenhowers Antlitz erneut, dann aber schüttelte er entschieden den Kopf. »Es ist nicht so, dass wir technologisch unterlegen sind. Du weißt, dass wir an einer neuartigen Waffe arbeiten, die ich bisher noch gar nicht in deiner Rechnung finden kann. Ich teile deine Ansichten bezüglich möglicher Zukunftsszenarien daher nicht, aber ich werde deinen Standpunkt noch einmal beim Commander in Chief zur Sprache bringen.«

»Nicht nötig. Ich rede selbst mit ihm.« Churchill klang mürrisch.

»Wie du meinst. Bis dahin darfst du jedenfalls mit jeder erdenklichen Unterstützung unsererseits rechnen: Material, Flugzeuge, Schiffe. Ich könnte mir auch vorstellen, dass die Army mehr Verantwortung in Italien übernimmt, um euch zu entlasten. Aber: No Boots on the Ground! Kein amerikanischer Soldat wird jugoslawischen Boden betreten.«

»No Boots on the Ground? Du hast eben noch großspurig von Skandinavien gesprochen, mein Freund!«

»Nach der Wahl, Winston. Nach der Wahl.«

Nachspiel

Um zu verhindern, dass beispielsweise durch einen unglücklichen Bombenangriff oder eine gezielte Attacke von NS-Treuen gegen eine einzige Einrichtung nicht gleich die gesamte ehemalige Führung des Reiches freigesetzt werden würde, waren die von der Halder-Regierung als »Sonderinhaftierte« eingestuften Männer über viele Gefängnisse Berlins und der Umgebung verteilt worden. Deren Bewachung stellte ausschließlich die Wehrmacht sicher, die ansonsten nichts mit dem Strafvollzug zu tun hatte, doch der Kanzler schien in dieser Angelegenheit der Ordnungspolizei nicht ausreichend zu trauen; und die SS, nun, die gab es in der Form eben nicht mehr.

Das aschfahle Licht des Mondes brach sich in den schmalen, vergitterten Fenstern und fiel als merkwürdig gerippter Schein in den aus altem Gemäuer bestehenden Gang. Rechts und links waren schwere Türen aus Metall, die in winzige Einzelzellen führten, dunklen Verliesen aus vergangenen Zeiten gleich. Unter allen Umständen sollte jeder Kontakt der Häftlinge untereinander vermieden werden, so dass die einzigen Personen, mit denen die Insassen in Kontakt traten, die Wächter der Wehrmacht waren.

Obergrenadier Max Sträuber, ein 19-jähriger Soldat aus dem Großraum Köln, diente in einem der vier speziell für die Bewachung der Inhaftierten geschaffenen Ordnungsbataillone. Sträubers blonde Haare waren an den Seiten kurz geschoren, der Pony jedoch lang und mit Pomade bis zum Hinterkopf gestrichen. Er trug seine Uniform bis ins Detail korrekt und brannte darauf, endlich an die Front zu kommen und einen richtigen Kampfeinsatz mitzuerleben. Ein Versetzungsgesuch hatte sein Chef allerdings abgelehnt. Sträuber, der an diesem Abend zum Wachdienst eingeteilt war, schlich den schaurigen Gang hinauf. Zwei dunkle Gestalten in langen Mänteln folgten ihm. Der junge Soldat erreichte die letzte Zellentüre auf der rechten Seite, seine Verfolger schlossen zu ihm auf. Ein Schlüsselbund klimperte. In der Ferne dröhnten die alliierten Bomber, die wieder über der Hauptstadt im Einsatz waren. Ebenso grollten die Detonationen der Sprenggranaten und Brandbomben, die zum großen Teil zivile Ziele entzündeten und zerrissen.

»Wenn das jemand spitzbekommt, lässt man mich erschießen«, bemerkte Sträuber mit unsicherer Stimme, als er den passenden Schlüssel vom Bund fischte. Die beiden Männer hatten große Anstrengungen – und einiges an Geld – aufbringen müssen, um bis hierhin zu gelangen.

»Glauben Sie mir, wir erkennen das große Risiko, das Sie für unsere Sache eingehen, dankend an. Man wird Sie nicht vergessen, wenn es so weit ist.«

Sträuber nickte und steckte den passenden Schlüssel ins Schloss. Ein metallisches Klicken ertönte. Langsam öffnete Sträuber die Tür.

Eine dreckige Kloschüssel und eine Pritsche kamen zum Vorschein. Es war stockdunkel in dem Raum, ein Fenster gab es nicht, die schäbige Glühbirne war ausgeschaltet. Einzig das Mondlicht aus dem Gang, das ganz schwach vom Gemäuer reflektiert wurde, warf seinen kaum sichtbaren Schein in die geöffnete Zelle.

Ein hagerer Mann saß am Kopfende der Pritsche. Als er sich erhob, wurden seine Gesichtszüge erkennbar. Ein trapezförmiger Bart schmückte den Bereich zwischen Oberlippe und Nasenspitze, eine Brille mit kreisrunden Gläsern saß vor der Augenpartie. Sein dunkles Haupthaar trug er kurz und ordentlich gekämmt auf dem Kopf, komplett abgeschoren an den Seiten und am Hinterkopf. Bedingt durch die hohe Stirn sah es fast so aus, als trüge der Häftling eine Kippa aus Haaren, und es schien, dass der Mann trotz der widrigen Umstände seiner Haft viel Wert auf sein Äußeres legte. Langsam tapste der Häftling, der etwas von einem Schulmeister an sich hatte, auf die geöffnete Zellentür zu.

»Na machen Sie schon, Oberführer«, forderte Sträuber. Der Junge spannte alle Muskeln in Erwartung des Schlages und kniff gleichzeitig die Augen zusammen. Eine der Gestalten ließ eruptiv seine Faust vorschnellen und donnerte sie dem Obergrenadier ins Gesicht. Blut schoss dem jungen Soldaten aus der Nase; er ging sofort zu Boden.

Mit tränengetrübtem Blick sah er dem ehemaligen Häftling und dessen Begleitern nach, wie sie den Gang hinunterliefen.

*

Noch in derselben Nacht kamen die Verschwörer in einem finsteren Keller zusammen. Sie begrüßten den soeben Befreiten und versicherten ihm ihre Treue. Der Befreite aber blickte sich mit finsterer Miene um.

Fast eine Minute lang hüllten sich die Anwesenden in Schweigen, anschließend sagte der »Schulmeister« mit scharfer Stimme: »Kameraden, es beglückt mich ungemein zu sehen, dass es noch treue, deutsche Mitstreiter für unsere Sache gibt, die sich nicht mit dem Feinde im eigenen Land verschworen haben. Es ehrt unsere Sache weiter, dass neben uns auch andere besorgt sind um das Wohl unseres Vaterlandes. Deutsche aller Stände, aller Lager haben sich unserer Sache verpflichtet!«

Er nickte einem Mann Anfang 60 zu, der die Uniform eines hohen Offiziers der Wehrmacht trug. Die goldenen Schulterklappen eines Generalfeldmarschalls schimmerten in der Dunkelheit. Ein Eisernes Kreuz mit silberfarbener Umrandung und einem Hakenkreuz auf schwarzem Grund funkelte zwischen den Kragenteilen. Der Mann trug einen schmalen Oberlippenbart. Seine alten Augen und seine mit tiefen Falten durchzogene Gesichtspartie weckten den Anschein großer Liebenswürdigkeit.

»Kameraden, Mitkämpfer!«, der Befreite zupfte sich seine kreisrunde Brille zurecht, »bald schon werden wir uns nicht mehr in dunklen Kellern verstecken müssen. Wir werden Germania in ein goldenes Zeitalter führen – und wir werden das germanische Volk von dem Unrat befreien, dem Halder wieder das Atmen erlaubt hat! Zeigen Sie her, was Sie haben.« Fordernd blickte der

Befreite den Generalfeldmarschall an. Der reichte ihm eine Akte, gefüllt mit Dokumenten.

»Operation Walküre«, erklärte sich der Offizier knapp, »eine Unternehmung, geschaffen für den Todesfall des Kanzlers. Sollte Halder etwas zustoßen, so könnten wir mit Zugriff auf das Ersatzheer diesen Notfallplan ausführen. Fromm ist die Schlüsselfigur in diesem Unternehmen. Wir wissen, dass der Mann ein Opportunist ist. Wenn es losgeht, ist schwer zu sagen, ob er auf unserer Seite stehen wird.«

»Der Feigling wird immer dort sein, wo er die stärkeren Divisionen glaubt«, warf der Befreite ein.

»Allerdings sitzen einflussreiche Freunde unserer Sache im Personalamt des Heeres. Binnen weniger Monate können wir einen der unseren auf Fromms Dienstposten hieven. Walküre wäre dann ein Klacks. Wir schalten Halder aus, geben das Ganze als Putschversuch der Juden aus und lassen über das Ersatzheer alle wichtigen Stellen in Berlin sichern. Ehe die Wehrmacht ...«

Der hohe Offizier stockte, er versuchte im Gesicht seines Gegenübers zu lesen. Der Befreite schien wenig begeistert. Er blätterte beiläufig durch die Akte, dann schmiss er den ganzen Krempel auf den Boden. »Das ist doch etwas für Dilettanten«, echauffierte er sich. »Nein, Kameraden! Das wird unserer Sache nicht gerecht. Wir sind stark, wir haben unsere Mitstreiter überall. Wir sind Germanen reinen Herzens. Wir brauchen uns nicht hinter Plänen zu verstecken. Nein, wir werden offen auftreten und für unsere Sache kämpfen. Wir werden vor der Welt Zeugnis ablegen, dass noch nicht jeder Deutsche dem verweichlichten Judentum der Amerikaner anheimgefallen ist!«

Achtung, aufgepasst: Die rundum überarbeitete Neuausgabe von **Stahlzeit Band 5** erscheint bereits im September 2024!

Personenverzeichnis

Dienstgrad, Einheit und Dienststellung entsprechen der Situation **während der ersten Erwähnung** der Figur im Roman. (*historische Persönlichkeit)

Balduin, Horst, Oberleutnant, Chef der 1. Aufklärungs-Schwadron/Aufklärungs-Abt 253/253. Infanterie-Div/VI. AK/6. A/Heeresgruppe Nord/OB Ost
Bailzer, Carsten, Obergrenadier, Soldat des Zg Pappendorf
Balduin, Horst, Oberleutnant, Chef der 1. Aufklärungs-Schwadron/Aufklärungs-Abt 253/253. Infanterie-Div/VI. AK/6. A/Heeresgruppe B/OB Frankreich-Benelux
Bauer, Heinz-Gerd »Hege«, Gefreiter, MG-Schütze der Grp Berning
Bäumer, Harald, Feldwebel, Panzerkommandant im Zg Rita/Kompanie Engelmann
Beck, Ludwig*, Generaloberst a.D., Reichspräsident des DR
Berning, Franz, Unteroffizier, Gruppenführer 2. Grp/2. Zg/1. Aufklärungs-Schwadron/Aufklärungs-Abt 253/253. Infanterie-Div/XXXXVII. PzK/7. A/Heeresgruppe B/OB Frankreich-Benelux
Bongartz, Rudi †, Gefreiter, ehemaliger MG-2-Schütze der Grp Berning, bei Olchowatka gefallen
Calvert, Jack, Gefreiter, Soldat der Grp Schneider
Churchill, Winston*, Premierminister Großbritanniens
Constantin, Joe, Private First Class, 1st Squad/Weapons Platoon/Company L/4th Marine Raider Battalion/1st Marine Raider Regiment/United States Marine Corps
D'Amico, John, Private First Class, 2nd Squad/1st Platoon/Company L/4th Marine Raider Battalion/1st Marine Raider Regiment/United States Marine Corps
Dschibril, Mohammed, Obergrenadier, Soldat der Grp Schneider
Dschibril, Yusuf, Obergrenadier, Soldat der Grp Schneider
Durant, Martin, Oberstleutnant, stellvertretender Kommandant der Berner Polizei
Eisenhower, Dwight D.*, General, OB der alliierten Expeditionsstreitmacht in Europa
Engelmann, Else, Frau von Leutnant Josef Engelmann
Engelmann, Gudrun, Tochter von Josef und Else Engelmann
Engelmann, Josef »Sepp«, Leutnant, Zugführer 1. Zg und kommissarischer KpChef 9. Kp/III. Abt/PzRgt 2/16. PzDiv/LII. AK/6. A/Heeresgruppe B/OB Frankreich-Benelux

Fritze, Adam, Oberleutnant, Zugführer 1. Zg/2. Kp/Sonderverband 804/716. Infanterie-Div/LXXXIV. AK/7. A/Heeresgruppe B/OB Frankreich-Benelux

Fromm, Friedrich*, Generaloberst, Chef des Ersatzheeres und der Heeresrüstung

George VI.*, König von Großbritannien, Kaiser von Indien, Oberhaupt des Commonwealth

Guderian, Heinz*, Generalfeldmarschall, Chef des Heereswaffenamtes

Hitler, Adolf* †, ehemaliger »Führer« des Deutschen Reichs, verstorben im November 1942

Huber, Wolfgang, Unteroffizier, Gruppenführer der 4. Grp/1. Zg/2. Kp/Sonderverband 804/716. Infanterie-Div/LXXXIV. AK/7. A/Heeresgruppe B/OB Frankreich-Benelux

Itagaki, Seishirō*, Rikugun Taishō (General), Führer der japanischen Delegation im Deutschen Reich

Jahnke, Siegfried, Gefreiter, Ladeschütze im Panzer Engelmann

Juergens, Timothy, Private First Class, 2nd Squad/Weapons Platoon/Company L/4th Marine Raider Battalion/1st Marine Raider Regiment/United States Marine Corps

Junghans, Gretel, Franz Bernings Freundin

Kirsch, Udo, Hauptmann und Doktor, Sonderkommando Kriegsverbrechen/Geheime Feldpolizei

Klauser, Beppo, Leutnant, Zugführer Propaganda-Zg/Propaganda-Kp 649/A-Nachrichten-Rgt 531/7. A/Heeresgruppe B/OB Frankreich-Benelux

Klopp, Lucas, Panzerobergrenadier, 1. Grp/1. Zg/schwere Schwadron/II. Abt/Panzergrenadier-Rgt 26/24. Panzer-Div/LII. AK/6. A/Heeresgruppe B/OB Frankreich-Benelux

Kobelt, Karl*, schweizerischer Bundesrat, Vorsteher des Militärdepartements

Kranz, Peter, Oberfeldwebel, Zugführer 2. Zg/9. Kp/III. Abt/PzRgt 2/16. PzDiv/LII. AK/6. A/Heeresgruppe B/OB Frankreich-Benelux

Kröger, Dieter, Hauptmann, Kompaniechef 9. Kp/1. Bataillon/Infanterie-Regiment 744/711. Infanterie-Div/LII. AK/7. A/Heeresgruppe B/OB Frankreich-Benelux

Lenz, Udo †, Gefreiter, ehemaliger Soldat des Zg Pappendorf, gefallen auf der Pointe du Hoc während der Invasion

Ludwig, Theo, Obergefreiter, Richtschütze im Panzer Engelmann

Meinhard, Wilke, Obergefreiter, MG-Schütze der 1. Grp/1. Zg/schwere Schwadron/II. Abt/Panzergrenadier-Rgt 26/24. Panzer-Div/LII. AK/6. A/Heeresgruppe B/OB Frankreich-Benelux

Meier, Hans, Major, Kommandeur III. Abt/PzRgt 2/16. PzDiv/LII. AK/6. A/Heeresgruppe B/OB Frankreich-Benelux

Milch, Erhard*, Generalfeldmarschall, OB der Luftwaffe

Mintz, Viktor †, Rjadowoi (Soldat), Rotarmist, im Mai 1943 bei Olchowatka in deutsche Kriegsgefangenschaft geraten, durch Uffz Berning im Februar 1944 erschossen

Montgomery, Bernard*, Field Marshal, OB der 21. Army Group/alliierte Expeditionsstreitmacht

Morgan, William, Captain, Kompaniechef Company L/4th Marine Raider Battalion/1st Marine Raider Regiment/United States Marine Corps

Moseneke, Fourie, Obergefreiter, Soldat der Grp Schneider

Münster, Hans, Feldwebel, Kraftfahrer im Panzer Engelmann

Nehring, Walther*, Generalfeldmarschall, Verbindungsoffizier der Panzertruppe zur Kaiserlich Japanischen Armee

Nitz, Eberhardt, Oberfeldwebel, Soldat der Kp Rosenkamp (kommissarisch geführt durch Engelmann), derzeit im Lazarett

Pappendorf, Adolf, Feldwebel, Zugführer 2. Zg/1. Aufklärungs-Schwadron/Aufklärungs-Abt 253/253. Infanterie-Div/XXXXVII. PzK/7. A/Heeresgruppe B/OB Frankreich-Benelux

Reuben, Egon, Gefreiter, Soldat der Grp Berning

Roebuck, Marie, Ehefrau von Tom Roebuck

Roebuck, Tom, Private First Class, 2nd Squad/1st Platoon/Company L/4th Marine Raider Battalion/1st Marine Raider Regiment/United States Marine Corps

Rommel, Erwin*, Generalfeldmarschall, OB Frankreich-Benelux

Roth, Luise, Mitarbeiterin im britischen Konsulat in Bern

Roosevelt, Franklin D.*, Präsident der USA

Saviano, Tony, Private First Class, 2nd Squad/1st Platoon/Company L/4th Marine Raider Battalion/1st Marine Raider Regiment/United States Marine Corps

Schmidt, Richard*, Oberst, ehemaliger Kommandeur des Grenadier-Regiment 473, in US-Kriegsgefangenschaft

Schneider, Pantelis, Feldwebel, Gruppenführer der 1. Grp/1. Zg/2. Kp/Sonderverband 804/716. Infanterie-Div/LXXXIV. AK/7. A/Heeresgruppe B/OB Frankreich-Benelux

Schumann, Anton, Gefreiter, Soldat der Grp Schneider

Schütz, Kaspar, Obergrenadier, Soldat der Grp Schneider

Schwarz, Eugen, Obergrenadier, Soldat der Grp Berning (ab 29.06.1944)

Shapley, Alan*, Lieutenant Colonel, Commanding Officer (Kommandeur) des 1st Marine Raider Regiment/United States Marine Corps
Sieckenius, Rudolf*, Generalmajor, Kommandeur der 16. PzDiv/LII. AK/6. A/Heeresgruppe B/OB Frankreich-Benelux
Speer, Albert*, Reichsminister für Produktion und Rüstung
Stalin, Josef*, Führer der Sowjetunion
Stendal, Gottlieb, Unteroffizier, Funker im Panzer Engelmann
Stollwerk, Arno, Hauptmann, Kompaniechef 12. Kp/III. Abt/PzRgt 2/16. PzDiv/LII. AK/6. A/Heeresgruppe B/OB Frankreich-Benelux
Sträuber, Max, Obergrenadier, 2. Grp/2. Zg/3. Kp/Ordnungsbataillon III/Ersatzheer
Taylor, Thomas, Unteroffizier, Soldat des Sonderverbands Brandenburg; kommandiert zur Abwehr
Teller, John, Private First Class, 1st Squad/Weapons Platoon/Company L/4th Marine Raider Battalion/1st Marine Raider Regiment/United States Marine Corps
Trzewik, Waldemar, Oberst, Sonderkommando Kriegsverbrechen/Geheime Feldpolizei
von Burgsdorff, Kurt*, Oberstleutnant der Reserve, Kommandeur des PzRgt 2/16. PzDiv/LII. AK/6. A/Heeresgruppe B/OB Frankreich-Benelux
von Leeb, Ritter*, Generalfeldmarschall, OB der Heeresgruppe B/OB Frankreich-Benelux
von Manstein, Erich*, Generalfeldmarschall, OB Ost
von Steiger, Eduard*, Schweizerischer Bundesrat, Vorsteher des Justiz- und Polizeidepartement
Halder, Erwin*, Generalfeldmarschall, Reichskanzler des Deutschen Reichs, OB der Wehrmacht
Voss, Wilhelm, Oberleutnant, Staffelkapitän 2. Staffel/Gruppe I(j)/Sonderversuchsgeschwader/Luftflotte Frankreich-Benelux (temporär für das Unternehmen Germanenhimmel, ansonsten dem OKL direkt unterstellt)
Weiß, Otto, Obergefreiter, Soldat der Grp Berning
Wessel, Horst* †, ehemaliger SA-Mann
Willis, Bruno, Corporal, Commander 1st Squad/1st Platoon/Company L/4th Marine Raider Battalion/1st Marine Raider Regiment/United States Marine Corps
Zimmermann, Bodo*, Generalmajor, Generalstabschef des Stabes vom OB Frankreich-Benelux

Abkürzungen militärischer Einheiten (Größen in Klammern, Angaben beziehen sich auf das Heer)

Trp, Trupp, kleinste militärische Einheit; (der Spähtrupp ist eine Besonderheit: obwohl Trupp genannt, operiert er meistens in Gruppenstärke)
Grp, Gruppe (im Schnitt zwölf Mann)
Zg, Zug (drei bis fünf Gruppen)
Kp, Kompanie (sehr unterschiedlich, meistens drei Züge plus Versorgungselement)
Abt, Abteilung (mehrere Kompanien, meist drei bis sechs plus Versorgungselement)
Btl, Bataillon (Stab plus zwei bis sechs Kompanien plus Versorgungselement)
Rgt, Regiment (zwei bis vier Bataillone)
Brig, Brigade (sehr unterschiedlich, insgesamt bis etwa 5.000 Mann)
Div, Division (sehr unterschiedlich, etwa 5.000 bis 30.000 Mann)
K, Korps (zwei bis fünf Divisionen)
A, Armee (drei bis sechs Korps)
HGr, Heeresgruppe (keine Abkürzung), besteht aus mehr als zwei Armeen

Verpassen Sie auf keinen Fall den nächsten Band!

Tragen Sie sich jetzt in den Newsletter ein und versüßen Sie sich die Wartezeit auf den nächsten Band mit mehr Lesestoff von Tom Zola!

Link zum Newsletter:
https://ek2-publishing.aweb.page

Über unsere Homepage:
www.ek2-publishing.com
Klick auf *Newsletter*

Via Google: *EK-2 Verlag*

Als besonderes Dankeschön erhalten Sie **kostenlos** das E-Book »Die Weltenkrieg Saga« von Tom Zola.

Deutsche Panzertechnik trifft außerirdischen Zorn in diesem fesselnden Action-Spektakel!

Entdecken Sie spannende Sachbücher zum D-Day!

Ihre Zufriedenheit ist unser Ziel!

Liebe Leser, liebe Leserinnen,

hat Ihnen unser Buch gefallen? Haben Sie Anmerkungen für uns? Kritik? Bitte zögern Sie nicht, uns zu schreiben. Wir werden jede Nachricht persönlich lesen und beantworten.

Schreiben Sie uns: info@ek2-publishing.com

Wussten Sie schon, dass Sie uns dabei unterstützen können, deutsche Militärliteratur sichtbarer zu machen? Bitte nehmen Sie sich einen Moment Zeit und bewerten Sie dieses Buch auf Amazon. Viele positive Rezensionen führen dazu, dass das Buch mehr Menschen angezeigt wird.

Sie können somit mit wenigen Minuten Zeitaufwand unserem kleinen Familienunternehmen einen großen Gefallen tun. Vielen Dank für Ihre Unterstützung!

PS: In seltenen Fällen kommt ein Buch beschädigt beim Kunden an. Bitte zögern Sie in diesem Fall nicht, uns zu kontaktieren. Selbstverständlich ersetzen wir Ihnen das Buch kostenlos.

Entdecken Sie packende U-Boot-Action!

*Tauchen Sie mit »**Auf Feindfahrt mit U 139**« in eine packende Geschichte über eine deutsche U-Bootbesatzung auf gefährlicher Mission ab! Geschrieben vom Militärexperten Stefan Köhler.*

Brandneu! Erscheint Mitte März 2024!

Nervenzerfetzend spannender Spionage-Thriller über ein deutsches U-Boot auf geheimer Mission im Zweiten Weltkrieg.

Eine Veröffentlichung der EK-2 Publishing GmbH

Friedensstraße 12
47228 Duisburg
Registergericht: Duisburg
Handelsregisternummer: HRB 30321
Geschäftsführerin: Monika Münstermann

E-Mail: info@ek2-publishing.com
Website: www.ek2-publishing.com

Alle Rechte vorbehalten

Cover/Umschlag: Kayla Pelgrim
Autor: Tom Zola
Lektorat: Lanz Martell
Lektorat & Buchsatz der Neuausgabe: Jill Marc Münstermann

1. Neuausgabe, Juli 2024

Druckhinweis:

Libri Plureos GmbH

Friedensallee 273

22763 Hamburg

MIX
Papier aus verantwortungsvollen Quellen
Paper from responsible sources
FSC® C105338
FSC
www.fsc.org